Flic Stories

Du même auteur

La Lutte antiterroriste, avec Bernard CAZENEUVE, Puf, coll. « Savoirs », 2023.

Top Action ! Face aux crises, entretiens avec Denis Favier et Jean-Louis Fiamenghi, Mareuil Éditions, 2022.

Le Continuum de sécurité nationale. Quelles externalisations pour demain ?, avec Romain DE CALBIAC, Hermann, 2020.

Études de sûreté et de sécurité publique. Mode d'emploi, (dir.), Berger-Levrault, coll. « Les indispensables », 2016.

Externaliser la sécurité et la défense en France. Le cas des partenariats public-privé, Hermann, 2016.

Guillaume Farde

Flic Stories

Les grands flics se racontent

éditions du
ROCHER

Éditions du Rocher
28, rue Comte Félix-Gastaldi – BP 521 – 98015 Monaco

www.editionsdurocher.fr

ISBN : 978-2-268-11024-0
EAN Epub : 9782268110738

À la Police et à la Gendarmerie nationales,
aux femmes et aux hommes qui les composent,
et à tous ceux qui les aiment.

Introduction

Contrairement aux dix personnes interviewées dans ce livre, je ne suis ni policier ni gendarme. Curieuse démarche dans ce cas, que celle qui consiste à se lancer dans le récit de la vie de ces « grands flics », comme on dit familièrement, en y consacrant une série de podcasts pour BFMTV, puis désormais un livre.

À la question pourquoi ce livre, je pourrais spontanément répondre que ces dix femmes et hommes m'inspirent un immense respect, qu'ils suscitent chez moi de l'admiration et que j'ai noué avec eux, les années passant, des relations personnelles et amicales. Je pourrais aussi, plus simplement encore, soutenir que leur récit de vie gagne à être connu et m'en tenir là. Une telle réponse serait au fond satisfaisante, mais elle serait incomplète tant la genèse de *Flic Stories* touche à l'intime.

Même en fouillant dans mes souvenirs les plus anciens, je ne sais pas vraiment expliquer mon attrait précoce pour la Police et la Gendarmerie nationales. Élevé dans une famille profondément humaniste et républicaine mais davantage tournée vers l'enseignement que vers la sécurité, je me suis pris de passion, dès l'enfance, pour ces femmes et ces hommes qui, sans jamais se croire indispensables, s'engagent au service des autres et de notre pays. Assez paradoxalement pourtant, je ne suis pas devenu l'un d'eux. Je n'ai jamais porté d'uniforme, et je n'ai jamais risqué ma vie non plus. Je n'en nourris aucune forme de regret et je suis heureux et satisfait de m'être, autant par atavisme que par vocation, tourné vers l'enseignement supérieur et la recherche. Les années passées ont, à cet égard, renforcé ma conviction quant à la puissance de ces deux outils pour expliquer le sens de l'engagement des autres d'une part, et pour susciter des vocations d'autre part. Aujourd'hui, mes activités à la rédaction de BFMTV sont le prolongement naturel de cette double démarche de pédagogie et d'éveil du public. S'engager pour ceux qui se sont engagés, s'engager pour que d'autres s'engagent, c'est cela mon engagement et je dois à Hervé Béroud, directeur général délégué de Altice Média, de le rendre possible en me guidant avec bienveillance depuis mes premiers pas audiovisuels.

Mon premier contact avec la Gendarmerie nationale est, somme toute, assez tardif. J'avais 23 ans lorsque, poussé par la curiosité, j'ai décidé de postuler à un stage « Armée Jeunesse » à la Direction générale de la Gendarmerie nationale. De cette institution, je ne savais rien, ou presque ; aussi ai-je mis à profit ces quelques mois financés par le ministère de la Défense, comme on disait à l'époque, pour faire des rencontres, à commencer par celle du général Denis Favier, sixième entretien de ce livre, et dont tout le monde me parlait déjà comme d'un mythe. Au-delà de la dimension héroïque de l'assaut conduit à Marignane en 1994, j'ai pu découvrir la personnalité de cet homme à la fois humble et pudique, rare officier dont la figure se détachait médiatiquement dans une institution militaire qui, par nature, n'aime pas les identités remarquables.

Peu de temps après cette première expérience, je me suis familiarisé avec la Police nationale et ses personnages truculents. Alors que mon premier contact avec la Gendarmerie nationale avait été celui d'un collectif, ma découverte de la Police nationale a d'abord été celle d'individualités. En premier lieu, je retiens bien sûr la figure du commissaire Gérard Zerbi, parti trop tôt pour être interviewé ici. Dès le premier contact, ses accents corses et marseillais sonnaient comme une promesse de vitalité qui ne s'est jamais démentie. Il y a quinze ans déjà, il m'avait conduit pour la première fois de ma vie à Bièvre, au siège de cette unité légendaire qu'est le RAID, et dont il avait été l'un des chefs. Sur le trajet, au volant de sa voiture banalisée, il déployait fièrement le pare-soleil Police pour pouvoir emprunter les couloirs de bus et me racontait de vieilles affaires du temps où il exerçait en police judiciaire à Ajaccio. C'est lui qui m'a présenté Ange Mancini, deuxième entretien de ce livre, chez qui l'humour et le sens du contact laissent entrevoir une puissante intelligence des situations. Ami intime de Charles Pellegrini, quatrième entretien de ce livre, ils partagent cet anticonformisme déroutant qui les rend, l'un et l'autre, puissamment charismatiques. Ainsi a démarré ma vie de Petit Chose dans l'ombre des géants, à l'image du jeune Mowgli qui, dans *Le Livre de la jungle*, grandit entouré de grands fauves toujours bienveillants avec lui. Je n'ai jamais manqué de mentors et je leur dois tant.

Côtoyer le RAID m'a mis sur la route de Jean-Louis Fiamenghi, illustre chef de l'unité dans les années 2000, avec qui les années ont sédimenté une fidèle amitié. Autour d'un bon café, il me raconte souvent la police des années 70 où les enquêtes se menaient en blouson de cuir et jeans pattes d'éléphant. Le récit de tous ses souvenirs n'est pas étranger à l'esquisse de *Flic stories*. Prises individuellement, les grandes affaires ne manquent pas de bons documentaires, ni de livres écrits par ceux qui les ont vécues. En revanche, personne n'avait encore proposé une collection de récits de vie qui, à l'image des impressionnistes dont les taches de couleur ne laissent deviner les paysages qu'en prenant du recul, permettent de mieux saisir le trait commun de toutes ces vies : la culture flic.

La culture flic, c'est un amalgame des contraires où l'humanité côtoie l'horreur. En 2017, j'ai fait la connaissance de Christophe Molmy, cinquième entretien de ce livre. Alors que la France venait d'être confrontée au drame absolu des attentats du 13 novembre 2015, avec ses hommes, Christophe Molmy avait réussi l'impossible : entrer dans le Bataclan pour neutraliser les deux derniers terroristes retranchés à l'étage et libérer l'intégralité des otages. Il avait été personnellement marqué par cette épreuve, aussi nos premiers échanges ne se prêtaient pas aux familiarités. Avec le temps, une relation solide s'est installée. Derrière son visage d'apparence fermée, Christophe Molmy sonde les âmes et en croque chacune des aspérités avec cette écriture dépouillée et vive qui singularise chacun de ses romans.

L'année d'après, j'ai fait la connaissance de Christian Flaesch, septième entretien du livre, alors qu'il occupait la fonction de directeur sûreté du groupe Accor. Derrière sa grande rigueur, j'ai tout de suite descellé une très grande décontraction et un humour dont la finesse peut vite désarçonner. Souvent drôle, notre entretien a aussi été plus profond, lors notamment de l'évocation de son père, policier comme lui, et fier que son fils ait un jour dirigé le prestigieux 36.

Enfin, ce double projet de podcast puis de livre doit beaucoup à l'Association des hauts fonctionnaires de la Police nationale (AHFPN) et particulièrement à son président, Christian Sonrier, sans qui je n'aurais sans doute rencontré ni Martine Monteil, ni Sophie Hatt, ni Marc Caliaros.

L'entretien avec Martine Monteil détient le record de longueur de ce livre tant son parcours est riche et sa personnalité inspirante. Alors que nous enregistrions son entretien au 36, quai des Orfèvres, une jeune commissaire de police, promise elle aussi à un brillant avenir, était venue la trouver pour lui dire à quel point sa figure avait consolidé sa propre vocation. Je revois encore Martine Monteil la conseiller avec une chaleur enveloppante et sincère de tout simplement continuer de vivre pleinement, de profiter intensément de chaque moment et d'explorer toutes les facettes du métier.

La Police serait-elle, finalement, cette pétillance qui survole les circonstances, même les plus terribles ? Au terme de l'entretien avec Sophie Hatt, huitième de ce livre, j'en ai acquis la conviction. Jamais la dureté des crises ne lui retire son sourire et sa bonne humeur communicative. Avancer. Toujours. Même quand la vie vous confronte au pire. Voilà ce que tous ces témoignages nous disent.

L'entretien avec Marc Caliaros, neuvième de ce livre, est du même acabit. Enfant de l'école publique, devenu commissaire de police par l'ascenseur social républicain, Marc Caliaros est d'une immense humanité. Intimement attaché à ses personnels, il œuvre, aujourd'hui encore, à faire vivre la mémoire de ceux que le devoir a arrachés à leur famille. Là où survient le pire, le meilleur dissipe les doutes.

En définitive, le doute est une corde de rappel dans un métier où le sens du devoir est une épreuve permanente. Le dixième et dernier entretien de ce livre, accordé par Frédéric

Veaux, directeur général de la Police nationale en fonction au moment où il répond à mes questions, sonne comme un rappel sémantique de ce mot devoir. Sa vie durant, Frédéric Veaux aura tout donné à la Police nationale. Par humilité, il ne reconnaîtra jamais le caractère exceptionnel de son sens de l'intérêt général, mais le lecteur le percevra au fil de ces pages.

Telle est la genèse de *Flic Stories* le livre, entre témoignage, engagement et transmission. J'espère qu'au terme de sa lecture il permettra au lecteur de mieux cerner les ressorts complexes qui façonnent la personnalité de celles et ceux qu'on surnomme populairement « les grands flics ».

Jean-Louis Fiamenghi

À l'Antigang, il met fin à la cavale de Jacques Mesrine, sous les ordres du légendaire commissaire Broussard. Au RAID, il arrête Yvan Colonna. À l'Élysée, il protège Nicolas Sarkozy. Et pourtant… rien ne le prédestinait à être flic. À 20 ans, il voulait être reporter de guerre. Ce sera finalement le 36, quai des Orfèvres et sa mythique Brigade de répression du banditisme (BRB).

Jean-Louis Fiamenghi, vous êtes arrivé avant nous à notre rendez-vous dans ce café. C'est une déformation professionnelle, pour un policier, d'arriver en avance ?

Dans ce métier, je pense qu'il faut toujours prendre le temps lorsqu'on le peut, parce qu'on vit toujours dans l'urgence. Donc, en effet, je viens toujours un peu en avance à mes rendez-vous. C'est la normalité.

Un petit repérage policier s'impose ?

Pas un repérage, mais c'est une habitude.

Nous sommes dans un bistrot, le Soleil d'or, sur le boulevard du Palais, à Paris. On est à deux pas de l'ancien Palais de Justice, on est à côté de la préfecture de Police. Et surtout, on est tout proches du mythique 36, quai des Orfèvres où on va se rendre. Il représente quoi, ce bistrot, pour vous ?

Il y a le mythique 36 et puis le mythique Soleil d'or. Ici se retrouvaient ou se retrouvent toujours, certainement, les gens de la BRI, tous les policiers qui travaillaient au sein du 36 et notamment les policiers du Flagrant délit. Dans toute ma carrière, l'école du Flag' a été importante. Il y avait aussi dans ce café des magistrats. À l'époque, policiers et magistrats se parlaient encore.

Vous diriez qu'il existe une culture du bistrot chez les flics ?

Oui. Le bistrot, c'est la vie, c'est là où l'on aime se retrouver entre nous. Même dans le travail, tout commençait par le bistrot. Lorsqu'on partait sur une opération, on avait rendez-vous très tôt, à 5 h 30 ou 6 heures, dans ce que nous appelions les « bistrots du boulot ». On se retrouvait, à cinq cents mètres de nos cibles, afin de prendre le premier café.

Les troisièmes mi-temps avaient lieu aussi au bistrot ?

Les troisièmes mi-temps, oui, et les deuxièmes mi-temps, puisqu'on travaillait à la brigade antigang et à la Brigade de répression du banditisme, aussi. Les bistrots, pour nous, étaient des cibles. Les voyous se retrouvaient en effet dans des bistrots. Ainsi le bistrot fait partie de notre vie de flic.

Vous êtes né, Jean-Louis, en 1950. Vous avez grandi entre le Maroc, l'Allemagne, la France, au gré des affectations de votre père qui était militaire. Au fond, rien ne vous prédestinait à devenir policier. Était-ce un hasard ?

Certains – et je m'en étonne toujours – parlent de vocation : vocation dentiste, parce que papa était dentiste. Mon père, lui, aurait aimé que je fasse Saint-Cyr comme mon frère. Mais je n'étais pas dans cet état d'esprit et je suis entré un peu par hasard dans le monde de la police.

Comment devenez-vous policier alors ?

Policier, je ne le deviens pas. J'étais plutôt attiré par les métiers du visionnage, de la caméra, reporter de guerre… Je voulais être journaliste. Comme l'ORTF, à cette époque, recrutait des preneurs de son, j'ai vite suivi une formation, que j'ai réussie. J'ai passé un concours pour entrer à l'ORTF, mais je ne sais pas si je l'ai réussi. Entre-temps, j'ai croisé dans le métro un jeune policier que je connaissais – nous étions ensemble à la faculté de Strasbourg. Il m'a dit que la police recrutait. Enquêteur contractuel. C'est ainsi que je suis entré.

Sans cet ami, vous ne seriez peut-être pas devenu flic !

Exactement. Voilà pourquoi je dis toujours qu'il est important d'être ouvert à toutes sortes de propositions. Le hasard, souvent, fait bien les choses.

Le 36, quai des Orfèvres est le temple de la police judiciaire parisienne. Au sein du 36, il existe une Brigade de répression du banditisme, la fameuse BRB, qui est chargée de lutter contre la délinquance de rue. Vous commencez votre carrière au sein de cette BRB. La tradition veut qu'on donne des surnoms aux nouveaux venus. Vos surnoms sont « Fiam », diminutif de votre nom, mais aussi « Boucle d'or » ou « Bébel ». Pourquoi ces surnoms ?

J'ai vieilli mais, quand j'étais jeune, apparemment je ressemblais beaucoup à Belmondo. Je ne sais pas si c'est vrai. « Boucle d'or » fait écho à ma passion pour la moto. Lorsque je suis entré à la BRB, après avoir suivi les stages de spécialisation, je suis devenu motard en civil pour les filatures. À l'époque, on pouvait se passer des casques. J'avais les cheveux longs, ce qui fait sourire désormais, et toujours au vent.

Quand vous faites vos premiers pas à la BRB, vous êtes chargé de repérer les pickpockets dans le métro parisien. Est-ce là que vous avez acquis ce que l'on appelle « l'instinct du flic » ?

L'instinct du flic, on le ressent lors de certaines missions. J'ai appris à travailler, je me suis formé auprès d'un flic célèbre, François Abjean, qui était à la « Tire ». J'allais en dehors de mes heures à la BRB me former à leur contact, parce que j'adorais le côté très physique de leur métier.

Que vous a appris, justement, la traque des pickpockets ?

C'était l'époque où nous avions des référents. Ils nous apprenaient des techniques, qui passaient par l'étude comportementale des individus. Et nous arrivions à lever, comme on dit dans le jargon policier, nos cibles qui étaient des pickpockets ou des frotteurs.

C'était formateur ?

Très formateur. J'adorais ces moments qui étaient très physiques. Les pickpockets, on l'oublie, refusaient souvent de se faire interpeller. Ça allait au contact très facilement. Mais sans emploi de l'arme. Ce qui était très bien, d'ailleurs. C'était plutôt du saute-dessus.

On a évoqué la BRB, où vous faites vos débuts en 1972, mais au 36, quai des Orfèvres il existe une autre brigade très célèbre, la Brigade de recherche et d'intervention, la BRI, aussi surnommée l'Antigang. Vous rejoignez la BRI en 1974, vous avez 24 ans et cette arrivée est presque le fruit du hasard. Vous allez ouvrir un compte en banque à la Société générale, à l'agence des Buttes-Chaumont dans le 19e arrondissement, et vous êtes témoin d'un braquage. Que s'est-il passé exactement ?

En 1972, je suis un provincial et je n'ai pas de compte en banque. Il faut que j'en ouvre un, pas loin de chez ma tante, qui me loge. Le jour où j'effectue cette démarche, en effet, la banque est attaquée. Je suis seul au comptoir et trois individus nous braquent. Je suis alors à la BRB et le hasard veut que les inspecteurs de la BRI viennent me voir pour me demander si je reconnaîtrais les braqueurs.

Ils m'invitent à participer à leur planque. C'est ma première « vraie » rencontre avec les gens de la BRI.

Vous avez participé à l'interpellation des braqueurs ?

J'étais présent. Mais on se voyait souvent avec les membres de la BRI. Beaucoup de fonctionnaires de la BRI venaient de la BRB. On vivait tous ensemble. Même si les boulots étaient différents.

À la BRI, vous êtes sous les ordres du légendaire commissaire Broussard. Quelle est la vie d'un flic dans les années 70 ?

Il y a des chocs de culture. Une génération part, qui était davantage policier en costume-cravate-chaînette, et nous, plus jeunes, on arrive avec blouson en cuir-pattes d'éléphant-cheveux longs et idées courtes… Ce qui est intéressant, à cette époque, c'est que des anciens nous apprenaient le métier.

Quand on est au 36, à l'Antigang, à la BRI, on évolue dans des groupes avec, à la tête de chaque groupe, un chef. Pouvez-vous raconter cette culture de groupe au 36 ?

On parle de culture de groupe, mais il s'agit surtout d'une culture de meute. Le chef était important parce qu'il donnait l'axe de travail. Il nous dirigeait, nous corrigeait, nous formait. Cela participait à la culture du policier, que j'ai connue au 36.

Vous êtes ensemble du matin au soir, vous planquez ensemble : c'est une famille ?

C'est ma famille. Je n'étais pas marié au tout début, mais je me suis marié quand j'étais à la BRI. Nos femmes savent, comme les femmes de marins, que nous vivons beaucoup avec et entre policiers. Première, deuxième, troisième mi-temps. Ce qui implique, justement, qu'on se connaît très bien. À l'époque, les psychologues n'existaient pas dans la police, mais on savait quand certains collègues allaient plus ou moins bien.

À votre époque, il n'y avait pas de grilles, comme aujourd'hui, à l'entrée du 36, quai des Orfèvres ?

Il y avait juste une guérite. On garait nos véhicules de filature et de planque dans un petit parking, et on rentrait librement au 36. Les policiers en faction nous connaissaient. Il n'existait pas de problème de badge ou de contrôle d'accès. Le lieu était très ouvert.

Alors qu'on s'y trouve, qu'évoque pour vous la cour intérieure du 36 ?

La vie de tous les jours. Mon quotidien. J'y passais chaque jour. On y croisait nos chefs d'ailleurs, qui avaient l'autorisation de garer là leur véhicule administratif.

Vous étiez à la BRI, à même pas 30 ans, et vous avez été amené à travailler sur une affaire qui a marqué la France :

l'affaire Mesrine. Vous rencontrez Mesrine pour la première fois en 1973. Comment se passe cette première rencontre ?

À cette époque, je suis encore à la BRB. On court toujours derrière nos voleurs d'appartement, etc. Les équipes du commissaire Broussard réussissent à loger Mesrine dans le 13e arrondissement. Au bout d'un certain temps, Mesrine se rend, il est conduit dans les locaux de la PJ, et moi, j'ai envie de le voir. Des journaux comme *France-Soir* ou *L'Aurore* relataient tous les exploits de Mesrine, le tueur, l'ennemi public numéro un. Mais ce gars savait communiquer. Raison pour laquelle, aujourd'hui, les jeunes connaissent encore Mesrine.

Quand vous allez le voir, ça se passe où concrètement ?

Dans les locaux de la PJ où il est en interpellation. J'arrive, je veux voir la « bête ». Il est donc dans son local de garde à vue. Il me voit. Je fumais alors un peu. Le policier en faction me laisse. Je lui offre une cigarette et on commence à échanger quelques mots.

Quand on est jeune flic, âgé de 23 ans, et qu'on rencontre Jacques Mesrine, que lui dit-on ?

Pas grand-chose ! Je ne dirais pas que je suis intimidé, mais je n'ai pas un esprit voyeur. Ça ne correspond pas à ma nature. J'essaie de mettre en place un contact.

Une légende dit qu'il vous aurait raconté comment cuisiner un gigot de sept heures…

Au bout d'un certain temps, nous parvenons à tisser une conversation ensemble. Lui a faim, moi aussi d'ailleurs. Il était féru de cuisine. Donc il m'explique – incroyable mais vrai ! – la recette du gigot de sept heures. Ce monsieur savait vivre. Partout où on l'a interpellé, en 1973 et plus tard, on a toujours trouvé des bouteilles de vin.

En 1978, le 18 mai, tout s'accélère. Mesrine s'évade de la prison de la Santé. Robert Broussard monte alors un groupe spécial afin de le retrouver. Ce groupe est composé de neuf policiers, dont vous faites partie.

Au sein de la brigade antigang, Broussard avait décidé de créer un groupe d'observation et de documentation. Nous avions pour mission de travailler en renfort.

Comment se passent les missions de surveillance de Mesrine dans ces années 78/79 ?

Tout le monde voyait Mesrine dans les restaurants, les boîtes de nuit, le métro. On courait partout. On surveillait des lieux où Mesrine ne passait jamais. C'était la course à l'Arlésienne, jusqu'au jour où nous avons eu ce tuyau amené par des policiers de la Brigade du proxénétisme, je crois. Le complice de Mesrine, Charlie Bauer, avait été identifié. On a cherché à le localiser et Christian Lambert, chez nous, parvient à identifier la voiture de la compagne de Bauer, près de la gare Saint-Lazare.

Cette voiture avait pris une « prune » et vous parvenez à remonter la piste de la voiture ?

Le service a épluché tous les P-V et on a localisé la voiture derrière l'église de La Trinité. Dès cet instant, on a continué notre surveillance.

Jusqu'à ce fameux 2 novembre 1979, où Mesrine est neutralisé porte de Clignancourt. Cette opération est restée célèbre. Il y a une histoire de camion bâché et vous êtes, Jean-Louis Fiamenghi, dans ce camion.

Ce camion sert de protection, d'appui. Je m'y retrouve avec trois autres collègues, et Christian Lambert qui le conduit.

Ce camion, qui devait rester en retrait de l'arrestation de Mesrine, va se trouver au contact direct de sa voiture. Comment est-ce possible ?

Deux jours avant, nous avions déjà tenté d'interpeller Mesrine. Il était allé faire un tour en boîte de nuit avec son copain Charlie Bauer. Le matin, à 6 heures, tout le monde est en surveillance filature et on voit Sylvia Jeanjacquot, la compagne de Mesrine, sortir. Pour la première fois, on voit également le véhicule de Mesrine, une BMW 525, non identifié jusqu'alors. Le dispositif de surveillance filature est classique. Le camion était garé rue du Mont-Cenis, rue à sens unique. Il ne devait intervenir que si Mesrine remontait cette rue à pied. Malheureusement tout est parti très vite, et Christian Lambert se retrouve, par hasard, au feu porte de Clignancourt, en situation de blocage derrière la voiture de Mesrine. Il y avait également des véhicules qui enserraient tout le dispositif. Lorsque Broussard nous dit : « On est en bonne position, on l'interpelle », nous sortons de la bâche, on se lève, on met Mesrine en joue. Il y a trois fusils et un pistolet-mitrailleur Uzi. On regarde alors Mesrine qui, quand il a vu un des fonctionnaires du dispositif piéton en approche, a tenté de saisir sa sacoche qui contenait armes et grenades…

Il avait, je crois, des grenades déjà prédégoupillées ?

Il était sûr que le dispositif ne devait pas prendre le moindre risque. Ni pour nous, policiers, ni pour de possibles otages. On a alors fait feu.

Désormais, la BRI est au rez-de-chaussée du 36, quai des Orfèvres. Auparavant, elle était sous les toits. Dans le hall d'entrée, nous trouvons les plaques commémoratives des policiers qui sont morts en intervention. Vos années BRI ne renvoient pas uniquement à des succès. Il y a également eu des coups durs, et vous êtes très tôt confronté à la mort. Dans le cas particulier de Roland Linck, vous étiez ensemble ?

J'étais avec lui pour cette interpellation dans le 14e, où il est mort, tué par balle. Il y a également la photo de Christian Caron, qui était vraiment un ami. Nous habitions à côté, je connaissais toute sa famille. Gégé Marlet était mon chef de groupe. Il est mort en revenant d'une formation.

Dans ces moments-là, la culture du groupe est importante, pour faire bloc…

Ces gars faisaient partie de notre univers de collègues. Des natures généreuses. De très bons policiers.

À partir de 1984, vous quittez le 36, quai des Orfèvres et vous intégrez le Service de coopération technique international de police, le fameux SCTIP. Vous avez 34 ans et vous allez voyager. En Afrique, notamment en Tunisie, où vous formez les forces locales. Que vous ont appris tous ces voyages ?

Ils m'ont surtout recentré sur ma vie familiale. Lorsqu'on est au 36, la vie de flic est une vie de meute. On est davantage avec les collègues qu'avec ses proches. J'avais deux petits garçons, j'ai enfin pu les voir grandir. Être à l'étranger avec un projet m'a également permis de former des brigades antiterroristes, antiémeutes, protection de personnalités. J'ai pu aussi m'ouvrir au monde extérieur.

J'effectue un bond dans le temps, en passant de 1984 à 1992. Vous avez alors 42 ans. Vous prenez la direction du

Groupe d'intervention de la Police nationale, le GIPN, de Nouvelle-Calédonie. Vous partez au bout du monde. À votre arrivée, vous ne compreniez pas pourquoi le GIPN était sollicité pour des rixes dans des bars. Une fois sur place, dans les bars en question, vous avez compris...

Quand j'ai su ce qu'étaient les sorties de boîtes de nuit le samedi et le dimanche, avec des locaux avinés à 3 ou 4 grammes – je n'ai jamais vu des taux d'alcoolémie aussi forts ! –, j'ai compris l'intérêt, pour les collègues de sécurité publique, d'avoir le support du GIPN.

Vous ne restez pas très longtemps en Nouvelle-Calédonie parce que vous réussissez le concours de commissaire de police. Vous partez à Lyon, à l'École nationale supérieure de police de Saint-Cyr-au-Mont-d'Or. Vous devenez commissaire en 1994 et, très vite, vous êtes confronté aux affaires corses.

Avant, je suis passé par le commissariat, pendant quatre ans, dont une année détachée pour l'organisation de la Coupe du monde. Puis Bernard Squarcini, patron de la Direction centrale des renseignements généraux (DCRG), me demande de venir appuyer la section opérationnelle des Renseignements généraux.

Que représente la Corse pour vous ? Vous y avez vos racines familiales ?

Mon père était corse mais, en 1972, pour des « chicaïas » familiales, il décide de ne plus revenir en Corse. Moi, je reprends les affaires de mon père, comme on dit chez nous. Et je ne reviens en Corse que chez des amis, mais plus au village.

En 1998, vous rejoignez donc la Section opérationnelle de recherche et de surveillance, la SORS, qui dépend de la Direction centrale des renseignements généraux, et vous travaillez principalement sur le terrorisme corse. Vous retournez donc sur votre île, mais dans un cadre professionnel. Ce retour, pour vous, change-t-il quelque chose ?

J'aime les caractères là-bas, même si de temps en temps il peut y avoir des exagérations. J'aime la Corse et les personnages qui y vivent. J'y trouve une authenticité, qui existe aussi en Bretagne. Ce retour est un vrai plaisir.

À vos débuts en Corse, vous travaillez notamment sur une affaire, celle de Baptiste-Antoine Canonici, dit Bati, qui est un des chefs du FLNC. En septembre 2000, il s'échappe du Palais de Justice de Paris et part en cavale. Le 26 avril 2001, alors qu'il est activement recherché, il se présente spontanément à un commissariat de La Garenne-Colombes, muni de deux sacs de voyage. Vous avez joué un rôle majeur dans cette affaire. Qu'avez-vous fait pour qu'il se rende, en métropole et non en Corse ?

En travaillant sur le terrorisme corse, nous avions interpellé les auteurs d'attentats à Porto-Vecchio et un de ces auteurs avait été assassiné par des personnes de la mouvance nationaliste. Bati Canonici aurait eu un rôle central dans cet assassinat, puisqu'il était le patron du canal historique du FLNC en Corse du Sud. On l'a cherché, on ne l'a jamais trouvé, bien sûr. Par hasard, une de mes connaissances corses m'informe qu'il est possible d'approcher Bati Canonici. J'ai voulu agir comme dans l'affaire Colonna. Passer par l'environnement et lui dire : « À quoi ça sert ? On te retrouvera, ne perds pas du temps en cavale. »

Quand vous évoquez l'environnement, vous êtes allé voir ses proches, sa famille ?

Oui, notamment ses copains proches, plus que sa famille. Au bout de trois ou quatre rendez-vous dans les maquis avec changements de véhicules, tête cagoulée – je vous passe les détails –, je me suis retrouvé face à Bati Canonici, dans la montagne, très loin d'ailleurs de la zone où nous pensions pouvoir le trouver.

Comment parvenez-vous à le convaincre de se rendre ?

Très simplement. Je lui dis : « Que veux-tu exactement ? » La cavale, en Corse, c'est culturel. Lorsqu'on est en cavale, on rend des services, on reste dans le milieu du nationalisme. Mais cela ne sert à rien. J'ai dit à Bati : « Fais-moi savoir ce que tu veux et je verrai avec le juge d'instruction », Jean-François Ricard à l'époque. Il n'est pas forcément très accroché sur l'assassinat dans lequel Bati est impliqué. Il peut prendre des mois ou des années de prison, mais on peut trouver des arrangements. J'ai réussi à avoir ce *deal*. Paroles d'hommes. On le ramène en métropole, en faisant attention à ne pas être interpellés par les policiers locaux qui le recherchaient. J'avais un ancien ami de la BRB qui était désormais au commissariat de La Garenne-Colombes. Je l'appelle et lui explique que Bati va se rendre spontanément au commissariat. Il s'agit de l'accueillir. Avant, nous nous étions réunis pour un dernier bon gueuleton, parce qu'une copine tenait un restaurant pas très loin.

L'histoire du terrorisme corse de la fin des années 90, c'est aussi l'assassinat du préfet Claude Érignac. Soupçonné d'être l'assassin du préfet, Yvan Colonna prend la fuite en 1999 et demeure introuvable. En 2002, Nicolas Sarkozy, alors ministre de l'Intérieur, désigne le RAID comme unité en charge de retrouver Colonna. À cette époque, vous êtes numéro deux du RAID, Jean-Louis Fiamenghi. Est-ce parce que vous connaissez bien la Corse qu'on vous demande, au sein du RAID, de vous occuper de cette affaire Colonna ?

C'est à la fois plus simple et plus compliqué. Pour la première fois, Nicolas Sarkozy reprend les choses en main. La guerre des polices, il n'en veut plus. Le Raid, quoi qu'il arrive, est l'unité qui interpellera Yvan Colonna. Même si le renseignement parvient d'un autre service. Pour la première fois également, le RAID est considéré comme unité de recherche. C'est-à-dire faire de la surveillance, alors que nous étions surtout une unité d'intervention.

En 2002, le RAID, en effet, est surtout connu pour être une unité d'intervention. Il s'est illustré dans des affaires célèbres, comme la prise d'otages du tribunal de Nantes en 1985, ou la prise d'otages de l'école maternelle de Neuilly en 1993. Retrouver Yvan Colonna n'est pas une intervention. Comme vous dites, il s'agit d'une opération de recherche, qui demande de la discrétion, surtout en Corse. Diriez-vous que le RAID s'est transformé à la faveur de la recherche d'Yvan Colonna ?

Il a fallu transformer l'unité, ce qui n'a pas été sans mal. Parce que, pour des fonctionnaires d'unité d'intervention, habitués à faire de la boxe toute la journée, effectuer des filatures, ce n'est pas évident…

Vous voulez dire qu'envoyer des armoires à glace en Corse ne passe pas inaperçu ?

Pour la première fois, nous avons décidé d'intégrer des femmes. Huit d'entre elles sont ainsi entrées en Corse.

Des femmes, dans le but d'agir avec davantage de discrétion ?

Oui, afin de former des couples aussi, qui passaient pour des touristes. Il a donc fallu changer l'état d'esprit de l'unité, afin que nous puissions arriver à l'interpellation d'Yvan Colonna.

Comment parvenez-vous, justement, à localiser Colonna ?

J'ai utilisé la même technique que pour Bati Canonici. Nous avons environné la famille. Je suis allé voir le père et la sœur d'Yvan Colonna en leur disant que cette cavale ne servait à rien, qu'il serait préférable qu'il se constitue prisonnier. Mais ça n'a pas marché. Nous avons alors étudié d'autres sources humaines. Une personne nous a alors indiqué que Colonna pouvait être en lien avec des personnalités qui fréquentaient un camping à Propriano. On a commencé à travailler sur cette information. Jusqu'au jour où nous avons vu quelqu'un qui partait du camping. Il nous a amenés à la bergerie, que nous avons mise sous surveillance.

Comment décidez-vous du bon moment pour l'interpellation ?

Nous avions environné les alentours de la bergerie. Dès l'instant où nous avons photos et vidéos d'Yvan Colonna, où nous l'avons identifié à 100 %, nous décidons de l'interpeller. On fait venir très discrètement tous les fonctionnaires. Ils atterrissent à Bastia. Le matin du jour J nous sommes en surveillance filature. Nous entendons Yvan Colonna qui parle à ses chèvres. Lorsqu'il sort de la bergerie, il est équipé, il semble méfiant. Les fonctionnaires qui sont au contact, mais enterrés, ne peuvent pas l'interpeller tout de suite.

Vous pensez, à cet instant, l'avoir perdu ? Y a-t-il de la déception ?

Oui. Nous avons par ailleurs une grosse pression avec M. Sarkozy, qui est ministre de l'Intérieur, avec Claude Guéant, son directeur de cabinet et Christian Lambert, chef du RAID, qui est en contact avec eux. Mais bizarrement, tout le monde nous laisse dans un calme absolu. Nous avons loupé Colonna, mais nous continuons. *Inch'Allah*, peut-être reviendra-t-il… Et il revient le soir ! Et cette fois, on prend le risque, encore, de le louper, parce qu'il est en forme physiquement, mais les fonctionnaires du RAID parviennent à l'interpeller rapidement.

Et vous prévenez Nicolas Sarkozy de cette arrestation ?

Il est en meeting à Carpentras, à cette époque. Et il annonce tout de suite la nouvelle.

Dans l'avion qui ramène Yvan Colonna à Paris, avez-vous le temps de discuter tous les deux ? C'est un face-à-face, entre lui – un fugitif en cavale, l'homme le plus recherché de France pendant cinq ans, dont le portrait est affiché dans toutes les gendarmeries et les commissariats – et vous, le flic qui l'a arrêté. Que vous dites-vous ?

Ça ressemble à la situation avec Mesrine. On se dit peu de choses au départ. Il est difficile d'établir une communication. Je ne parle pas, bien sûr, de l'affaire Érignac. J'entame la conversation sur la proximité entre nos deux villages, Cargèse et Sagone. Puis on en vient surtout à parler de son fils. Nous sommes sur du ressenti privé.

L'année d'après, en 2004, vous devenez chef du RAID, vous succédez à Christian Lambert. Et en 2005, la crise des banlieues enflamme le pays. Le RAID est engagé dans cette crise des banlieues. On aurait pu penser que le rôle de l'unité n'était pas d'être mobilisée lors de ces émeutes. Pourtant, vous y allez quand même.

J'avoue que je l'ai proposé à Michel Gaudin. Parce que je voyais tous les policiers faire face à ces violences de banlieue tandis que le RAID restait en retrait en attendant la prise d'otages. Je trouve que notre présence a été très bien pour tout le monde. Nous avons agi comme des fonctionnaires normaux face à cet embrasement de tous les quartiers. Ça a été bien pour le RAID et ça a été bien pour les collègues de la Sécurité publique, qui ont apprécié.

En 2007, Nicolas Sarkozy, que vous avez connu ministre de l'Intérieur, devient président de la République et vous, vous devenez chef du Service de protection de la sécurité des hautes personnalités, le SPHP, les gardes du corps, les bodygards *de la République, autrement surnommés les « costards-cravates ». Vous assurez notamment la sécurité de Nicolas Sarkozy, le chef de l'État. Il a toujours été décrit comme un homme très énergique, qui aime que tout aille vite. Est-ce facile d'assurer la sécurité d'un homme au comportement aussi bouillonnant ?*

Ce n'est pas facile, mais c'est son caractère. Lorsqu'on est au Service de la protection des personnalités, il faut savoir être en phase avec les caractères de chacun. Il est vrai que lui pouvait avoir des accès d'humeur susceptibles de poser problème en termes de sécurité.

Lors d'un déplacement à New York, pour l'assemblée générale de l'ONU, Nicolas Sarkozy s'est impatienté parce que le cortège officiel avait du retard et il a décidé de prendre un taxi, tout seul, dans New York, sans en aviser la sécurité. Et vous, vous devez lui courir après…

C'était assez cocasse. Nous étions en pleine nuit. Le discours à l'ONU était plus court que prévu et, bien sûr, les Américains ont des protocoles très particuliers où tous les convois sont organisés minutieusement. Sarko n'a pas voulu partir dans le rang protocolaire qui était le sien. Le président était donc seul avec un ou deux conseillers. Et nous, la Sécurité, qui tentions d'assurer sa protection. Finalement le cortège nous a retrouvés.

En 2010, vous êtes nommé préfet et vous devenez directeur de cabinet du préfet de Police de Paris. Un poste plutôt administratif, assez feutré, un emploi de bureau. On ne vous imagine pas forcément à l'aise dans ce cadre. Et justement, vous donnez une dimension très opérationnelle à ce nouveau poste, en vous emparant personnellement de la lutte contre le hooliganisme au Parc des Princes. Y avait-il un problème particulier dans ces années autour du Parc des Princes ?

Au bout de trois jours, j'avais dit à Michel Gaudin : « Ce n'est pas un poste pour moi. » Il m'avait répondu : « Vous allez organiser la police de trente mille fonctionnaires sur la préfecture de Police et vous allez avoir de nombreuses missions, vous ne vous embêterez pas. » Deux mois avant mon arrivée à la préfecture, un supporter du Paris-Saint-Germain est assassiné porte de Saint-Cloud. On me demande alors de mettre en place un plan afin de stopper cette violence entre supporters de la Tribune Boulogne, le Kop of Boulogne, et ceux de la Tribune Auteuil.

Petite anecdote : vous êtes connu pour avoir enfermé, presque emprisonné, tout un groupe de supporters autour du Parc des Princes, une veille de match.

J'ai profité de ce que Michel Gaudin soit en vacances au mois d'août et, lors du premier ou second match du PSG, contre Saint-Étienne, on a affaire à la même violence. Mais nous avions préparé notre coup. On a interpellé deux cent quatre-vingts personnes ce jour-là. Grâce à cette action où on a montré les dents, on a pu calmer tout le monde. Le PSG a ensuite été racheté et, quand je vois des familles avec des enfants assister aux matchs de foot, je suis heureux. C'est beaucoup plus paisible.

En 2012, vous quittez l'administration et vous rejoignez le groupe Veolia, où vous créez la Direction de la sûreté du groupe. En cinquante ans de carrière, la police a changé, et je ne pense pas me tromper en affirmant que votre regard sur la police a, lui aussi, évolué. Avec le recul, quel changement vous paraît le plus marquant ?

La société a changé, donc la police, qui est à l'image de la société, a bien sûr aussi évolué. Sans doute est-ce l'univers autour du policier qui me paraît le changement le plus marquant. Le temps s'est accéléré. Nous sommes aujourd'hui dans des médias rapides. Pour les policiers, la difficulté s'est accrue. Intervenir, désormais, est plus difficile qu'à nos époques.

Un demi-siècle après votre entrée dans la police, quel message voudriez-vous adresser aux jeunes policiers ?

Si jamais je devais avoir un message, ce serait : « Faites-vous plaisir au quotidien et ayez des valeurs. » C'est ce qui manque aujourd'hui : la recherche de sens. Même dans le privé, d'ailleurs. Quand on est jeune, on a besoin de sens, de valeurs. J'entre dans la police, mais je n'entre pas que pour aller au RAID. J'entre pour être gardien de la paix, c'est déjà ça, et si les circonstances me le permettent, j'arriverai peut-être au RAID.

Sans jamais rien lâcher, je crois que c'est votre credo de vie…

Oui, sans rien lâcher, en ayant les yeux et les oreilles ouverts, parce que les trains s'arrêtent et il faut savoir monter dans le bon wagon, au bon moment !

Ange Mancini

Entré dans la police en 1966, Ange Mancini connaît le Paris des braqueurs en cravate et des proxénètes de Pigalle. À la Crim', il croise la route du célèbre japonais cannibale avant de devenir, en 1985, le premier chef du RAID. Prise d'otages du tribunal de Nantes, « gang des égoutiers » de Marseille, arrestation des terroristes d'Action directe, Ange Mancini est de toutes les grosses affaires. Grand flic, il est aussi un grand préfet avant d'occuper un poste plus inattendu de maître espion… à l'Élysée.

Nous sommes à Bièvres, plus précisément au domaine de Bel-Air, qui fut construit au XVII*e siècle pour la duchesse Louise de La Vallière, favorite de Louis XIV. Dans ce domaine de trente-huit hectares au milieu des bois, le RAID a établi en 1985 son quartier général. Ange Mancini, vous avez été nommé, il y a plus de trente-sept ans, à la tête du RAID, unité d'élite de la Police nationale. Vous en avez été le tout premier chef. Le domaine de Bel-Air, c'est chez vous ?*

Depuis longtemps, le secteur a changé de propriétaire. Chaque nouveau chef était ici chez lui. Je n'ai été que le premier. Le RAID, avec les années, a beaucoup changé. Le service a su s'adapter à toutes les circonstances qu'il a eues à gérer.

Quand vous revenez dans ces lieux, que ressentez-vous ?

Un immense plaisir. Quand je suis arrivé en 1985, les routes n'étaient pas goudronnées. Il n'y avait que de la pierraille. Notre installation s'est faite de façon quelque peu sauvage.

Le QG du RAID a-t-il changé selon vous ou y retrouvez-vous une forme d'intemporalité ?

L'esprit ne change pas, il est totalement intemporel : l'humilité des gens du RAID, cette envie de faire partie d'un groupe particulier, qui a été créé à partir de tous les services de la Police nationale, de tous les grades et toutes les spécialités, et qui a créé sa propre histoire.

Ressentez-vous toujours cet esprit ?

Absolument. Et c'est ce qui est formidable. Pourtant, tout a changé. Quand j'ai créé le RAID, en 1985, nous étions quatre-vingts, habillés de bric et de broc. Nous étions des pionniers. Maintenant ce service est extrêmement installé, performant, fort de cinq cents personnes, avec des antennes partout en France, et des capacités et compétences exceptionnelles.

Pourquoi fallait-il créer, en 1985, une unité telle que le RAID ?

Un besoin s'est fait jour. La Police nationale avait créé après les attentats de Munich, en 1972, les groupes d'intervention de la Police nationale, répartis sur tout le territoire. La Gendarmerie, de son côté, avait créé des groupes d'intervention de la Gendarmerie nationale. Mais très vite, les gendarmes s'étaient rendu compte qu'ils n'avaient pas besoin de groupes un peu partout. Le nombre d'affaires existantes n'était pas si important. Ils avaient rassemblé leurs groupes en un seul GIGN, basé à l'époque à Maisons-Alfort, maintenant à Satory près de Versailles. La Police était restée avec ses groupes d'intervention qui, compte tenu de ses activités dans les secteurs « police », dans les villes, avaient un vrai intérêt. Des groupes d'intervention, comme ceux de Marseille ou Toulouse, avaient des vies autonomes. Mais petit à petit, on sentait monter à la fois les indépendantismes et ce qu'on a commencé à nommer le terrorisme. Ces aspects-là nous inspiraient, ainsi que les affaires de prises d'otages, dans les banques par exemple. Il y avait des moments particulièrement violents.

Il fallait donc une seule unité ?

L'important était d'avoir une unité spécialisée. Avec une doctrine, des méthodes, des moyens, des compétences, mais aussi des équipements. Notre première idée, avec Broussard – nous étions alors en Corse tous les deux –, était de transformer la BRI de la préfecture de Police en groupe d'intervention national. Mais évidemment, à la police judiciaire, Alain Tourre nous a dit : « Arrêtez vos conneries ! Faites votre truc comme vous le voulez, mais moi, je conserve ma BRI ! » Ce qui était légitime.

Le ministre de l'Intérieur en 1985 était Pierre Joxe. Au début, il hésitait entre plusieurs candidats pour prendre la tête du RAID. Pourquoi vous, Ange Mancini ?

Sûrement parce que j'ai dû être le meilleur ! Nous sommes tous passés entre ses mains. On a été longuement interrogés. J'ai passé trois quarts d'heure avec lui. Nous nous promenions dans les jardins du ministère de l'Intérieur. Comme des péripatéticiens autour des arbres, à Beauvau... Je m'étais préparé à lui expliquer mes idées pour le RAID : un groupe d'intervention avec des gens issus de tous les corps, de toutes les fonctions, de tous les grades de la Police nationale, afin de créer cet esprit particulier. Au bout de dix minutes, je m'attendais à ce qu'il me pose des questions. Et il me dit : « Et alors ? » Il a fallu que je me relance, mais je n'ai pas dû être trop mauvais. Puisqu'il m'a choisi.

Vous m'avez confié que, au départ, vous n'aviez pas de tenue officielle et que vous deviez vous habiller avec des tenues de CRS.

Pas des tenues de CRS ! Des tenues d'ouvrier de CRS ! Elles étaient de couleur bleue. Des bleus de travail, des bleus de chauffe ! Je n'ai fait que broder sur un petit truc blanc le mot « RAID ». C'était assez extraordinaire. Les hommes étaient un peu vexés. Et moi, je leur disais : « Mais vous êtes beaux, les mecs ! » J'ai fini par les convaincre…

Une des particularités du RAID : la salle de sport se trouve dans une chapelle. Le sport est une religion, quand on est au RAID ?

Pas du tout. Le sport est un élément d'entraînement pour les hommes de l'unité. Pourquoi une chapelle ? Il y avait un beau volume, des vitraux magnifiques, une hauteur de plafond, tout cela permettant à un nombre important de personnes de travailler en même temps. Je ne sais pas si Dieu était encore là ou pas, mais elle n'était plus consacrée depuis longtemps, au sens de la religion… Le sport n'est pas une religion. Mais ça fait partie du travail de base des hommes du RAID. Nous n'avons pas besoin de super champions, ou de gars prêts pour les JO ou la finale de la Coupe du monde de football. Il nous faut des individus de constitution robuste. J'avais tendance à dire : « Je ne veux pas de champions, parce qu'ils sont trop fragiles psychologiquement et physiquement. Mais je veux des bûcherons canadiens ! » Des gens propres dans leur tête, clairs, capables de choses exceptionnelles, tout en gardant les pieds sur terre.

En 1985, quand vous vous installez dans ce domaine de Bel-Air avec le RAID, vous avez à peine le temps de prendre possession de vos locaux qu'éclate une très médiatique affaire : la prise d'otages du tribunal de Nantes. Le 19 décembre 1985 se tient le deuxième jour du procès d'assises de Georges Courtois, un braqueur multirécidiviste, dans l'enceinte du palais de justice de Nantes. Peu avant 10 h 30, Abdelkarim Khalki, un complice de Courtois, fait irruption dans la salle. Il est lourdement armé. Avec Georges Courtois, ils retiennent en otage les policiers, les magistrats, les jurés, les journalistes et le public, composé notamment d'étudiants en droit venus assister au procès. On dénombre trente-trois otages. FR3 Nantes se précipite sur place, suivi par la presse nationale et internationale. La France et le monde découvrent alors les images de cette prise d'otages. Comment apprenez-vous la nouvelle ?

J'avais un bureau au cabinet du directeur général. À Bel-Air, nous n'étions pas encore installés. On revenait d'un déplacement de cohésion, pour assurer la protection du président de la République en Guadeloupe. En revenant, le temps de l'installation, j'avais mis tout le monde en congés. Des meubles arrivaient. Nous n'avions pas encore notre armurerie. Nos armes étaient protégées par la CRS numéro 1. Le responsable presse du ministre Pierre Joxe m'appelle et me dit : « T'as vu ce qui se passe à Nantes ? Tu ne penses pas que ce pourrait être une affaire pour le RAID ? » Je lui réponds : « Absolument ! » C'est pour ce type de mission que le RAID a été créé, formé et préparé.

À cette époque, Robert Broussard travaille pour la Direction générale de la Police nationale. Il est à vos côtés à Nantes. Avez-vous été gêné par la présence de Robert Broussard, alors que vous étiez le chef du RAID ?

Robert Broussard était adjoint opérationnel au directeur général de la Police nationale. Donc tous les aspects opérationnels le concernaient. Non seulement je n'ai pas été gêné par Robert Broussard qui, en plus d'être un ami, était connu de tout le monde. Plutôt que d'être gêné par sa présence, je me disais que la moitié de l'affaire était déjà résolue.

Georges Courtois était flatté que Robert Broussard se déplace…

Vous vous rendez compte, pour un type comme Courtois ? Il avait 40 ans, dont vingt ans passés en prison. C'est vraiment le *loser* ! Quand il voit qu'un mec comme Broussard vient, il est un peu fasciné.

Trente-trois otages, c'est énorme. Vous ne pouvez pas intervenir directement dans le tribunal avec autant de monde. Comment gérez-vous la situation sur place ?

L'objectif dans une prise d'otage n'est pas d'intervenir d'abord. Il y a un jeu d'équilibre, comme avec la bombe atomique. Si chacun possède la bombe atomique, on ne l'utilise pas. Là, nous sommes deux groupes. L'un détient des otages et dit : « Si vous ne me donnez pas ça, je vous en tue un toutes les heures ! » Un autre groupe rétorque : « Si vous touchez aux otages, c'est nous qui allons intervenir ! » Il faut créer cet équilibre, qui permet ensuite de discuter. Que voulez-vous ? Pourquoi avez-vous agi ainsi ? Qu'attendez-vous ? Que peut-on faire avec vous ? Avez-vous des personnes malades, des gens ayant besoin de soins ? Avez-vous faim, ou soif? On est dans le dialogue. Il faut leur faire comprendre qu'ils sont bloqués. On ne va pas leur donner des médailles. Mais on peut traiter l'affaire de manière plus humaine, et ne pas simplement partir en guerre les uns contre les autres.

Georges Courtois a un rapport très particulier à la presse. Il fait venir les journalistes, demande à leur parler. Un moment est resté célèbre durant cette prise d'otages. Vous êtes sur le parvis du palais de justice et Georges Courtois joue avec les chiens de ses revolvers.

Non, ce n'est pas à ce moment-là. Cette scène se passe alors que nous allons voir Georges Courtois pour la première fois avec Broussard. Nous portons tous les deux une chemise et lui a un calibre dans chaque main. On commence à échanger, et il joue avec ses chiens, qui remontent et redescendent. Je me dis alors : « Regarde-moi ce connard, il va nous en filer une sans le vouloir ! Ça va lui échapper et pam ! »

Un coup n'est pas parti ?

Plus tard, après la première tentative de sortie. Il est sur le parvis et il tire des coups de feu. Je vais le voir et je lui dis : « Arrête tes conneries ! Tu vas flinguer quelqu'un ! » Et je poursuis : « J'ai connu, dans le temps, un vieux voyou qui avait commis une prise d'otages, et qui s'est rendu. Je n'avais pas compris pourquoi. Il m'avait dit : "Tu sais, petit, les portes des prisons, ça s'ouvre toujours, les portes des cimetières, jamais." » Courtois était un peu impressionné. Le vieux voyou n'avait peut-être pas tort. Il est rentré dans le tribunal et on a poursuivi les négociations. Son objectif était d'avoir un bus pour partir avec les otages, ensuite de trouver un aéroport pour s'envoler en avion. On lui fait croire qu'on va aller dans son sens.

Il vous restitue progressivement des otages ?

Oui. À chaque fois qu'il nous demande quelque chose, on lui demande la réciproque. Par exemple, il voulait voir un journaliste de FR3, ce qu'on lui accorde. Mais en contrepartie, on lui demande la libération des étudiants.

Psychologiquement, vous dominez complètement…

Vous dites ça maintenant ! Parce qu'on discute autour d'une table, peinards, c'est passé, vous dominez, vous êtes les bons… On tâtonne, on discute, on échange. Nous ne savons pas exactement comment tout va se passer. Une fois que c'est fini, on a beau jeu de dire : c'était facile, c'était un connard ! Quand Courtois est avec des otages, qu'il a des armes, des grenades – à un moment, il dégoupille une grenade puis remet la goupille… Aujourd'hui, cela paraît simple. Mais le jour où nous y étions, pendant trente-sept heures, je peux vous assurer qu'on était loin de se dire : c'est bon, on le manipule… Pas du tout ! Ça a vraiment été une négociation.

Le lendemain, le 20 décembre, vers 15 heures, pourquoi acceptez-vous que Courtois sorte du tribunal avec des magistrats en otages, et qu'il prenne son Renault Espace jusqu'à l'aéroport ?

Non, il n'a pas pris son Renault ! Nous lui avons donné ! Ce n'est pas pareil. Il n'est pas parti dans la bagnole avec laquelle il était venu. Et on ne l'a pas laissé conduire. Il n'était pas au volant.

C'est vous qui l'avez conduit jusqu'à l'aéroport ?

Oui.

Pourquoi accepter cette sortie ?

Au départ, il veut un car et partir avec tous les otages. Finalement, on réduit le nombre d'otages et ils se retrouvent à trois. On accepte qu'ils partent. On lui fait croire que nous allons à l'aéroport où un avion l'attend. Ça, il ne sait pas qu'il n'y a pas d'avion ! D'ailleurs, en arrivant devant l'aéroport, connement, la porte est fermée. On est bloqués, quelqu'un doit venir pour l'ouvrir. On rediscute, on se rend sur le tarmac. Là, il y a toutes les voitures du RAID. Ils sont coincés. On effectue une dernière négociation, notamment à propos de Khalki. Après, ils se sont rendus.

Vous avez résolu cette affaire de la prise d'otages de Nantes sans la moindre effusion de sang. C'est un très grand succès pour le RAID. Votre premier succès.

C'est ce que nous disions toujours. Nous devons être un groupe d'intervention extrêmement performant capable d'intervenir dans les pires conditions. Mais notre premier objectif reste la négociation. Essayer de négocier avec des gens afin d'éviter que du sang coule. Du sang de victime bien sûr, mais même du sang de malfaiteur.

La négociation n'est pas toujours une science exacte. Deux ans plus tard, le 9 février 1987, vous êtes amené à intervenir sur une autre prise d'otages, à la Caisse d'épargne de la Blancarde à Marseille, braquée par le fameux Gang des égoutiers. Pouvez-vous raconter cette affaire ?

Nous avions réussi plusieurs affaires et nous étions un peu trop sûrs de nous. Comme ça arrive parfois. Nous sommes arrivés là-bas avec Broussard. D'ailleurs, le gars avec lequel on négociait a dit à Broussard : « Robert, tu n'aurais pas dû venir, tu aurais dû laisser le Chinois se démerder ! »

Le Chinois était le chef du GIPN local. Il n'était pas très heureux de vous voir arriver. C'est ce qui avait été raconté à l'époque. C'est une légende ?

Non, non… Il n'était pas heureux. Il pensait régler le problème tout seul, mais ce n'était pas possible. Nous avons eu face à nous des gens qui nous ont joué une comédie. Ils nous ont fait croire qu'ils étaient en train d'ouvrir des coffres. Ce qu'ils avaient effectivement fait. Mais ils avaient demandé aux otages de continuer à taper, faire du bruit, pendant qu'ils prenaient la fuite par les égouts, par un émissaire qu'ils avaient creusé jusqu'à la banque. Ça avait duré des semaines. Des alarmes se déclenchaient sans que personne ne s'en inquiète. On s'était bien dit qu'il devait y avoir un truc avec les égouts. Une équipe avait effectué des vérifications. Mais ils avaient eu l'intelligence de boucher leur émissaire avec une plaque en fonte, qu'ils avaient recouverte de terre. Donc on ne voyait rien ! En revanche, quand ils sont sortis, on a vu qu'ils n'étaient plus là ! Mais on les a tous récupérés par la suite…

Le mois de février 1987 est riche en actualités pour le RAID. Vous n'avez pas dû oublier la journée du 21 février. Date où vous avez arrêté les quatre membres principaux du groupe terroriste d'extrême gauche Action directe, qui a commis plus de quatre-vingts attentats, en France, entre 1979 et 1987. Parmi lesquels deux assassinats qui ont marqué le pays : le 21 janvier 1985, celui de l'ingénieur général René Audran devant son domicile à La Celle-Saint-Cloud, et le 19 novembre 1986, celui de Georges Besse, le P.-D.G. de la Régie Renault, assassiné devant son domicile boulevard Edgar-Quinet. Le 21 février 1987, la Direction centrale des renseignements généraux pense avoir localisé Jean-Marc Rouillan et ses complices dans une ferme du Loiret. La mission de les interpeller est confiée au RAID ?

Le 21 était un samedi. Je revenais des sports d'hiver et j'avais les deux bras en écharpe !

Ce n'est pas pratique pour faire du tir !

Je ne pouvais plus conduire. Mon chauffeur Jean-Louis était venu me chercher. On arrive au bureau et je reçois un coup de fil de Pandraud, le secrétaire d'État à la sécurité auprès de Charles Pasqua, qui me dit : « Les loups sont dans la bergerie, avez-vous la possibilité d'intervenir ? » J'ai répondu : « Évidemment, monsieur, pas de problème ! » Nous étions trois… Tout le système de rappel des troupes se met en place. Ma première grande fierté dans cette affaire : deux heures plus tard, nous sommes trente, équipés, prêts à intervenir à Vitry-aux-Loges. J'avais pris contact avec Claude Bardon, alors patron des Renseignements généraux, et avec le patron de la SORS, la section opérationnelle des RG. On se donne tous rendez-vous au commissariat d'Orléans. On nous montre les plans puis on se rend sur place. Une anecdote : à la création du RAID, nous avions décidé de porter des tenues noires, nos interventions étant le plus souvent nocturnes, mais ce jour il avait neigé, tout était blanc, et il y avait quatre cents mètres entre la route et la ferme… Je me suis dit : on va se faire détroncher !

Finalement, j'ai envoyé une équipe afin de confirmer que nous avions bien affaire à Action directe. Le gars qui est à côté des poubelles voit Ménigon sortir pour vider les ordures. On sait alors qu'ils sont là et on se dit : « Putain, s'ils étaient présents tous les quatre, ce serait génial ! » Le renseignement nous avait confirmé Rouillan et Ménigon, mais on a eu la chance de les trouver tous les quatre.

Ils ne vous tirent pas dessus ?

Quand on est dans la maison, après l'intervention, et qu'on regarde vers l'extérieur, tout est noir. Ils ne voyaient rien, alors que nous, on apercevait la lumière de la maison. Moi, j'étais le dernier, à cause de mes bras en écharpe, et j'entendais crisser la neige. J'étais certain qu'ils allaient nous entendre. On arrive jusqu'à la porte et, là, on fait un truc extraordinaire : on défonce la porte alors qu'elle était ouverte ! Nous ne pouvions pas prendre le risque qu'elle soit fermée… Ils étaient tous les quatre en train de déjeuner. Il y avait un escalier de meunier qui grimpait tout le long du mur. Le temps qu'on entre, après avoir cassé la porte, trois étaient déjà partis à l'étage, et Rouillan suivait avec un calibre à la main. Mais il ne nous menaçait pas. Un de nos gars lâche alors une rafale de PM sur le mur et un éclat de béton touche Rouillan à la fesse. Dans la procédure, d'ailleurs, vous avez les fesses de Rouillan avec un gros bleu ! C'est le moment où Rouillan balance son calibre et dit : « Tirez pas ! Tirez pas ! »

Il se rend et vous les avez, tous les quatre, sans effusion de sang.

Juste un bleu… C'est pas bien méchant! Là est ma deuxième fierté: alors que nous avons des types armés qui montent l'escalier, on ne leur tire pas dessus, on tire à côté pour qu'ils se rendent. C'est une belle maîtrise du groupe. Nous ne sommes pas là pour tirailler dans tous les sens.

Vous les avez arrêtés.

C'était notre objectif! Après, on nous a dit: « Pourquoi vous ne les avez pas tués? » Parce qu'on n'est pas des tueurs, tout simplement! Ce n'est pas notre boulot. Notre boulot, c'est d'arrêter les gens et de les remettre à la justice.

Être le chef du RAID, malheureusement, n'implique pas seulement des coups de filet très médiatiques comme l'arrestation des leaders d'Action directe. Il y a aussi des drames humains. Le 31 août 1989, vous perdez deux de vos hommes, lors d'une intervention sur un forcené dans un appartement de Ris-Orangis. Fernand Seither, âgé de 31 ans, et Christian Caron, âgé de 41 ans, sont tous les deux tués dans l'accomplissement de leur devoir. Christian Caron est marié et père de trois enfants. Dans ces circonstances, c'est à vous qu'il revient, Ange Mancini, de prévenir les familles. Comment parvenez-vous à gérer un tel moment en tant que chef du RAID?

C'est la mission la plus difficile, la plus triste, mais essentielle. La vraie cohésion du groupe, on la voit dans de tels moments. Et le groupe a été formidable dans cette affaire. Celui qui a tué Fernand et Kiki était un fou. Il pensait que des Martiens débarquaient. Parfois, un tas de petits faits pris séparément ne produisent pas d'effet mais, lorsqu'ils se conjuguent à un moment donné, ils provoquent une catastrophe.

Il y a une histoire de panne de radio, non ?

Kiki, le patron du groupe « varappe », devait entrer par les fenêtres. Il vient me dire : « On a l'échelle des pompiers, on va y aller comme ça ! » Je lui réponds : « Tu fais ce que tu veux. » Mais le mec dans l'appartement les attendait précisément là, parce qu'un homme du commissariat local avait déjà emprunté ce chemin. Dans le même temps, nous arrivions par la porte, en la faisant sauter avec des explosifs. Il s'avère que le gars avait blindé sa porte sans le faire exprès. Ça a créé un vide entre la porte et le blindage. L'explosif, au lieu de pousser la porte, s'est répandu dans l'entre-deux. Donc la porte n'a pas sauté. Mais nous avions dit : « Dès que la porte saute, vous plongez dans l'appartement… »

Ils ont cru que c'était le signal !

Nous avons voulu les prévenir par radio, mais nous avons eu une panne. Entre le moment où nous entrons dans l'appartement et la neutralisation du forcené, il nous a fallu cinquante-trois minutes pour le maîtriser ! Et encore : on a dû l'assommer avec une barre de fer ! Mais les gens ont compris notre manière de procéder. On aurait pu le tuer, c'était un pauvre mec, mais non.

Comment une unité comme le RAID se relève-t-elle de ses deux premiers morts en opération ?

C'est dans notre ADN. Quand vous êtes au RAID, vous savez qu'un jour, cela peut arriver. Vous n'en avez pas envie, bien sûr. Mais c'est ainsi. Quand j'entendais des gens, qui protégeaient le président de la République notamment, dire : « Vous êtes prêts à mourir pour le président ? Oui, je suis prêt à mourir... », j'avais envie de répliquer : « Moi, pas du tout ! Je suis prêt à mourir pour personne ! Si je meurs, c'est con, mais je meurs pour personne ! » L'idée du RAID, au contraire, est de rester vivant.

La force du collectif, dans ces moments, doit être précieuse, même pour les familles.

Prévenir la famille, c'est bien sûr le rôle du chef. Pour Kiki, ça a été très dur, parce qu'il était un très bon copain. Je connaissais sa femme et ses enfants. Quand j'arrive dans la rue, tout le monde ne se rend pas bien compte.

Certains pensent qu'il s'agit d'une visite amicale ?

Voilà. Alors que la femme de Kiki, elle, sait. Si je viens, il s'est forcément passé quelque chose de grave.

Votre carrière dans la police démarre évidemment avant le RAID, et se poursuit après. Une question encore, toutefois : pourquoi avoir choisi la panthère comme symbole du RAID ?

Je voulais un animal qui soit beau ! Je pensais au tigre mais, avec les rayures, il manque de netteté. La panthère est noire : c'était super ! Je ne voulais pas non plus un animal toutes griffes dehors. On a choisi la panthère, qu'on a repérée sur un vase grec. Il y avait à l'époque le slogan de Mitterrand : « La force tranquille ». Nous, nous avions « la panthère tranquille ».

Vous entrez dans la police le 3 janvier 1966. Vous avez 21 ans. Au mois de septembre de cette année 66, vous êtes affecté au commissariat de Saint-Philippe-du-Roule, dans le 8e arrondissement. À quoi ressemble la vie d'un commissariat dans les années 60 à Paris ?

C'est fabuleux ! Ça ouvre à 8 heures du matin et ça se termine à 22 heures. Des gens viennent, pour faire leur passeport, leur carte d'identité, leur permis de conduire, leur carte grise. Il y a un échange avec la population. Actuellement, quand tu vas dans un commissariat, soit tu y vas pour te plaindre, soit parce qu'on t'y emmène de force. C'est ce qui crée la distance. Nous avions des commissariats de quartier de police judiciaire. Maintenant, c'est fini. Il n'y a plus de mecs en civil. On a militarisé la police. Ce n'est pas forcément la bonne image. Quand on fait du maintien de l'ordre, ou quand on est au RAID, il faut évidemment des tenues adéquates. Mais quand on fait de la police judiciaire de quartier, je ne suis pas certain qu'un gilet pare-balles et un déguisement de militaire s'imposent.

En 1969, trois ans plus tard, vous êtes affecté à la Division nationale antiterroriste. Vous y restez jusqu'en 1972. Vous rejoignez pour un an l'Office central pour la répression de la traite des êtres humains. Quand je me suis penché sur ces années-là de votre parcours, je me suis demandé : où avez-vous trouvé le temps de suivre des cours de droit à la faculté de Nanterre en parallèle de votre vie de flic ? Comment avez-vous concilié les deux ?

Dans la vie, plus tu fais de choses, plus tu as le temps d'en faire ! Celui qui n'a le temps de rien, c'est le mec sur son canapé qui ne sait jamais quoi foutre !

Vous étiez à la fac de droit le jour et au commissariat la nuit ?

Non, c'était l'inverse !

Quand on est un jeune policier de 25 ou 26 ans, quelle est l'ambiance à la fac de droit de Nanterre, juste après mai 68 ?

L'ambiance est très curieuse. Il y a encore des patrouilles de CRS, de gendarmes mobiles, qui se baladent autour de la fac, mais qui n'ont pas le droit d'y pénétrer. Maintenant on demande des flics partout mais, à l'époque, on n'en voulait pas.

À la faculté de Nanterre, vous passez votre maîtrise de droit public. Puis vous présentez le concours de commissaire de police. Vous le réussissez brillamment et vous voilà parti pour Saint-Cyr-au-Mont-d'Or. En 1975, vous sortez de l'école et retournez à Paris. Vous êtes affecté à la 2e brigade territoriale, qui est compétente sur les 9e, 18e, 19e arrondissements de la capitale. C'est le Paris de Pigalle, de la nuit, du proxénétisme…

C'est le cœur criminel de la France !

C'est le clan Zemour, le clan Barbier. Quelle est l'ambiance de ce Paris de la nuit des années 70, ce Paris du banditisme ?

À l'époque, il y avait encore des bars à hôtesses. Comme un relent des années d'après-guerre.

Comment peut-on incarner la police là-dedans ?

On est respecté !

Courtisé ?

Certains ont pu se laisser séduire. Quand je recevais des jeunes à la 2e brigade territoriale, je leur disais : « Ici, vous n'avez que des patrons de boîtes de nuit, des putes et des julots. Donc ils vont vous trouver formidables, intelligents et supers. En fait, vous êtes cons, vous êtes laids et vous n'avez rien à foutre. N'oubliez pas ce truc. Maintenant, vous pouvez vous laisser inviter à bouffer, à boire, il n'y a pas de problème. Quand vous aurez trop bouffé, vous dégueulerez. Quand vous aurez trop bu, vous vous endormirez. Mais le premier qui prend dix balles, je le vire. »

Il y avait de la corruption ?

C'était un monde de voyous, de truands, de putes ! J'ai connu l'époque où il y avait encore les hôtels d'abattage à Pigalle. J'y emmenais d'ailleurs des journalistes. La société a changé. Ce qui était alors acceptable ne l'est plus. Mais il faut s'adapter, toujours, à la réalité du terrain. Ça a toujours été, notamment, la force du RAID.

En 1978, vous êtes aspiré, happé, par la Brigade criminelle, la Crim'. Direction le 36, quai des Orfèvres. Vous avez 34 ans. Que vous ont appris vos années à la Crim' ?

La Crim' est une école extraordinaire du doute. Quand on était jeune inspecteur ou commissaire, on nous apprenait : « Quand une affaire se présente, tu n'as pas d'hypothèses. Si tu en as une, même de bonne foi, tu vas aller dans le sens de ton hypothèse, et ne pas voir les autres. » Il faut se garder des idées préconçues. On rassemble des morceaux, des preuves, des témoignages, des constatations. Et petit à petit, une image, comme un puzzle, se met en place et fait apparaître la vérité, ou pas. C'est la démarche intellectuelle, je le dis toujours, qui est la force de la Brigade criminelle.

Le 13 juin 1981, vous êtes à la Brigade criminelle, c'est un samedi, et vous êtes appelé sur une affaire peu banale : celle du Japonais cannibale.

Un couple d'amoureux se balade et voit deux valises, dont une avec un pied qui sort. À ce moment, on se rend sur les lieux, avec René-Georges Querry, patron de permanence, numéro un de la Crim'. On récupère les valises, sans en savoir plus. On les amène à l'institut médico-légal. Les mecs là-bas reconstituent le corps. On s'aperçoit qu'il ne reste que les os, et que toutes les masses musculaires, toute la viande, ont été enlevées. Personnellement, je ne poursuivrai pas cette affaire. J'étais juste de permanence. Mais le groupe, qui était avec moi, s'en occupe. Ils font le tour des taxis. Et un chauffeur explique qu'il a pris un petit Japonais en face du Auchan Porte d'Auteuil et qu'il s'est fait conduire avec ses valises jusqu'au bord de l'eau. Mais celles-ci étaient tellement lourdes, et le Japonais ne mesurait qu'1m50, que les valises lui ont échappé. Elles se sont ouvertes et il s'est enfui. Mais assez rapidement, on a identifié le mec. Il avait 6,5 kg de bidoche dans son frigo. On a photographié un sein dans une poêle en train de frire. Couteau, fourchette et moutarde étaient prêts. Ici, on a trouvé un bout de fesse. C'était incroyable.

Issei Sagawa, l'auteur de cet homicide, ne sera jugé ni pour l'assassinat ni pour les actes de cannibalisme qu'il a pratiqués sur Renée, l'étudiante néerlandaise dont vous avez retrouvé le corps. Trois experts psychiatres indépendants l'ont déclaré irresponsable et une ordonnance de non-lieu a été rendue à l'époque par le juge Bruguière. Issei Sagawa est rentré au Japon où il est mort d'une pneumonie le 24 novembre 2022, à l'âge de 73 ans.

Après avoir écrit des livres de cuisine !

L'année suivante, en 1982, vous quittez la Brigade criminelle. Vous restez peu de temps à la Brigade de répression du banditisme. En 1983, vous partez pour la Corse. Vous devenez directeur du Service régional de police judiciaire, le SRPJ d'Ajaccio, jusqu'en 1985. Les années 85-90 sont vos années RAID, à Bièvres. Vous occupez ensuite différents postes dans la police. Notamment à la PJ de Versailles. Puis vous êtes à la tête du Service de coopération technique internationale de la police, le SCTIP…

J'ai également été sous-directeur des affaires criminelles à la DCPJ et directeur central adjoint de la PJ…

Jusqu'en 1999, où vous devenez préfet, à l'âge de 55 ans. Pourquoi ce choix de ne plus être policier ? Aviez-vous fait le tour ?

Je n'avais plus envie de me remettre dans le même circuit. Quand vous avez été directeur central adjoint de la PJ, que pouvez-vous avoir de plus ? Préfet était une carrière nouvelle que je trouvais, à titre personnel, beaucoup plus intéressante. À l'époque, comme directeur, vous partiez à la retraite à 60 ans tandis que les préfets partaient à 65 ans.

Une de mes filles était alors encore au collège. Je voulais continuer à travailler.

Préfet, vous l'êtes en Corse, de 1999 à 2002, puis en Guyane pendant quatre ans, puis dans les Landes, entre 2006 et 2007, avant de partir, toujours comme préfet, en Martinique jusqu'en 2011. En douze ans de carrière de préfet, vous en passez huit outre-mer. Qu'aimiez-vous, outre-mer, pour y demeurer si longtemps à chaque fois ?

Ce qui est formidable, outre-mer, c'est que tout se passe tandis que les gens dorment à Paris ! C'est vous le patron !

C'est ce qui vous a plu ?

En Corse, j'étais préfet de police. Donc je connaissais un peu la fonction, et je connaissais bien l'île, le milieu, la population, les malfaiteurs. Je connaissais tout le monde et tout le monde me connaissait. C'était une première approche du métier de préfet, que j'ai réellement appris au contact de Jean-Pierre Lacroix, un homme formidable, préfet territorial avec lequel j'étais en Corse, un préfet « ancienne méthode », avec des cours du soir.

Ce qui a dû vous être utile en Guyane ?

Quand vous êtes préfet en Guyane, vous avez l'impression d'être un préfet du XIXe siècle, un bâtisseur. J'ai construit des ponts, des routes. Ensuite, les Landes. Là-bas, ils n'ont pas tellement besoin d'un préfet, mais le département est formidable. J'ai appris ce qu'était la transmission intergénérationnelle. Dans les Landes, comme préfet, on vous amène toujours visiter plein de lieux. Alors qu'on était en forêt, on m'avait expliqué que, lorsque quelqu'un devait marier sa fille ou son fils, il coupait des pins mais il les replantait ensuite, en sachant qu'une autre personne, appartenant à la génération suivante, les recouperait.

Vous disiez que, outre-mer, les choses se passent quand Paris dort. Quand vous étiez en Martinique, vous avez eu à gérer un ouragan, un mouvement social sans précédent et la mort d'Aimé Césaire. Ça fait beaucoup !

Sans oublier un tremblement de terre ! Il ne me manquait qu'une éruption volcanique ! Mais je disais : « Je ne désespère pas ! »

En 2011, vous rentrez en métropole pour un tout dernier poste. Vous devenez coordonnateur national du renseignement à la présidence de la République. Vous êtes au service de Nicolas Sarkozy. En quarante-cinq ans de carrière, vous n'avez jamais travaillé dans le renseignement. Pourquoi vous, alors, à ce poste ?

Parce que c'est peut-être mieux !

De ne pas connaître le renseignement ?

Oui ! Si vous voulez être bon dans la coordination, il faut être capable d'apprécier ce que les gens qui font du renseignement vont vous raconter. Si vous venez déjà d'un service de renseignement, vous risquez d'être influencé. Quand vous devez gérer six services comme la DGSE, la DCRI que j'ai transformée en DGSI, les Douanes, la DNRED (les renseignements douaniers), la DRM, Tracfin, il faut être au-dessus de chacune de ces unités. Dans la vision. Ce sont eux qui vont vous donner les bons éléments, mais c'est à vous d'en effectuer la synthèse.

Qu'est-ce que Nicolas Sarkozy attendait de vous ?

C'est lui qui a créé le poste de coordonnateur, en 2008. Il attendait qu'on arrête de jouer au poker menteur entre services de renseignement. Avant cette création de poste, les services de renseignement prenaient tous les prétextes pour, en réunion, ne pas dire ce qu'ils savaient afin, ensuite, d'aller glisser à l'oreille du président : « Le bon renseignement, c'est moi qui l'ai eu ! » Nous avons pu créer une communauté qui a, aujourd'hui, une véritable existence et une vraie valeur mondiale.

En 2012, François Hollande est élu président de la République et il vous maintient à ce poste. Vous êtes-vous tout de suite bien entendu avec le président Hollande ?

Je ne le connaissais pas, mais je pense qu'il n'avait personne à sa disposition pour prendre le poste immédiatement. J'aurais pu n'effectuer qu'une transition, mais cela s'est plutôt bien passé. Il m'a gardé jusqu'à ma retraite.

En même temps, il y avait du travail !

Trois jours avant ma retraite, il a réuni une coordination nationale du renseignement, dont il est le président. Et nous avons pu faire passer un certain nombre de choses, dont la création de la DGSI.

De 1966 jusqu'en 2013, de vos 21 ou 22 ans jusqu'à vos 69 ans, vous avez passé quarante-sept années au service de notre pays.

Cinquante années ! Il faut compter aussi les trois années de service militaire, qui était obligatoire.

Un demi-siècle au service de la France ! Durant toutes ces années, la police a changé. Selon vous, quelle évolution est la plus marquante ?

Je ne dirais pas que la police a changé. C'est la société qui a évolué. Et la police s'est adaptée à ces changements. Parfois douloureusement, parfois difficilement. Ce n'est pas toujours juste, par rapport à la police, que les médias, les politiques, entre autres, pour des raisons personnelles, salissent cette image et cette idée de la police. Alors que nous avons cette chance, en France, d'avoir une police démocratique qui sait s'adapter à tous les moments et toutes les réalités de notre société.

Martine Monteil

Dans la police, elle ne passe pas inaperçue. Encore commissaire stagiaire, elle fait passer aux aveux « l'étrangleur des parkings » ! Aux Stups, elle arrête Françoise Sagan et, à la Mondaine, une certaine… Madame Claude. À la BRB, elle croise la route de Johnny Hallyday, avant d'être la première femme à diriger la Crim'. De l'attentat de Port-Royal à l'arrestation de Guy Georges, en passant par l'enquête sur la mort de Lady Di, Martine Monteil est une femme flic, tout simplement.

Martine Monteil, quand je vous ai demandé sur quel lieu marquant vous aimeriez revenir, vous m'avez spontanément indiqué la station de RER Port-Royal. Pour quelle raison ?

Cet attentat du 3 décembre 1996 faisait suite à une autre série d'attentats, en 95, et la Brigade criminelle était encore en charge de ces attentats qui avaient beaucoup marqué nos concitoyens. S'il fallait établir une échelle de la gravité, c'est ce qu'il y a de plus grave. J'avais vécu beaucoup d'autres affaires très importantes, mais un attentat est gravissime, c'est une scène de guerre, cela touche tout un pays.

Le 3 décembre 96, il y a donc eu un attentat dans cette station RER de Port-Royal. Vous rappelez-vous comment vous avez été prévenue ?

Comme toujours, la PJ est prévenue par l'état-major, qui est le réceptacle de toutes les informations. Il y avait déjà la rumeur de cet attentat, donc nous étions très proches. Nous avons sauté dans nos voitures et sommes arrivés.

Vous vous rappelez précisément où vous étiez à ce moment-là ?

J'étais au service, au 36 ; nous étions nombreux. Ceux qui étaient en extérieur, mobilisés sur d'autres enquêtes, ont évidemment été rapatriés vers Port-Royal. Dans ces cas-là, le service sait qu'il sera mobilisé au complet.

Quand vous recevez ce coup de fil, vous avez tout de suite la conviction qu'il s'agit d'un attentat ?

Oui. On se dit : « Ça y est, ça repart. » On est très sensibilisés et vigilants.

Donc là, vous arrivez, vous descendez les marches de la station…

Et j'arrive sur le quai.

Quand l'attentat de Port-Royal survient, nous sommes près de vingt ans après votre arrivée dans la police, en 1976.

En vingt ans de carrière, vous avez été aux Stups, dans la Mondaine, vous avez été à la BRB, puis à la Crim'. Vous avez vu des choses effroyables, et pourtant cette scène d'attentat vous marque davantage que d'autres scènes de crime. Pourquoi ?

Les scènes d'attentat, en 96 comme en 95, sont de véritables scènes de guerre. Ils utilisaient un matériel artisanal, fait de bouteilles de gaz, bourrées de boulons, de clous, de ferraille, de tout ce que vous voulez, des choses très coupantes et invalidantes. Et toutes les personnes qui se sont trouvées autour de l'explosif ont été complètement disloquées.

Quand vous arrivez sur ce quai en 1996, que voyez-vous exactement ?

On entre dans la rame. Le but est toujours de trouver des éléments. Donc nous sommes en recherche, notamment du cratère. Où est le cœur de l'explosion. On se disperse les uns les autres. Évidemment, il y a partout ces pauvres gens qui sont morts, la plupart éviscérés, certains auxquels il manque des membres. C'est vraiment une scène très très dure.

Je crois avoir lu que, quand vous entrez dans la rame, vous voyez une femme, vous êtes immédiatement attirée par une touriste canadienne…

Quand vous êtes au milieu de gens démembrés, au milieu du sang, vous êtes assez étonnée de voir un visage qui est presque entièrement vierge de toute trace de blessure. C'était une jeune femme brune. Elle avait des yeux de biche, des yeux marron maquillés. Un visage assez paisible, qui n'avait pas été touché. Alors que son corps, entièrement disloqué, n'existait plus. Et ça m'a frappée de faire face à ce visage, au milieu de cette rame où il se passait des événements si monstrueux.

Et malgré cela, malgré l'horreur, il faut rester professionnel...

Il y a une sorte d'adrénaline, qui mobilise. On se dit : « Il faut vraiment qu'on les attrape, les salauds qui ont fait ça ! » L'enquête va nous apprendre que cette jeune femme était une Canadienne en voyage de noces avec son mari dans la capitale. Toute la lâcheté de ces déséquilibrés porte vraiment atteinte à l'innocence de chacun. C'est épouvantable...

Cette horreur que vous voyez sur les quais de Port-Royal décuple alors votre indignation. Aujourd'hui, plus de vingt-six ans après cet attentat, il n'est toujours pas revendiqué. Cela reste un attentat non attribué. Nourrissez-vous des regrets par rapport au fait qu'aucun des auteurs n'ait pu être retrouvé ?

On nourrit bien sûr toujours des regrets. Pour autant, le travail a été considérable. Il y a eu un très gros investissement. Comme tout le travail qui est effectué par la Brigade criminelle, particulièrement sur les affaires de terrorisme. Mais ce sont des affaires de longue haleine. Il y a eu plusieurs pistes. Des fils ont été tirés. Pour le moment, le dossier n'est pas complètement clos. Sait-on jamais… Nous n'abandonnons jamais. Les investigations se poursuivent.

Ce 3 décembre 1996, vous avez fait le chemin du 36, quai des Orfèvres à la station Port-Royal. Aujourd'hui, j'aimerais que nous fassions le chemin inverse. Que nous remontions le temps. Mais avant, faisons une halte chez le Grec, qu'en dites-vous ?

On y va !

Qui est ce fameux Grec ?

Il s'agit d'un restaurateur qui tenait, au 31 de la rue Saint-André-des-Arts, un restaurant magnifique, avec un accueil chaleureux, de bons produits. C'était un point de rendez-vous très sympathique, très proche du 36, où l'on voyait beaucoup de policiers, de magistrats.

Il a désormais vendu son établissement, mais arrêtons-nous au même endroit pour poursuivre notre conversation. Nous sommes donc précisément au Café des Arts, dans le 6e arrondissement parisien. Le restaurant sert toujours des spécialités grecques. Cela va être l'occasion de revenir sur la première partie de votre carrière. En m'intéressant à cette période, j'ai été frappé par ce fait : vous avez été la première en tout. Première femme à la tête d'un commissariat parisien. Première femme à la tête des Stups. Première femme à la tête de la Mondaine. Première femme à la tête de la BRB. Première femme à la tête de la Crim'. Première femme à la tête du 36, quai des Orfèvres. Première femme à la tête de la Direction centrale de la PJ. Et première femme commissaire à devenir préfète… Et pourtant, quand vous entrez dans la police en 1976, le slogan est: « La police, un métier d'homme! » C'est un sacré contraste, non?

En effet! C'est une victoire sans le vouloir, tellement cela s'est fait naturellement, en exerçant cette profession passionnante. J'ai seulement poursuivi mon cursus. Je n'ai jamais milité pour être la première. J'ai juste fait mon travail et j'ai obtenu de bons résultats. On m'a appelée à d'autres fonctions, un peu plus importantes. J'ai essayé de les honorer. Ce n'était pas toujours de tout repos puisque, à chaque fois, ça attirait les médias. Mais tout le monde était complice. Une manière de dire: « Vous voyez, les femmes ont aussi leur place dans la police. »

Qu'est-ce qui vous a donné envie, Martine Monteil, de devenir policière? Parce que votre grand-père et votre père, eux aussi, étaient policiers? Ou y avait-il d'autres raisons?

Je pense que l'aspect familial a joué. J'ai vu surtout mon père, puisqu'il était à l'Antigang, à la création de la BRI par François Le Mouël, puis dans d'autres fonctions. Il a toujours été passionné. Et j'ai vu ces hommes qui se réunissaient chez nous à Vincennes, puisque M. Le Mouël habitait à Montreuil. Le patron venait prendre son équipe, et tous partaient au travail en pleine nuit, heureux d'aller travailler. C'était extraordinaire !

Votre père n'a jamais cherché à vous dissuader de devenir policier ? Au contraire, il vous a poussée dans cette direction ?

Il m'a laissée libre. Et quand il a senti que j'étais attirée, il m'a encouragée.

J'ai d'ailleurs appris qu'il vous entraînait au tir ?

Mon père adorait le tir depuis l'âge de 20 ans et tirait très bien. En tant que policier, bien sûr. Mais il était aussi chasseur. Il me faisait tirer au fusil.

Une anecdote à ce sujet : il vous aurait offert un petit modèle de revolver pour vos interventions discrètes ?

L'anecdote est authentique. C'est un Smith & Wesson, un Bodyguard, sans chien. Très pratique puisqu'il n'accroche pas dans le pantalon.

Vous êtes donc la première femme à occuper toute une série de fonctions à très hautes responsabilités au sein de la police. Pourtant, vous avez déclaré ne jamais avoir senti de discriminations parce que vous étiez une femme…

En effet, je n'en ai jamais ressenti. Pas non plus, toujours, de soutien. Surtout au début. La hiérarchie m'a accueillie fraîchement. Courtoisement, mais fraîchement. Parce que, pour eux, les femmes étaient un générateur de soucis. Une femme allait tomber malade. Une femme allait être enceinte, donc s'occuper d'enfants. Donc beaucoup s'absenter. La hiérarchie ne voyait que le côté négatif lié à une femme.

Enceinte, vous l'avez été. Vous êtes aussi une mère de famille.

À mes débuts, il fallait du courage. La hiérarchie ne tenait pas du tout compte de nos grossesses. On se levait la nuit, on travaillait la nuit. La seule personne chez laquelle j'ai senti, un jour, une certaine compassion, était un vieux brigadier de police, qui était dans le car Police Secours d'intervention sur un cas de personne décédée, découverte à son domicile en état de putréfaction. Je devais effectuer les constatations. Je commence à mettre mes gants. Le brigadier me dit alors, avec son accent rocailleux : « Oh ! là là ! Patronne ! Touchez pas ce cadavre ! Dans votre état ! » Je lui ai répondu en riant : « Il va bien falloir le soulever, brigadier, s'il y a un couteau en dessous… » La scène était cocasse, mais emplie d'humanité.

Le soutien, finalement, ne venait pas de là où vous le pensiez.

Il venait plutôt des subordonnés. Passer une nuit de garde à vue au 36 était très fastidieux. Une nuit entière, avec cinq ou six téléphones sur la table, et il fallait mettre en garde à vue des individus en fonction de la narration de ceux qui avaient interpellé des gens dans la capitale. Les intervenants vous relataient les faits. Il faut bien sûr poser des questions, parce que placer une personne en GAV n'est pas neutre. Il est nécessaire d'être vigilant. Cela dure, c'est une nuit blanche assurée. Et je me souviens que, pendant un break sur les coups de 2 heures du matin, je le vois revenir, il était sorti, et l'officier de PJ revient avec un lit picot. Je lui dis : « Pourquoi rapportez-vous un lit ? Vous voulez sommeiller ? » Il me répond : « Mais pas du tout ! C'est pour vous ! » Il prenait soin de moi. C'était formidable.

Vous ne passez pas inaperçue dans la police. Parce que vous êtes une femme, peut-être. Mais surtout parce que vous êtes douée. Vous résolvez votre première affaire alors que vous êtes commissaire stagiaire. C'était l'affaire de l'étrangleur des parkings. Pouvez-vous nous la raconter ?

À l'époque, je suis stagiaire. J'effectue mon stage en PJ, en brigade territoriale. J'ai 26 ans. C'est la moyenne délinquance. Il y a des cambrioleurs, des petits braqueurs. C'est plutôt sympathique. Un jour tombe une affaire criminelle. Mes yeux brillent. Ce n'est pas tous les jours que nous avons ce genre d'affaire. Surtout : la brigade reste saisie. On s'est jetés dessus. Une fille avait été étranglée dans son parking. On sent la connotation sexuelle. Elle avait été violée. Je vais fouiller dans tous les fichiers des affaires de détraqués sexuels. Un gros travail de recherche, bien sûr.

Puis il y a une autre jeune femme étranglée. Puis une autre tentative. Et encore. Nous sommes en présence d'une série. Les filles sont toutes étranglées de la même façon. Pour la dernière, il fout d'ailleurs le feu à la chambre où cela se passe. On a alors une information nous désignant un individu d'origine yougoslave qui vit avec sa mère et traîne un peu partout dans le quartier. Nous commençons à travailler sur cette piste. On contacte aussi la mère. Elle confirme que cet homme a déjà été condamné en Yougoslavie pour des faits similaires à caractère sexuel. On tient le bon numéro. Il ne reste plus qu'à l'interpeller. Ce qui est fait très rapidement. Mais on tombe sur une tête brûlée. Il n'avoue pas. Les gars, énergiques et persuasifs, ont beau lui crier dans les oreilles, il ne se passe rien.

Et c'est vous, commissaire stagiaire, qui le faites avouer ?

Les collègues ont fait un break, sont partis manger un petit morceau, en le laissant dans son coin. Je dis à l'inspecteur avec lequel je formais un binôme : « On pourrait peut-être le prendre. Lui donner un sandwich, à boire, discuter avec lui. Ça ne mange pas de pain… » On le fait venir. Il est toujours aussi fermé. Le regard noir. Il ne regarde jamais les gens en face. C'est un gars très flippant, très costaud. On avait sa fouille, c'est-à-dire, tous les effets personnels. Je vois un portefeuille, que j'ouvre. Y figure une photo, la photo d'un petit garçon, tout mignon. Je la sors et lui montre. Là enfin, il regarde, il s'anime. Je lui dis : « C'est ton fils ? » Il me répond : « Oui. » Je déclenche un numéro, lui dis : « C'est simple, ton fils, quand tu le reverras, il sera adulte. Parce que tu es pris, on sait que c'est toi qui as tué… » Je le baratine un peu. Si tu avoues, si tu collabores, on peut en tenir compte, peut-être que ta peine sera réduite. Avec quelques mensonges aussi, mais il faut arriver à nos fins. Nous avions peu d'éléments. Une fourchette, retrouvée sur une scène de crime, et également dans les tiroirs chez sa mère. À cette époque nous n'avions pas d'ADN.

Il vous fallait donc des aveux…

Le dialogue a duré. Et finalement il s'est lâché. Contre toute attente, quand il se lâche, il le fait complètement. Il donne tous les détails. Y compris les pires, les détails du viol, de la violence. Il n'est plus du tout inhibé. Il balance tout. L'inspecteur principal, à mes côtés, notait tout sur sa machine. Quand nos collègues sont revenus, ils nous ont vus avec le gars. On leur a fait signe de ne pas entrer, parce que ça fonctionnait.

Et c'est ainsi que vous avez résolu votre toute première affaire criminelle. Vous êtes alors encore à l'École de police. Quand vous en sortez, vous êtes affectée dans le 7e arrondissement de Paris…

Pas tout de suite. J'ai d'abord effectué un an et demi à la 4e brigade territoriale : 11e, 12e, 20e arrondissements. Tout l'Est parisien. À cette époque, pour la première fois, on mettait des jeunes en commissariat. Avec moi, il y avait un cumul : jeune et femme ! Ils se sont dit : « Comment les administrés vont-ils accueillir un commissaire femme, jeune de surcroît ? » Il fallait un commissariat feutré, pas trop important. Toujours les mêmes réflexions. Il fallait nous tester. Je me retrouve donc à diriger le commissariat de Saint-Thomas-d'Aquin, dans le 7e arrondissement.

Serge Gainsbourg venait boire des coups avec vos effectifs à la fin de la journée...

Serge Gainsbourg était un voisin qui aimait la police. Il est venu au 36 je ne sais combien de fois. Il était très proche des policiers. Un autre voisin, Thierry Le Luron, passait régulièrement nous remettre son permis de conduire, qu'il perdait.

Il était pris en état d'alcoolémie ?

Ou en excès de vitesse. Il me disait toujours : « Madame le commissaire, ma Rolls m'attend... » Sur le ton de l'humour et très sympathique.

Les commissariats à l'époque étaient des lieux de vie très ouverts, où tout le monde pouvait venir.

Il y avait par exemple Jean Seberg, l'épouse de Romain Gary qui, à l'époque, avait des problèmes. Elle perdait un peu la tête. Elle entrait dans le commissariat comme si elle était chez elle. Nous avions une petite cuisine, qui servait quand on était de nuit ou de week-end, pour se faire un casse-croûte ou faire chauffer du café. Elle venait et préparait un plat pour tout le monde. C'était un peu gênant, mais on la laissait faire, on ne la dérangeait pas. Romain Gary, généralement, savait où la trouver et passait la récupérer.

Que vous a appris le passage en commissariat de quartier ?

Pour un jeune commissaire, c'est très important. L'idée d'y mettre des jeunes était excellente. Parce que c'est une école. De la connaissance, de la vie, d'un quartier. Vous êtes responsable d'une partie de la population parisienne. La nuit, si un événement se produit, vous vous déplacez. Vous avez aussi beaucoup de contacts, ce qui permet d'obtenir de nombreux renseignements.

Vous connaissez tout le monde : les gardiens d'immeubles, les commerçants, les cafetiers…

Quand un service central, dans le cadre d'une enquête, avait besoin d'un renseignement, il savait qu'en venant au commissariat, il pouvait toujours obtenir des informations. C'est de la police de proximité. La vraie. La police du quotidien. Et une bonne école pour les jeunes commissaires.

En 1982, la vie de commissariat se termine puisque c'est la date de votre arrivée au 36, quai des Orfèvres. Vous y avez travaillé pendant vingt-cinq ans. Le 36 a beaucoup changé depuis 1982. Il ne reste plus que la Brigade de recherche et d'intervention. Que ressentez-vous quand vous revenez dans ces lieux après tant d'années ?

Je ressens toujours, à chaque fois, beaucoup d'émotion. Comme un retour vers le passé. Une page s'est tournée, pleine de bons souvenirs.

Il y a quarante ans, vous commencez au 36, à la Brigade des stupéfiants, à une époque où la cocaïne et l'héroïne font des ravages dans Paris. Au début, vous êtes en charge de sensibiliser, notamment les jeunes, sur les ravages de la drogue. Vous intervenez dans les établissements scolaires. Mais très vite l'appel du terrain s'impose et vous vous retrouvez à mesurer ces ravages. Que vous a appris, concrètement, le terrain ?

Marcel Morin, un grand patron du Quai des Orfèvres, m'a fait venir à la Brigade des stupéfiants. Il voulait en effet que je sensibilise, en priorité, les gardiens de la paix, nos équipes sur le terrain. Les sensibiliser à la procédure. Le Parquet, parfois, pouvait se plaindre de quelques petites erreurs, au niveau des interpellations, de la fouille à corps. J'étais chargée de les informer sur les produits, et sur la procédure. Et j'intervenais aussi en milieu scolaire, dans les lycées, à la demande des proviseurs, dans les écoles d'infirmières. Avec succès. Il y avait de nombreuses demandes. Nous partions avec une mallette, remplie d'échantillons. Les parents d'élèves également étaient demandeurs. Ils craignaient pour leurs enfants, mais n'avaient jamais vu un morceau de cannabis. Ensuite, un collègue est parti et le patron m'a demandé de remplacer cette personne. J'ai rapidement commencé le terrain. Aux Stups, j'ai travaillé avec les groupes d'enquête, jusqu'en 1989.

À quoi ressemble la lutte contre le trafic de drogue dans les années 80 à Paris ?

On a l'impression, qui est encore plus forte aujourd'hui, de vider un tonneau avec une petite cuillère. Il y a beaucoup de trafiquants. À l'époque, les Chinois de Hong Kong sévissent dans la capitale. Nous avons fait tomber beaucoup de ces filières de Chinois. Il a fallu recruter de nombreux interprètes, parce qu'ils parlaient divers dialectes. Ils étaient dealers, mais ils fabriquaient aussi la drogue. On a trouvé beaucoup de laboratoires. Mais la drogue n'était pas très bien raffinée.

Là, vous voyez les ravages notamment de l'héroïne. Vous approchez de près les toxicomanes.

Ce que je trouvais terrible à l'époque, c'est qu'on les voyait venir, on les traitait, mais ils ressortaient systématiquement. Et ils replongeaient. On avait le sentiment que, une fois sortis du 36, ils passaient le pont Saint-Michel et ils pouvaient retourner s'approvisionner. Nous avions de bons rapports avec le procureur. Et c'est ainsi qu'est née l'injonction thérapeutique. Il fallait trouver un système nous permettant de pouvoir présenter les toxicos à un magistrat. Avec nous, ils ne sortaient plus de nos murs.

Avec cette injonction de soins. Parfois ça ne fonctionnait pas. Mais la démarche était déjà plus positive.

Dans les années 80, la drogue fait des ravages mais, pourtant, une femme fait des déclarations et promeut à la télévision un usage récréatif de la drogue. Cette femme, c'est l'écrivaine Françoise Sagan. Que vous avez interpellée Martine Monteil, chez elle, à son domicile.

Nous étions intéressés par son dealer. Nous étions aux trousses d'un individu qui effectuait des livraisons, en voiture, à différentes adresses. Nous avions enquêté très en amont et nous savions où il allait livrer. Parmi ses clients, nous avions eu connaissance de Françoise Sagan. Je suis intervenue, pas uniquement parce qu'il s'agissait de Françoise, mais un peu, toutefois. Elle était politiquement en vue, proche de François Mitterrand. Ce jour-là, nous sommes tombés sur son cerbère, une amie très proche. Une véritable chienne de garde, qui m'a surtout sauté dessus, qui m'a attaquée physiquement. Mes gars l'ont arrêtée. Elle ne voulait pas qu'on entre, mais nous avons maîtrisé la chienne de garde. Puis j'ai pris à part Françoise Sagan, lui expliquant que nous ferions notre travail de toute façon, que la perquisition aurait lieu, que nous savions qu'elle avait été livrée. Ou alors, autre version possible et intelligente : elle nous indiquait où étaient cachés les produits.

Et elle vous l'a dit ?

Elle était intelligente. Elle a bien compris que je ne plaisantais pas. Que je ferais ce que je disais.

Où trouvez-vous la drogue ?

Elle possédait dans sa bibliothèque un endroit de folie. Elle avait caché la came au milieu de ses livres.

Et vous avez arrêté Françoise Sagan…

On a saisi la drogue et, il faut être claire : Françoise Sagan n'était pas prête à partir en cavale. Mais, comme je lui ai signifié, il me fallait pouvoir l'entendre. Nous étions intervenus à son domicile, nous avions découvert des stupéfiants. Elle devait nous suivre au Quai des Orfèvres. Et elle nous a suivis. Je l'ai entendue le soir et nous avons eu l'élégance de la raccompagner ensuite chez elle.

Peu de temps après, elle a donné une interview à la télévision, à Thierry Ardisson, où elle se plaignait que l'affaire avait fuité, notamment dans Le Canard enchaîné. *Mais vous avez traité ceci, j'imagine, avec beaucoup de discrétion ?*

Elle m'a d'abord téléphoné. Quand elle est partie du 36, je l'ai raccompagnée jusqu'au sas. Elle me disait : « Il ne faut surtout pas que ça se sache. » Je lui avais garanti sur l'honneur que ça resterait confidentiel. Je m'engageais en mon nom et pour mes troupes. Elle m'avait remerciée. Alors vous imaginez, quand deux jours après, le *Canard* titre « Bonjour Camée » en une, avec le P-V de Martine

Monteil, commissaire principale, elle m'appelle tout de suite: « Vous m'avez trahie! » Je lui ai répondu: « Je ne vous ai pas trahie, mais moi-même j'ai été trahie! Je suis absolument sûre que ce ne sont pas mes équipes mais, pour le moment, je ne peux pas vous dire qui a trahi. » L'IGS a été saisie. Nous n'avons pas rigolé avec cela. J'ai été entendue pendant deux bonnes heures, point par point, mes gars aussi. Mais, on n'est pas flics pour rien, il y avait dans le P-V reproduit par le *Canard*, dans un coin, une petite tache, un petit défaut. Nous avons fait travailler l'IGS dans ce sens. Qu'ils regardent du côté des machines à photocopier si une machine avec un défaut n'existait pas. Et bingo! Mais ce n'était pas chez nous. Ça venait plutôt du Palais de Justice...

En 1989, vous quittez la Brigade des stupéfiants, que vous dirigez, et vous prenez la tête de la Brigade mondaine. En quelque sorte, vous troquez les dealers contre les proxénètes. Et vous allez être mise sur la trace de la mythique Madame Claude, qui est la plus célèbre mère maquerelle de France. Comment êtes-vous amenée à la côtoyer ?

Tout d'abord, la Brigade de répression du proxénétisme n'a pas concerné que Madame Claude. Nous avions un programme très chargé. Qui concernait la lutte contre les proxénètes traditionnels, ceux que nous appelions « les julots », mais aussi on faisait les studios, le proxénétisme immobilier, ou encore la voie publique, les camionnettes, les travestis du bois de Boulogne, le contrôle de l'ensemble des cabarets et discothèques de la capitale. C'est le monde de la nuit, le glauque. Beaucoup de travail et de dossiers et, parmi eux, le groupe des réseaux clandestins : les *call-girls*. Celui qui dirigeait ce groupe était un inspecteur, monsieur Paul, très compétent, qui avait beaucoup d'informateurs, et surtout d'informatrices. Un jour, ils avaient réussi à identifier, avec ses hommes, un très beau réseau, et il vient me voir et me dit : « Je crois que Madame Claude a repris du service… »

Il faut rappeler qu'elle était partie vivre à l'étranger…

Madame Claude a eu ses heures de gloire, à plein régime, de 1957 à 1977. Elle avait ses filles, les plus belles filles, dont certaines ont même été connues, ayant fait de beaux mariages ou du cinéma. Mais elle avait aussi ses garçons, ses clients, autant le shah d'Iran que le P.-D.G. de Fiat, des dirigeants du CAC40, des nababs du cinéma, etc., des super clients, très fortunés. Elle vivait ses heures de gloire. Sauf que, à un moment, sous Giscard, elle a déplu et là, Madame Claude : terminé. On la poursuit fiscalement. Donc poudre d'escampette, direction les États-Unis, où elle se met au vert. Elle ouvre une boulangerie, touche un peu à tout, sans réussir aussi bien.

Quand elle revient à Paris, vous le savez très vite ?

Elle revient d'abord en province, où elle est incarcérée. Parce qu'elle a gagné des fortunes. Le fisc se régale un peu. Mais il est vrai que Madame Claude n'a jamais été poursuivie pénalement. Lorsque cet inspecteur divisionnaire vient m'annoncer son retour aux affaires, je lui demande quand même s'il est sûr de son information. Parce que Madame Claude n'est plus une gamine et reconstituer un tel réseau n'est pas si simple. Mais il croyait en son information. Alors je lui dis : « On travaille dessus ! » Soit c'est bon, et on le fait. Soit on recule. Finalement, ça tournait. Elle avait recréé un réseau, de manière beaucoup plus discrète. Au moment où on l'interpelle, elle travaillait avec une quinzaine de filles.

Vous l'interpellez au tout début des années 90, en 1992. Quel âge a-t-elle ?

Elle doit avoir 62 ou 63 ans.

Et à 60 ans passés, elle a réussi à recréer un réseau de proxénète ?

Attention, elle était très énergique. Madame Claude était un sacré personnage. Mes enquêteurs et mon adjoint savaient qu'il devait y avoir un rendez-vous, où elle recevait ses filles. Cette femme, il faut le savoir, était un maquignon. Elle recevait ses filles, elle les déshabillait, elle regardait la marchandise. Je dois malheureusement parler ainsi car, pour elle, les filles étaient de la marchandise, de l'argent. Quel bénéfice allait-elle pouvoir tirer de ces corps ? Son astuce – on s'en est rendu compte au fil des interrogatoires : systématiquement, elle trouvait un défaut sur les filles. L'enquête a montré qu'elle était en cheville avec un chirurgien esthétique…

Elle les faisait refaire ?

Les filles, en fait, étaient piégées financièrement. Le chirurgien réclamait 20 000 francs pour refaire la culotte de cheval ou relever le sein. Les filles alors étaient ferrées. Et le procédé était simple : si tu veux récupérer ton argent, tu travailles. Les filles rentraient dans le circuit et ne pouvaient plus vraiment en sortir. Le jour de l'interpellation, Madame Claude était justement en train de trouver une culotte de cheval à une fille. Quand ce témoin est arrivé au service, tout le monde était abasourdi : comment pouvait-on trouver une culotte de cheval à cette fille ? Elle était parfaite, très jolie et, le pire, elle sortait du Crazy Horse. Et j'aime autant vous dire que, à l'époque de Bernardin, au Crazy, les filles étaient nickel, au centimètre près. On voit bien que le système de Madame Claude était pervers.

J'ai lu que vous vous étiez retrouvée à partager une pizza avec Madame Claude ?

À son arrivée, Madame Claude était absolument infecte, abjecte. Mon chef de groupe n'en pouvait plus. C'était une furie. Il fallait la calmer. Je l'ai prise avec moi. Et je l'ai fait redescendre. Je lui ai expliqué le code, je lui ai expliqué où elle était, qu'elle avait intérêt à préparer sa défense. Mais que nous n'accepterions pas son comportement. Elle a fini par baisser d'un ton. Elle est partie. Les auditions ont commencé. Elle est revenue, a demandé à se changer, car elle était très coquette. Quand on l'a interpellée, elle portait un survêtement un peu dégoulinant. Ça pouvait être bien, pour notre affaire, qu'elle retrouve un peu de tenue. Elle est revenue de chez elle toute de cachemire vêtue. Et moins aigrie et moins amère.

Et vous l'avez emmenée déjeuner ?

Nous avons eu nos quarante-huit heures de GAV. Elle a fini par avouer un certain nombre de choses, en cacher d'autres. Nous n'étions pas dupes. Pour finir, elle allait partir au dépôt, j'ai alors proposé que nous partagions une pizza. Ce n'était pas gratuit : j'avais envie de la faire encore parler. Hors micro, hors P-V. L'idée était qu'elle raconte et se raconte. Ce qu'elle a fait, puisqu'elle se vantait facilement.

C'est donc vous, une femme, qui mettez fin à la carrière d'une autre femme, Madame Claude. Il n'y aura plus, ensuite, d'affaire Madame Claude. En 1994 – je fais un bond dans le temps –, vous quittez la Mondaine et vous prenez la tête de la mythique Brigade de répression du banditisme, la BRB, où vous luttez aussi bien contre les braqueurs que contre les pickpockets ou les trafiquants d'armes. Une affaire de trafic d'armes vous a même conduite jusqu'au Japon. Mais un jour, point surprenant, vous voyez débarquer à la BRB un certain Johnny Hallyday…

Je ne m'y attendais pas du tout. Nous avons des dossiers très sérieux à la BRB. La direction me fait savoir que Johnny Hallyday fait l'objet de menaces. Ses femmes, surtout, sont systématiquement agressées aux abords de ses domiciles. Des groupies un peu folles agressaient Nathalie Baye, Sylvie Vartan, Laura Smet, toute la famille.

Ces femmes campaient en bas de chez lui et se faisaient violentes ?

Elles le disaient d'ailleurs. Johnny Hallyday m'a montré un paquet d'écrits où ces groupies déclaraient leur flamme, tout en faisant état d'une jalousie démente. C'était délirant. Johnny est arrivé sur la pointe des pieds. Très conscient d'arriver dans un service qui n'avait rien à voir avec l'affaire. J'ai trouvé cela particulièrement lucide de sa part. Il me disait : « Vous devez, madame, vous et vos hommes, avoir des affaires très importantes à gérer, je suis désolé… » Ce n'était pas grave. Ça allait nous faire une petite récréation. Je pensais que nous allions nous en sortir. Mes gars ont planqué rapidement et ont sauté sur une femme. J'ai quand même voulu voir la créature en question, qui harcelait notre Johnny national. Elle a compris que j'étais le patron du service, mais a commencé à s'adresser à moi avec agressivité. Elle avait compris surtout que j'allais l'adresser à un établissement psychiatrique. L'idée était de la faire enfermer pour un certain temps, de la faire soigner. Elle pouvait être dangereuse, prendre un couteau, frapper, blesser. Elle a été enfermée assez longuement. Quand elle est ressortie, son obsession était de m'avoir, moi. Elle avait fait un transfert, passant de Johnny à ma personne. J'avais contrarié ses plans, je l'avais collée dans un asile. Elle a nourri une vengeance. Nous avons été obligés de donner sa photo aux différents sas par lesquels je passais, aussi bien quai des Orfèvres que rue de Lutèce.

Vous restez deux ans à la BRB et, en 1996, vous prenez la tête de la Brigade criminelle du 36. Une affaire arrive très vite sur votre bureau : l'affaire Guy Georges. Pourtant, à l'époque, vous ne savez pas que vous recherchez Guy Georges, mais vous avez plusieurs affaires de meurtre qui ne sont pas résolues : Pascale Escarfail en 1991, Cathy Rocher, Elsa Benady ainsi qu'Agnès Nijkamp en 1994 et le meurtre d'Hélène Frinking en 1995. En arrivant à la tête de la Crim', avez-vous la conviction, déjà, d'être face à un tueur en série ou le lien entre tous ces homicides reste à faire ?

Honnêtement, oui, j'y pense fortement, tout comme les enquêteurs, même si la prudence demeure. Avec mon regard plus neuf, j'y pense pour ma part plus que fortement. Petite parenthèse : Agnès Nijkamp, je suis allée sur la scène de crime puisque j'étais chef de la BRB mais patron de la Brigade centrale un week-end.

Vous étiez de permanence. Donc vous avez effectué les premières constatations…

J'avais connaissance de cette affaire et j'ai étudié les autres, les procédures. Je suis entrée dedans, dans les principales auditions. Il y avait toujours des interrogations sur les deux affaires du parking.

Il faut expliquer que Guy Georges tuait plutôt au domicile de ses victimes.

Il repérait les domiciles, suivait une victime, il entrait derrière elle, puis il y avait ce rituel morbide : il déshabillait la fille, la ligotait avec du chatterton, coupait le soutien-gorge et le slip avec un couteau, puis procédait à son exécution. On trouvait toujours les mêmes traces de couteau sur les corps.

En 1997, vous êtes toujours patronne de la Brigade criminelle et Guy Georges tue à nouveau : Magali Sirotti puis Estelle Magd. Sauf que là, vous êtes pleinement aux affaires et allez tout mettre en œuvre pour le retrouver. Comment parvenez-vous, justement, à l'identifier ?

Quand on est dans la chambre de Magali Sirotti, nous sommes complètement dépités. Pas démoralisés, parce qu'on a toujours la « gnaque », heureusement. Là, bien sûr, on sait qu'il s'agit d'un *serial killer*. Après une période d'accalmie, il est reparti. On culpabilise. Avec tout le boulot effectué, un travail extraordinaire, on ne l'a pas, il tue encore ! Mais on se ressaisit. Sur la scène de crime de Sirotti, on n'a pas eu besoin de parler. Nous avions tous compris qu'il s'agissait de Guy Georges. Il y a la signature sur le corps. C'est affreux. Nous n'avons rien de plus. Des tas d'auditions, des écoutes téléphoniques. Mais il nous manque le petit déclic.

Vous avez pensé un temps qu'il aurait pu être militaire ?

On se fie au témoignage de celle qui s'en est sortie.

Il est entré une fois au domicile d'une femme qui est parvenue à s'échapper et qui vous donne un signalement.

Elle est restée à son contact de longues minutes. La fille est psychomotricienne. Elle est intelligente, elle a du « chou ». Son discours est clair et précis. Le groupe lui fait entièrement confiance. Un portrait-robot est dressé.

Il me semble qu'elle patrouille même avec vos enquêteurs ?

Absolument. Dans le 11e, dans ces coins où il y a beaucoup de monde. Elle dit : « Je le reconnaîtrai. » On peut la comprendre. Mais il ne se passe rien. Ce qui est triste, et que j'ai pu remarquer, c'est que sur les scènes de crime, particulièrement depuis Agnès Nijkamp, on trouve du sperme en quantité, de l'ADN. Dans ma tête, je me dis : « Mon Dieu, si nous n'avons pas de fichier ! » Quelle horreur ! En France, on paie les atermoiements des uns et des autres. Vous vous rendez compte, un fichier ? Mais en

Angleterre, les collègues l'ont déjà depuis des années. Ça fonctionne très bien, sauf que nous sommes toujours en retard sur ces coups-là.

Vous avez donc un ADN, mais vous ne pouvez le comparer à rien. Comment cette situation se débloque-t-elle ?

On se dit que cet ADN, il faut quand même pouvoir l'utiliser. J'interviens sur une autre affaire, de nuit, concernant l'épouse d'une personnalité qui a été violentée. Je me déplace à l'Hôtel-Dieu pour voir cette personne et je me rends compte, avec le médecin responsable des unités médico-judiciaires, qu'il existe de multiples éprouvettes où est récolté le sperme d'individus liés aux personnes violentées. Me vient l'idée, et je m'en ouvre au médecin, que l'on pourrait comparer tous ces spermes. Et j'en parle au juge Thiel, avec lequel j'ai de très bons rapports. Il est vraiment avec nous, à fond dans l'enquête. Il est presque un flic de plus. Et là, il se déchaîne, il veut faire tous les laboratoires pour comparer. À coups de commissions rogatoires, il saisit tous les labos avec nos échantillons, en disant : « Faites des comparaisons ! » Mais c'est un travail considérable et fastidieux. Le laboratoire phare de cette affaire, il faut le dire, est le laboratoire de Nantes.

Pourquoi celui-là en particulier ?

Depuis le début, Nantes accepte de pratiquer des comparaisons pour nous. Et nous, les flics, on est des gens efficaces, on ne veut pas perdre de temps. On avait plus de difficultés avec nos propres labos. Nous n'hésitons donc pas. Avec la méga saisine du juge Gilbert Thiel, Nantes reçoit tous nos échantillons. Jusqu'au jour où…

Ça matche !

Jackpot !

Que vous dit-il ?

Le docteur Pascal me dit : « J'ai une bonne et une mauvaise nouvelle. On a identifié le tueur de l'Est parisien. C'est Guy Georges. La mauvaise nouvelle, c'est qu'il est déjà passé par le service… »

Sans le savoir, vous l'aviez raté.

Il passe en 1995 dans le service. Deux groupes, surtout, sont saisis : celui qui a les filles des parkings et celui qui a les autres meurtres. Notre témoin alors est sollicité mais, et c'est important, elle ne le reconnaît pas.

La jeune femme qui avait réussi à échapper à Guy Georges, qui patrouillait avec vos équipes, qui vous aidait, ne le reconnaît pas ?

En effet. Il n'y a pas d'empreintes génétiques de comparaison pour le moment. Il n'y a pas d'empreintes digitales exploitables. Il est censé avoir un pied égyptien : il n'a pas de pied égyptien. Plein d'éléments, à l'époque, vont à l'encontre d'une reconnaissance.

Là, vous avez un nom. Mais à ce moment précis, RTL dévoile ce nom. J'imagine que c'est branle-bas de combat dans vos services ?

C'était déjà branle-bas de combat à partir de l'instant où le docteur Pascal m'a donné le nom. J'ai convoqué tous mes commissaires et chefs de groupe, et l'idée est de reprendre toutes les procédures, faire toutes les adresses où il est susceptible de se rendre, et on met du monde partout. C'est la force de la PJ. J'avais non seulement la Police criminelle, mais aussi les autres brigades, et s'il avait fallu, j'aurais pris dans les brigades territoriales.

Dans tous les lieux qu'il fréquentait, là où il percevait ses allocations à la fin du mois, partout il y avait des policiers ?

À Angers où il avait de la famille, partout, on envoie des hommes. Et surtout, je fais diffuser à toutes les polices de France la photo de Guy Georges, afin qu'ils l'aient sur eux. Avec obligation, d'ailleurs, de l'avoir. Au cas où il le rencontrerait. Sur le terrain, on ne perd absolument pas de temps. Il n'y a plus qu'à. Mais il est vrai que, quand j'entends RTL, je me dis : « Mais c'est pas vrai ! » Si Guy Georges avait entendu lui aussi, il aurait pu fuir, se planquer. Finalement, nous l'aurions eu, mais il aurait pu, peut-être, fuir, se planquer, tuer quelqu'un entre-temps. Il avait des pulsions, ce garçon !

Heureusement, Guy Georges est arrêté, le 26 mars 1998. Une scène est restée célèbre. Guy Georges est ramené au

36, quai des Orfèvres et il remonte une à une les marches qui amènent au troisième étage du bâtiment, là où est située la Brigade criminelle. À ce moment-là, tous les fonctionnaires présents veulent voir Guy Georges et ils se placent le long des murs qui jalonnent cet escalier. Comment expliquez-vous ce réflexe de se positionner ainsi, en silence ?

Il n'y avait pas tous les policiers du 36 mais surtout les enquêteurs de la Brigade criminelle concernés par l'affaire. Des hommes et des femmes qui, depuis des années, étaient à la poursuite de cet homme. Moi-même, je l'avais vu en photo, mais j'ai eu la curiosité de le voir en vrai.

Vous étiez en haut des marches ?

Oui, et les gars étaient le long des marches. Mais dans la dignité. J'avais prévenu. Je ne voulais pas entendre un bruit ni voir un geste. Ça se passe donc dans un silence étonnant. Lui est un peu balafré, parce qu'il s'est rebellé. Il a fallu le maîtriser. On le voit donc monter, mais il baisse le regard. Il n'y a pas d'arrogance. Dans ma tête, comme d'autres collègues, je pense alors aux victimes, aux familles. Mon Dieu, c'est ce monstre qui est responsable de tous ces dégâts. Toutes ces belles filles égorgées. Cette ordure a fait ça. Il faut se contenir.

Lorsqu'il achève de monter les marches et qu'il arrive à proximité de vous, au troisième étage, vous lui parlez ?

Non, on le place directement en garde à vue. Il avait déjà été fouillé, mais là, on le refouille complètement. Et il s'évanouit ! Il a dû avoir un coup de stress ou une chute de sucre. Mais rien de grave. Il a vite retrouvé ses esprits.

Vous êtes la femme qui a mis fin aux meurtres en série de Guy Georges…

Je n'aime pas qu'on dise cela. C'est la Brigade criminelle, l'ensemble des équipes. Il y avait plusieurs groupes saisis sur cette affaire. Le travail était acharné depuis des années. Il se trouve que l'arrestation a lieu au moment où j'étais en poste, où j'ai organisé la traque.

Guy Georges n'est pas l'unique tueur en série de votre carrière à la Brigade criminelle. En 1996, vous avez eu affaire à un autre tueur, Mamadou Traoré. Entre les mois d'avril et octobre de cette année-là, il a fait six victimes, six femmes sur lesquelles il s'est acharné avec une sauvagerie particulière. Vous avez géré les deux affaires en même temps. Il n'y a jamais eu de confusion ?

Non. Il n'y a pas de confusion possible. Les modes opératoires sont trop différents. Traoré, lui, les massacre à la tête. Les têtes des femmes sont écrasées. Une survivante, afin que vous vous rendiez compte, a dû avoir soixante-seize agrafes de titane pour reconstituer son visage. Elle ne se ressemblait plus… On croyait qu'il agissait avec une batte de base-ball tellement sa violence était extrême. En fait, c'était à mains nues, aux poings.

Quand vous le rencontrez, que vous inspire-t-il ?

Tous ces tueurs, que ce soit le premier, le Yougoslave, que ce soit Guy Georges ou Traoré, ce sont des monstres. Ils ont ôté la vie à des jeunes femmes qui ne demandaient qu'à vivre.

La Brigade criminelle, ce sont les homicides mais il y a aussi des enquêtes plus inattendues. Vous allez être appelée, Martine Monteil, un certain 31 août 1997, pour un accident de la circulation pas tout à fait comme les autres. C'est le jour, la nuit, de la mort de la princesse Lady Di, sous le fameux tunnel du pont de l'Alma, à Paris. Pourquoi mobiliser la Brigade criminelle, et vous en particulier, pour enquêter sur ce qui est un accident de la circulation ?

Quand le téléphone a sonné dans la nuit, je me suis évidemment posé la question. Mais j'ai vite obtenu la réponse. J'ai compris qu'il s'agissait d'une enquête qui serait suivie à une échelle planétaire, que la Couronne anglaise aurait un œil permanent sur les investigations françaises. Il fallait un service en capacité d'agir vite, et avec minutie. Sans rien laisser au hasard.

Quand vous arrivez sur la scène de l'accident, la princesse Diana est encore vivante ?

Oui, elle part dans le car du Samu qui l'emmène à la Pitié-Salpêtrière. Mais il y a deux morts, dont Dodi Al-Fayed.

Que faites-vous à ce moment précis ?

On établit les premières constatations. Évidemment la Brigade des accidents, qui théoriquement aurait dû être le service saisi, travaille avec nous. Ils sont très compétents et font office, pour nous, de conseillers techniques. Sur le bitume, on trouve des petits morceaux de feux de voiture. J'ai même trouvé des perles fines ! C'était un bracelet de la princesse, qui avait été arraché. On regarde aussi les traces de freins sur la chaussée, tout ce qui peut nous renseigner sur le cheminement possible de la Mercedes jusqu'à l'accident. Honnêtement, très rapidement, nous avons la conviction qu'il s'agit d'un accident de la circulation. Bien sûr, la Mercedes est un élément précieux, qu'il faut mettre de côté, afin de la faire expertiser. On se doute bien que des tas de questionnements sur cette voiture vont nous parvenir. Elle est emportée par les policiers à destination de l'IRCGN (l'Institut de recherche criminelle de la Gendarmerie nationale), où elle sera expertisée de nombreuses fois. Et l'évidence s'imposera : elle n'avait pas été trafiquée, elle était en bon état. Dans le même temps nous attendent au Quai des Orfèvres un certain nombre de gardés à vue : les paparazzis, qui étaient sur place au moment de l'accident.

Et qui continuaient à prendre des photos alors que vous étiez présente ?

Absolument...

Les tabloïds britanniques, qui n'ont pas été tendres avec vous tout au long de l'enquête, vous ont même appelée : « Madame Maigret »…

Ce n'était pas méchant. Ils m'appelaient « Miss Maigret ». Je trouvais ça sympa… Je ne préparais pas le pot-au-feu, mais je m'occupais de l'enquête de leur princesse. À la fin de l'histoire, nous avons reçu les félicitations de l'ambassade de Grande-Bretagne, les félicitations de nos collègues. Quand j'ai eu la conviction qu'il n'y avait rien de criminel dans cette affaire, j'en ai parlé rapidement au juge d'instruction, le juge Stephan, avec lequel il était très agréable de travailler. L'idée : faire venir les Anglais. Afin qu'ils voient comment nous travaillons. Mon alter ego anglais est venu avec un collaborateur et ils ont pu voir tout ce qui se passait. Et ils ont compris qu'ils étaient en présence d'un grand professionnalisme.

Pourquoi avez-vous attendu 2007, dix ans après la mort de Lady Di, pour parler publiquement de cette affaire ?

Au départ, je n'avais surtout pas de temps à perdre à répondre à toutes les demandes qui saturaient le cabinet du préfet de police. J'ai demandé à être protégée des médias britanniques. Nous étions le nez dans l'enquête et je voulais que cela avance vite. Il ne faut pas oublier que, à la même époque, mes équipes avaient sur les bras un attentat, celui de Port-Royal, Guy Georges, Mamadou Traoré, sans oublier d'autres affaires. Le portefeuille de la Brigade criminelle était lourd. L'idée était donc de bien faire afin que, trente ans après, personne ne puisse dire : « Ils auraient dû faire ceci ou cela. » Aujourd'hui, quand on évoque cette affaire, il existe assez peu de critiques sur les profondeurs de l'enquête.

Après la Brigade criminelle, vous êtes, un temps, chargée des ressources humaines de la préfecture de police de Paris avant, en 2002, de prendre la tête de toute la police judiciaire parisienne. La boucle était bouclée, sauf que Nicolas Sarkozy décide de vous confier le poste de directrice centrale de la PJ. Vous quittez le 36, quai des Orfèvres, mais pas Paris, et vous devenez la cheffe de toute la police judiciaire de France. Il n'y a donc pas un seul service de la PJ qui aura échappé à votre commandement…

J'ai évidemment quitté le 36 dans les larmes…

Après vingt-cinq ans, ce devait être émouvant.

À la direction centrale, j'ai pris mon bâton de pèlerin et j'ai effectué un tour de France. Il s'agissait de voir toutes les équipes. Et je retrouvais, après tout, des gens de la PJ. Dans un autre style, mais avec la même passion et un identique dévouement à la police judiciaire.

Enfin, vous êtes nommée préfète et vous êtes la première femme commissaire de police à être nommée à une telle fonction. En quarante ans de carrière, la police a changé et je me doute que votre propre regard sur la police a, lui aussi, évolué. Quel changement vous a le plus frappée ?

Je ne suis pas certaine que la police ait beaucoup évolué. Ce qui a changé, en revanche, entre l'époque que j'ai connue et aujourd'hui, ce sont les nouvelles technologies. Il y a eu des bonds extraordinaires, et c'est heureux. L'aide à l'enquête est facilitée en tous points. Autant sur l'exploitation des traces que sur la vidéo. De ce côté-là, les enquêteurs sont mieux armés, ce qui est positif. Mais la police qui, sans doute, est la plus « perturbée », selon moi, est la police de tous les jours, du quotidien, la sécurité publique. Il ne faut pas oublier ces policiers au contact des populations, jour et nuit. Et eux sont malmenés.

Si vous aviez justement un message à adresser aux jeunes policiers, que leur diriez-vous ?

Malgré cette évolution, il ne faut pas désarmer. Il faut croire, et espérer un peu aussi, quand même. Ils sont soutenus, je pense, par leur hiérarchie, mais il est important qu'ils puissent avoir davantage les mains libres. On a tendance à préconiser « pas trop de vagues », on a toujours peur que le policier fasse l'action de trop. Mais ça peut évoluer. J'invite, en tout cas, les jeunes à entrer dans la police, parce que ce métier est riche sur le plan humain, il est passionnant, il implique un travail d'équipe. Et il recueille la confiance de la population. Les sondages, régulièrement, le confirment. Les Français aiment leur police. Ils la critiquent parfois, mais ils savent qu'elle fait son travail.

Charles Pellegrini

On dit de lui qu'il est le premier des grands. Vétéran de la guerre d'Algérie, entré dans la police chez les CRS, il se fait remarquer pour sa gestion de la prise d'otages de la prison de Clairvaux en 1971. Super flic, Charles Pellegrini fait ses armes à Lyon aux côtés du célèbre juge Renaud, avant d'écrire la légende de l'OCRB. Gang des Lyonnais, Club Med de Corfou, Patrick Henry, « Pel », comme on le surnomme, sait jouer du 357 Magnum. Sa réputation est telle qu'en 1982, il travaille pour… François Mitterrand.

Nous sommes devant le café Max, dans le 7e arrondissement de Paris. Un haut lieu de la Résistance – le nom de Max est un hommage à Jean Moulin –, et le lieu des chuchoteurs. On y trouve des politiques, des hommes d'affaires, des policiers. Ça complote à toutes les tables et il y aurait même, paraît-il, des espions. C'est dans ce lieu que Charles Pellegrini, dit « Pel » ou « le grand Charles », nous a donné rendez-vous alors qu'il achève tout juste son déjeuner. Vous êtes un peu chez vous, ici, Charles Pellegrini. Est-ce l'un de vos repaires ?

Un repaire, c'est beaucoup dire. Plutôt un restaurant « chicos ». J'aime bien l'ambiance, les tableaux aux murs.

Ce café est resté dans son jus. On pourrait considérer que ça vous rappelle vos années de grand flic. Notamment celles que vous avez passées à l'Office central de répression du banditisme. Ou pas vraiment ? Peut-être était-ce une autre ambiance ?

À l'époque, nous étions quand même plus rustiques, moins politiquement corrects. Les blagues étaient plus lourdingues. C'était du bleu qui tache. On ne faisait pas trop attention. Il n'y avait pas de réseaux sociaux. C'est plus policé aujourd'hui.

Quand on parle de grand flic, votre nom revient quasi systématiquement. Mais vous considérez-vous, vous-même, comme un grand flic ?

Honnêtement, c'est une blague. Il y a des flics meilleurs que d'autres, certains ont davantage pris la lumière, mais je trouve que l'expression « grand flic » est exagérée. Un jour, au cours d'une émission, un ami, Paul Wermus, hélas décédé, m'a dit : « Charles, vous êtes un flic de légende. » Quand l'émission s'est achevée, je lui ai passé un savon.

Vous n'aimez pas l'expression « flic de légende » ?

Je vais me lâcher. Je me suis occupé de beaucoup d'affaires. Pour 70 %, il y a eu une part de chance. Être là quand l'affaire a eu lieu. Avoir les bons collaborateurs, qui faisaient le « bon job ». Et réussir, qui implique d'avoir de la chance aussi.

Mais vous n'êtes pas qu'un flic chanceux. Vous êtes aussi un flic qui est resté dans la postérité.

Si j'avais été mauvais, ça se saurait. Mais franchir le pas jusqu'à « grand flic », je trouve que c'est beaucoup.

Et pourtant, flic n'est pas le métier que vous désiriez spontanément exercer. Vous êtes né sur l'autre rive de la Méditerranée, à Tunis. Votre père était militaire. Les années de la Seconde Guerre mondiale, vous les passez en Corse. C'est là où vous avez vos racines, sur les hauteurs de Solenzara. Puis de votre village, vous passez à Marseille, dans les années 50. Vous êtes élève du prestigieux lycée Thiers. À cette époque, vous lisez beaucoup. Les premiers San Antonio, *mais aussi Saint-Exupéry. Vous voulez être aviateur, pilote de chasse. Était-ce un rêve de petit garçon, d'adolescent ?*

Un rêve, oui, conforté par deux choses. D'abord, la découverte dans le grenier familial d'un vieux bouquin pourri dont je n'oublierai jamais le titre, *Carré d'as*, racontant la vie de Guynemer, Nungesser, Madon et Dorme, les premiers aviateurs de l'armée française, qui ont accompli de nombreux exploits. Ensuite, en 1944, on appelait la Corse : USS Corsica. Il y avait dix-sept aérodromes et je voyais les projecteurs antiaériens et les avions qui décollaient. Forcément, ça m'a donné envie.

Au lycée, vous vous orientez plutôt vers une carrière d'officier de l'armée de terre. Vous commencez à préparer le concours d'entrée à l'École spéciale militaire de Saint-Cyr. Mais, alors que nous sommes en pleine guerre d'Algérie, vous êtes envoyé là-bas, en Algérie, avec d'autres de vos camarades préparationnaires. Parce que vous étiez de mauvais élèves. Cet envoi en Algérie était-il une punition ?

Je me rappelle la phrase du colonel, alors que nous étions vingt-cinq sur la section histoire et géographie, qui était faite pour les nuls – vingt d'ailleurs avaient échoué : « Messieurs, vous êtes la honte de la Corniche. Il ne vous reste plus qu'à vous rattraper en Algérie ! » Mais nous étions ravis. Ce n'était pas une punition pour nous. Enfin, nous allions au baroud !

Il y a eu ce fameux film, Avoir vingt ans dans les Aurès. *Vous, c'était 20 ans en Algérie. Que ressentiez-vous à ce moment ? Le besoin de vous confronter à la dureté de la vie ? Vous êtes quand même parti faire la guerre…*

Tout était confus. D'une part, la France était quand même là-bas, et il y avait l'envie de servir, et d'autre part, j'avais besoin aussi de retrouver l'adrénaline de ma PM Para, parce que je m'embêtais quelque peu à la Corniche.

Après le putsch des généraux, vous rentrez en métropole et, finalement, vous ne souhaitez pas faire carrière dans les armées. Vous songez un temps, je crois, à être journaliste. Vous avez travaillé au Monde *?*

J'ai postulé, correcteur au *Monde*, mais je n'ai pas été pris...

Et vous devenez CRS ! En mai 1962, vous rejoignez la CRS numéro 49 en tant que lieutenant. Pourquoi ce choix ?

À cause d'une affiche ! Je m'en rappelle encore. « Vous êtes jeune, l'avenir s'offre à vous sous la forme d'un menaçant point d'interrogation. Alors, parmi toutes les carrières qui s'offrent à vous, pourquoi ne pas choisir celle des CRS ? » J'étais fauché. Les CRS embauchaient le lendemain de la fin de mon engagement. J'y suis parti.

Pour des raisons financières ?

Si on veut ; mais, au départ, je pensais que les CRS faisaient partie de l'armée. Ma culture policière, vous le voyez, était modeste.

Et les CRS vous renvoient en Algérie, puisqu'en 1962 vous repartez là-bas.

Six mois de formation accélérée. On avait besoin de monde. J'arrive à Oran le jour où l'OAS faisait sauter les citernes du port, deux énormes colonnes de fumée sur la ville. Après, il fallait s'occuper de la protection des intérêts français et, surtout, la journée du 5 juillet 62, avec les centaines de morts qu'il y a eu.

Vous vous occupiez de toutes ces familles qui rentraient en France dans la précipitation ?

J'avais deux sections et nous étions aux premières loges de tous ces drames humains. Pour résumer : c'était un mini Kaboul.

Que ressentez-vous à ce moment ? Vous êtes encore très jeune, vous avez 22 ans, et vous voyez ces familles qui partent avec toute leur vie dans une valise. Et vous êtes chargé de les sécuriser.

Je ressens d'autant plus de peine que j'avais des proches dans cette situation. En même temps, je veillais à bien remplir mon devoir. Je ne voulais pas que mes gardiens négocient un billet d'avion contre je ne sais quelle faveur, ni que les gens se battent entre eux.

CRS, ça vous plaît, mais pas tant que ça, vous l'avez écrit d'ailleurs. Vous n'avez pas la patience d'attendre dans votre camion qu'on vous donne l'ordre d'intervenir. Vous voulez davantage d'action et vous vous présentez au concours de commissaire de police. Vous le réussissez du premier coup, en 1968…

Ce n'est pas un miracle, non plus !

Quand même : ça reste un concours de la haute fonction publique. À votre sortie d'école, votre carrière s'oriente vers la police judiciaire. En 1971, vous êtes confronté à votre première grosse affaire, la plus médiatisée de votre début de carrière : la prise d'otages de la maison d'arrêt de Clairvaux. Le 21 septembre 1971, au petit matin, Claude Buffet et Roger Bontems, deux détenus de la prison de Clairvaux, se trouvent ensemble à l'infirmerie. Ils y prennent en otage un surveillant stagiaire et une infirmière intérimaire. Ils exigent que leur soient fournies des armes et deux voitures. Vous, Charles Pellegrini, vous êtes commissaire, basé à Reims, et vous foncez sur place. Quand vous arrivez, quelle situation trouvez-vous ?

Je pars parce que je suis devant ma télé et j'ai connaissance de l'information. J'appelle le procureur, je m'indigne de ne pas avoir été saisi. Ce qu'il fait sur-le-champ et je file immédiatement. Quand j'arrive, pour parler comme chez le duc de Brissac, c'était un joyeux bordel ! Tout le monde était présent. Il y avait les gardiens, tous excités et même pour quelques-uns avinés. Il y avait toutes les autorités locales, le maire, les élus, sans oublier le procureur général de Dijon, le procureur de Reims bien entendu. Mais c'était une sacrée pagaille.

On vous demande de mettre de l'ordre ? On vous donne le commandement de l'opération ?

On me saisit. Les gendarmes, vous savez, n'aiment pas trop se faire enlever le commandement, surtout par un policier. Il a fallu négocier quelque peu. Mais l'Algérie n'était pas encore très éloignée et j'avais une bonne connaissance du commandement. Et tout s'est très bien passé. Dans l'après-midi s'est déroulée toute une phase de négociations. On a inventé cela un peu sur le pouce. On a fait venir le curé, la mère de Bontems, quelqu'un qui était censé savoir dialoguer, un négociateur avant l'heure.

Il y avait donc une part d'improvisation, sachant qu'à l'époque il n'existait pas encore d'unité spécialisée. Le GIGN n'est créé qu'en 1974, le RAID en 1985. Dans ces situations, il est important, tout d'abord, de cerner la personnalité des deux preneurs d'otages, non ?

Pour Buffet, il n'y avait pas de problème. C'était un psychopathe, qui avait tué une jeune femme, Françoise Bésimenski, froidement. Quant à Bontems, aujourd'hui il ne serait pas là. Il avait agressé un chauffeur de taxi avec un pistolet factice et il a pris vingt ans. Ce qui était beaucoup.

Lui, il devait vivre comme une injustice sa détention à Clairvaux, d'autant que les conditions étaient dures ?

Très dures ! J'y suis allé plusieurs fois afin d'entendre des personnes enfermées là-bas. Un jour, je passais près d'un détenu condamné à perpétuité, qui était en train de fendre des billes de bois avec une hache, j'ai légèrement bifurqué…

Dans le contexte de l'époque, où il n'y a pas encore de savoir-faire en la matière dans les services de police et de gendarmerie, comment parvenez-vous à monter une opération pour libérer les otages ?

Ce n'est pas très compliqué. Ils sont à l'intérieur. Deux portes, non pas blindées mais tôlées, à chaque extrémité. Des couvertures aux fenêtres. Buffet, ancien légionnaire quand même, dit : « N'essayez pas d'empoisonner ma nourriture, n'essayez pas de m'avoir, tout sera goûté avant. » Dans la nuit, le ministre de l'Intérieur, ex-président du Conseil, René Pleven, m'appelle et me demande : « Quelles chances avons-nous de sauver les otages ? » Je lui réponds : « Pas grand-chose, peut-être 15 %. » Il me dit : « Donnez l'assaut ! » À partir de ce moment-là, le principe est simple : il est exclu de laisser des détenus sortir d'une maison centrale.

Au risque de mettre en danger la vie des otages ?

Il était quasi certain que la vie des otages était en danger.

15 % de chances de réussite, ce n'est presque rien. Mais René Pleven vous répond : « Allez-y quand même » ?

C'est la raison d'État !

Comment montez-vous l'opération ?

Je réfléchis. De toute manière, il faut faire sauter les portes à l'explosif. Aujourd'hui, tout le monde, dans les aéroports, a sa petite valise. À l'époque, il n'y avait rien. Qui donne des explosifs ? Le Génie. Qui donne des ordres au Génie ? Le Général.

Donc l'armée vous a fourni les explosifs ?

J'ai fait bouger toute la chaîne de décision dans la nuit et deux adjudants-chefs du Génie arrivent avec leur matériel dans leur valoche. On les habille en matons afin de traverser la cour. Ça n'a pas été simple, il a fallu les convaincre. Les détenus étaient aux fenêtres et tapaient dans les gamelles. Finalement, ils arrivent, on met des charges assez fortes. Le colonel est à l'étage en dessous, avec l'exploseur. Et boum ! Quand ça part, on entre. Et là nous assistons à une scène terrible. Le surveillant est égorgé sous nos yeux. Son sang gicle au plafond. Et l'infirmière est en train d'agoniser.

Les deux otages sont morts. Mais les deux preneurs d'otages, Buffet et Bontems, vous les prenez vivants. Ils seront jugés et condamnés à mort tous les deux. Ils seront guillotinés en 1972. L'histoire retiendra que l'un des deux avocats de Roger Bontems, Robert Badinter, est depuis passé à la postérité. Il ne sauve pourtant pas la tête de son client. Avec le recul, Charles Pellegrini, quelles leçons tirez-vous de cet assaut ?

La première : il faut maîtriser son sujet. À l'époque, nous avons quelque peu improvisé mais nous n'avions pas le choix. Deuxième leçon : il faut obéir aux ordres. Moi, je n'ai pas d'états d'âme. Le ministre dit : « Intervenez ! » Je sais que ce serait quasiment miraculeux si nous sauvions les otages. Mais d'un autre côté, nous avons deux fous furieux qu'il est impossible de laisser sortir. Il n'y a pas le choix. Je suis un bon soldat.

Vous avez été décoré, promu, et vous êtes ensuite envoyé à Lyon.

Petite interruption : décoré et promu en douce, parce qu'il ne fallait surtout pas afficher une « gloriole » après cette opération.

À Lyon, on vous envoie au Groupe de répression du banditisme. Quand vous arrivez dans le Rhône, la presse locale vous a décrit ainsi : « Charles Pellegrini a le regard bleu et candide, il a la voix délicate avec la tête d'un étudiant en théologie. » Une description pas franchement fidèle quand on vous connaît, si ?

J'avais cet air-là. J'ai toujours paru plus jeune que mon âge. Pendant longtemps, je me suis fait passer pour innocent auprès des dames. Si vous voulez, mon physique m'a avantagé. Après, mon cher Guillaume, la forme n'est pas toujours l'expression du fond !

En 1971, à Lyon, vous découvrez une ville pleine de paradoxes. D'un côté, le conservatisme bourgeois d'une société bon teint et bien-pensante, qui a réussi dans les affaires et notamment dans le milieu industriel. De l'autre : le crime et le proxénétisme.

Et le sexe !

Qui va avec le proxénétisme. Justement, quel profil a la pègre lyonnaise en 1971 ?

Une pègre qui ressemble beaucoup à la pègre parisienne. Il y a beaucoup de voyous, de collaborateurs devenus voyous, d'anciens résistants demeurés voyous. Je me souviens d'un nom, Rojef, surnommé « le Colonel », résistant et voyou. La pègre lyonnaise était un milieu typique, similaire à ce qu'on pouvait voir à Paris. Plus qu'à Marseille, ville vraiment spéciale.

Vous évoquiez le sexe. Tout ce petit monde se côtoie dans les bordels ?

Absolument. Les bordels en étage ! Avec les escaliers en pierre gondolés qui voyaient des milliers de passages. Le maire de l'époque, dont je ne citerai pas le nom, était surnommé « Zizi ».

Parce qu'il fréquentait assidûment ces lieux-là ?

Plusieurs après-midi par semaine, il avait pour habitude de rejoindre un bordel sur les quais de Saône. Heureusement pour lui, il n'est pas mort comme Félix Faure…

À cette époque, vous côtoyez de nombreux personnages truculents. Parmi ceux-ci, un mérite qu'on s'arrête sur lui : le juge François Renaud. Moustachu, ancien séducteur, grand résistant. Il n'a pas peur de placer les bandits, les malfrats, leurs femmes, leurs maîtresses, en détention provisoire pour les faire craquer. Le juge Renaud demande des filatures à cheval. Ce qui lui vaut un surnom : « le shérif ». Il n'a peur de rien, surtout pas des menaces du milieu. Cela va pourtant lui coûter la vie. Dans la nuit du 3 juillet 1975, trois gangsters lui tirent dessus, dans la tête. Il a juste le temps de se coucher, en protégeant sa femme qui sort indemne, elle, de cette agression mortelle et donne l'alerte. Quand vous avez côtoyé un homme tel que François Renaud, avez-vous eu l'impression, Charles Pellegrini, de travailler avec un juge de légende ?

Vous aimez la légende ! Mais oui, quelque part. Non pas un juge de légende, mais un homme de légende, un homme comme je les aime. Il a fait la guerre. Un homme un peu esbroufeur, mais droit, propre, compétent, avec des principes. Quelqu'un qui me plaît bien.

Un homme qui n'avait pas peur des bandits ?

Tout le monde le savait qu'il n'avait pas peur. C'était l'évidence. J'aimais ce mélange de pugnacité et cette façon qu'il avait de faire croire qu'il était distancié des choses. Renaud était un sacré bonhomme !

Les magistrats des années 70 ne sont pas tous de la trempe du juge Renaud. Vous avez le malheur d'en critiquer certains en interview, ce qui vous vaut d'être rappelé à Paris, où on vous destine à un poste à Évry, en pénitence. Sauf que vous n'irez jamais là-bas. Un nouveau service vient de se créer : l'Office central de répression du banditisme, l'OCRB. Comme votre réputation vous précède, on juge que vous serez plus utile en « superflic » qu'en gratte-papier ?

Je me rappelle la première phrase de Gévaudan, le directeur central adjoint de la PJ : « Alors, Pellegrini, vous avez encore fait le con ? » Et là, il me dit : « Vous allez à Évry. » Alors je lui vends ma soupe : « Vous pouvez pas m'envoyer à Évry » ; je baratine pendant une demi-heure et au bout d'un certain temps, Gévaudan m'amène dans le bureau d'un de ses collaborateurs en charge des postes. Il lui dit : « Pellegrini va à l'OCRB. » L'autre lui répond : « Mais vous l'avez promis à Guyot ! » « Eh bien tant pis », réplique Gévaudan. J'arrache le poste à la force de mon baratin.

Vous restez à l'OCRB de 1973 à 1981. Pendant vos huit années dans cet office, vous luttez contre le grand banditisme. À vos débuts, vous êtes sis au 27, rue du Faubourg-Saint-Honoré, à Paris. L'OCRB développe une culture de police judiciaire un peu à part. Il ne s'agit pas de partir d'un crime commis pour retrouver l'auteur, mais de suivre des suspects potentiels pour les prendre en flagrant délit. L'OCRB est en fait l'école du flag'. Vous n'avez même pas le temps, Charles Pellegrini, de vous installer dans vos bureaux que vous êtes rattrapé par une affaire lyonnaise, celle du « gang des Lyonnais », et il vous faut retourner dans le Rhône. Le gang des Lyonnais est une bande de malfaiteurs qui défraient la chronique à Lyon. Ils ont commis une série de braquages spectaculaires dans toute la France. Parmi ceux-ci, l'attaque de la Poste de Strasbourg, surnommée « le casse du siècle » pour son butin colossal, onze millions de francs de l'époque (environ douze millions d'euros aujourd'hui). Les Lyonnais sont des figures passées à la postérité, tel que Pierre Pourrat, dit « le Docteur », Joanny Chavel, dit « le gros Jeannot », Edmond Vidal, dit « Monmon », Caclamanos, dit « Nick le Grec » ou encore Jean-Pierre Gandeboeuf, dit « Christo ». Les Lyonnais se distinguent par des braquages particulièrement bien préparés, avec des itinéraires de repli, des alibis solides et du matériel. Bref : des bandits avec un grand B. Comment avez-vous travaillé pour les coincer ?

Quand on arrive, les Lyonnais ne sont pas encore ce qu'ils seront plus tard. Ils commencent juste à percer. Grâce à un informateur de Pierre Richard, on a su qu'il s'agissait de la bande des gitans de Décines. Nous commençons alors par une technique standard : des écoutes sur tout le monde. On fait le tri puis on sélectionne quelques cibles privilégiées.

Par rapport à ces cibles-là, vous allez planquer, afin de les surveiller ?

On les surveille partout, tout le temps. Mais au départ, on ne pratique pas trop les filatures, car ils ont compris les méthodes de la police. À fond la caisse, demi-tour au feu rouge, sens interdit : ils s'aperçoivent vite s'ils sont suivis ou pas. Donc au départ nous privilégions les informateurs et la recherche de l'information. Au fur et à mesure qu'on a des informations sur un domicile, un individu, sur ses habitudes, les bars qu'il fréquente, ses maîtresses, on entame à chaque fois une surveillance.

C'est une logistique qui prend des semaines, et même des mois. Vous avez planqué, Charles Pellegrini, dans le Beaujolais et, afin de ne pas éveiller les soupçons des personnes qui vous logeaient, vous vous êtes fait passer pour un représentant de commerce. Mais ils ne vous ont pas cru ! Et ils vous ont envoyé les gendarmes !

Bien sûr qu'ils ne nous ont pas crus : toutes nos armes étaient sous le lit ! Mais je reviens à cette histoire. Nous avions su, grâce à une turpitude, l'itinéraire que les malfaiteurs allaient emprunter. Il y en avait dans le Beaujolais. On avait placé des équipes partout. Là, nous étions dans un hôtel très sympa. Chacun a pris deux ou trois kilos d'armes. Effectivement, un jour, le patron ou la patronne, curieux, a regardé sous le pieu, a vu les armes. Les gendarmes sont arrivés le matin. Ils étaient un peu méchants au début. Nous ont demandé : « Qu'est-ce que vous faites là, sur notre territoire ? » Je leur ai dit : « Si vous voulez savoir, demandez à votre Général ! » Il n'y avait que le Général au courant.

Ces mois de planque finissent par payer et vous parvenez à loger Edmond Vidal. Vous le placez en garde à vue, que vous assurez vous-même, Charles Pellegrini. Edmond Vidal « chique », comme on dit dans le jargon policier, il ne parle pas. Afin de le faire parler, la légende dit que vous l'auriez sorti de sa cellule de GAV pour l'amener manger une entrecôte.

Ce n'est pas une légende : ça arrive tous les jours. Et il ne s'agissait pas de le faire parler. Il ne parlerait pas au restaurant. J'avais envie de mieux connaître ce bonhomme. Je ne le connaissais que par dossier, par écoutes ou P-V de filatures. Je voulais l'avoir en face de moi, savoir qui il était. Au début, il me dit : « Et si je m'enfuis ? » Je lui réponds : « Oh, regarde, il y a deux champions d'Europe de tir rapide à l'extérieur du restaurant… » Plusieurs policiers ont déjà sorti des malfrats de GAV. Mais là, mon envie était vraiment de savoir ce que le chef du gang des Lyonnais avait dans les tripes, quelle était sa personnalité.

Quand Monmon Vidal mange une entrecôte et Charles Pellegrini une andouillette à la moutarde, quelle conversation se noue ?

On joue un peu au poker menteur. « Alors, Monmon, ça y est, tu es fait. — Oui, bravo, Charles. Mais comment avez-vous fait ? » Je me suis rendu compte qu'il ne savait pas tout. On échange des banalités. Mais au-delà, j'essaie de comprendre celui qui est derrière.

Edmond Vidal est jugé en 1977 et il est condamné à dix ans de prison. Ce qui est peu au regard du parcours criminel qu'on lui prête. En apprenant le verdict, vous auriez déclaré : « C'est la deuxième mort du juge Renaud ! » Que vouliez-vous dire ?

Je ne me rappelle pas du tout avoir prononcé cette phrase. Mais je voulais juste signifier que le juge Renaud aurait été très déçu, après tout le boulot effectué, de voir les malfaiteurs condamnés à de si petites peines. Mais j'ai revu Monmon Vidal des années plus tard et nous avons bu un cognac et fumé un cigare.

Et que vous êtes-vous raconté ?

Il m'a dit qu'il était dans la chaussure et je lui ai répondu de raconter ça à sa petite sœur… Mais c'était un moment très convivial.

Vous avez démantelé tout le gang, Vidal et ses complices, et vous avez regretté que les peines soient faibles. Vous n'aviez pas réuni assez de preuves ?

Il y a un point important : il ne faut surtout pas me citer tout le temps. Dans cette affaire, Pierre Richard, le sous-chef du SRPJ de Lyon, était la cheville ouvrière et l'âme de ce combat. Oui, nous avions des preuves. Certaines étaient très fortes, d'autres moins. À l'époque, il y avait le SAC et le RPR. Monmon Vidal disait qu'il effectuait ses casses pour le compte d'un parti politique. Vous racontez cette histoire à un cheval de bois, il vous donne un coup de pied. Mais le Tribunal, lui, a considéré qu'il pouvait s'agir d'une circonstance atténuante.

Edmond Vidal est donc condamné à dix ans de prison, mais cela met un terme aux aventures des Lyonnais. Et vous souhaitez, Charles, que nous passions par votre bureau…

Ce bureau s'appelle « JouetLand » !

On y trouve énormément de figurines. Les Tontons flingueurs, le Gendarme à Saint-Tropez, Rabbi Jacob, Fantomas…

Et surtout Marlon Brando, le Parrain !

Il y a également un autographe authentique d'Al Pacino, tout Audiard…

Le professeur Tournesol, le sous-marin de Rackham le Rouge…

Et un portrait dédicacé d'Alain Delon. Diriez-vous que ce bureau permet une immersion dans la culture flic ? Je vois du champagne, du whisky, des cigares…

Mon cher Guillaume, vous extrapolez. C'est une culture personnelle, que je partage heureusement avec quelques autres. Champagne, whisky, cigares : oui, mais pas tout le temps. Seulement quand on signe un bon contrat.

Qu'est-ce, pour vous, que la culture flic ? Et existe-t-elle ?

Oui. Pour moi, la culture flic renvoie aux troupes d'élite. C'est-à-dire la solidarité, la confiance entre nous, savoir dégager aussi. Un dégagement signifie que, après une affaire réussie ou pas, mais une affaire difficile, on se retrouve tous dans un bistrot sympathique avec de la nourriture roborative, et on parle de choses et d'autres, on parle de la vie, on fume des cigares. Que ça plaise ou pas : c'est comme ça !

Après l'affaire des Lyonnais, vous poursuivez votre carrière à la Répression du banditisme et vous allez vous plonger dans une enquête qui va durer un an et demi. Elle vous fait voyager en Grèce, en Italie, en Espagne. Cette enquête est celle du Club Med de Corfou. Le 16 juillet 1977, en début d'après-midi, trois hommes masqués attaquent la caisse d'un village vacances du Club Méditerranée situé dans l'île de Corfou, en Grèce. Le braquage tourne mal. Des G.O. pourchassent les malfaiteurs en leur jetant des pierres. En riposte, un des trois malfaiteurs tue un de ses poursuivants d'une balle dans la tête. Ce mois-là, Charles Pellegrini, vous êtes tranquillement en vacances en Corse. Pourquoi avoir voulu absolument vous saisir de cette enquête ?

La PJ, c'est mon métier ! Je ne dirais pas ma vocation, mais ça me tient à cœur. Je ne vais pas rester en vacances pendant que les copains sont sur une enquête lourde, difficile, à l'étranger. Je n'ai jamais oublié le nom de la personne tuée, un G.O. qui était rugbyman : Pitxin Bono. Il a été assassiné alors qu'il plaquait un malfaiteur aux jambes. Ce dernier lui a mis une balle dans la tête. Je ne voulais pas rester à l'écart de cette affaire.

Au départ, cette enquête est compliquée à mener parce que vous avez peu d'informations, pas beaucoup d'indices. Il vous faut identifier les trois braqueurs. Vous allez y parvenir en identifiant trois femmes mariées, qui vivent à Paris et sont copines. Elles étaient parties en vacances en Grèce cet été-là.

Mais elles sont aussi les trois maîtresses des braqueurs. Et vous allez faire parler ces femmes.

Faire parler : vous aimez bien ça... D'abord, ça ne se passe pas ainsi. On pratique l'enquête de voisinage et on s'aperçoit que les trois hommes, que nous ne connaissons pas encore, ont fréquenté trois femmes. On les identifie, on les convoque. Elles restent très vagues : « Oui, on les connaît un peu... » Là, on utilise une technique de PJ intéressante : on leur demande si elles n'ont pas conservé des photos de vacances. Elles ont gardé un bout de pellicule, qu'on diffuse dans tous les SRPJ. Et le SRPJ de Lille revient vers nous et dit : « Ce garçon, c'est Ruquois ! »

Elles avaient gardé leurs photos de vacances et sur l'une des photos, il y avait le visage d'un des braqueurs ?

Oui, elles avaient gardé ces photos contre les consignes des bonshommes qui leur avaient demandé de les détruire.

Eux disaient qu'ils ne voulaient pas être photographiés parce qu'ils étaient mariés...

Voilà. Pour des raisons dilatoires...

Est-il vrai qu'un de vos enquêteurs a eu une liaison avec une de ces trois femmes, maîtresses des braqueurs ?

Pris en flag' : j'ergote ! Pas de flag' : je chique ! Je ne dirai rien...

Il faut expliquer cette formule. C'est ce qui est dit dans toute la police judiciaire des années 70. Tant qu'il n'y a pas d'éléments, on chique, c'est-à-dire: on nie. Après des mois d'enquête, vous vous rendez en Espagne où vous arrêtez deux des trois braqueurs. Et vous parvenez à loger le troisième. Il s'avère qu'il se trouve à Paris, qu'il s'appelle Gaston Ruquois. Vous avez son nom et son prénom. À Paris, une fois qu'il est localisé, vous demandez à vos inspecteurs de bien attendre vos ordres avant de l'arrêter. Sauf qu'ils ne le font pas et tout va très mal se passer.

On identifie la voiture. Je suis en train de donner une conférence à l'École de police à Lyon et je demande qu'on m'attende. Évidemment, il y a toujours une tête brûlée: Besançon! À un moment, il a une idée géniale: il crève un pneu de la voiture de Ruquois. Quand celui sort, il s'aperçoit que son pneu est crevé, il se penche. Là, Besançon arrive: « Haut les mains! Police! » L'autre se retourne et, à la vitesse de l'éclair, lui met une balle en plein cœur. Sauf que, comme dans les films, il avait son gros portefeuille avec sa plaque de police, et la balle est arrêtée. Et ça part en fusillade. Besançon est un colosse. Une balle, même arrêtée par sa plaque de police, ne parvient pas à le démonter.

On peut le dire: vous avez sacrément engueulé Besançon…

Je l'ai plus qu'engueulé… Après, vous ne pouvez pas pourrir un bonhomme qui vient juste de manquer de se faire tuer. Je l'ai engueulé, avec les réserves d'usage.

Vous ratez donc l'arrestation de Gaston Ruquois. Mais on va au bout de l'histoire et le 9 octobre 1978, vous montez une énorme opération qui, là aussi, tourne à la fusillade. Gaston Ruquois trouve la mort. C'est la fin de cette affaire rocambolesque, un peu sea, sex and sun, avec coups de feu en prime, puisque beaucoup de cartouches ont été tirées. La police des années 70 avait-elle la gâchette facile ?

Honnêtement, je ne m'en souviens plus. Il me semble qu'il n'y avait pas de refus d'obtempérer donc nous n'avions pas d'occasion de tirer. On ne faisait feu que sur des flagrants délits. Quand des malfaiteurs, en face, étaient armés. Nous l'étions aussi. D'expérience, pour l'avoir vécu dans l'armée, quand on ouvre le feu, c'est plus facile à ouvrir qu'à fermer. Parfois, il y a davantage de bastos que nécessaire. Mais c'est la loi du genre. Personnellement, cela ne m'émeut pas.

Je voudrais revenir sur une affaire en particulier, quand vous étiez à l'OCRB : l'affaire Patrick Henry. Parce que la PJ telle que vous l'avez pratiquée n'est pas que le grand banditisme, ou les coups de feu. Il y a aussi, malheureusement, les affaires de rapt d'enfants. Le 30 janvier 1976, le petit Philippe Bertrand est enlevé à Troyes dans le département de l'Aube et vous êtes chargé de le retrouver. Très vite, vous avez la conviction que Patrick Henry est le ravisseur. Comment pouvez-vous en être si sûr ?

D'abord, le profil s'y prête. Il a été aperçu, on l'a identifié, il connaît l'enfant. Il a également des problèmes d'argent. Il est esbroufeur, et j'en passe. Pour le moment, il n'est pas encore suspect, mais il fait partie des personnages à approfondir. Ensuite, il sera identifié formellement quand il oblige les parents à faire un chemin de croix, avec des messages dans les chaussures, chaussettes, tout ce qu'on veut, du petit garçon. L'interrogatoire, alors, peut commencer.

Quand vous possédez tous les éléments évoqués, ce jeu de piste extrêmement malsain avec la famille, vous arrêtez Patrick Henry une première fois. Il est placé en GAV. Votre intime conviction est qu'il est coupable. Mais il ne dit strictement rien. Une légende affirme que vous avez, personnellement, sorti Patrick Henry de sa cellule, que vous l'avez emmené dans une forêt et que, dans cette forêt, vous avez vidé votre barillet complet de 357 Magnum près de son visage pour le faire avouer. C'est la vérité ?

Vous êtes juge d'instruction, Guillaume ? Je cherche tout simplement à connaître la vérité. On peut appeler mon procédé une torture psychologique. Encore que… J'essaie de l'intimider, mais il ne s'est pas du tout laissé intimider. Il m'a regardé avec un sourire qui en disait long sur l'estime qu'il me portait. Et qui voulait dire, en gros : « Pauvre andouille ! Tu as cru me faire parler, mais pas du tout… »

Dans votre carrière, vous avez croisé de grands bandits, que nous avons évoqués. Avec Patrick Henry, vous n'êtes pas face à une figure du grand banditisme.

Je suis décontenancé parce que, justement, Patrick Henry est un garçon « normal », qui a un comportement de dur à cuire. Mais n'étant ni psychiatre ni psychologue, je ne vais pas sonder les âmes et les cœurs. Je constate simplement qu'il n'a pas bougé d'un iota quand il a été menacé.

Comme il n'avoue rien, il est logiquement relâché et il va se répandre en déclarations dans la presse. TF1 l'interroge et il déclare même publiquement que les tueurs d'enfants devraient être condamnés à la peine de mort.

Je me souviens très bien de cette scène. Il était entouré de journalistes. À ce moment-là, il prenait la lumière à fond. Il disait presque tout ce qui lui passait par la tête. Ce que je ne comprends pas : il avait le gosse mort sous le lit et il frimait autant. Mais je pense qu'il était hors-sol.

Quand vous dites que le petit Philippe Bertrand est mort sous son lit, il s'agissait du lit de la chambre d'hôtel de Patrick Henry.

Tout était prémédité. Il avait loué une chambre d'hôtel sous un faux nom. Il y a amené le gosse. Il l'a tué, ou avant ou après – on ne saura jamais – la fameuse histoire de la cabine téléphonique. Moi, j'étais alors parti à Paris. Les enquêteurs de l'OCRB et du SRPJ de Reims ont retrouvé le petit, dans un sac à viande, sous une couette, dans une chambre de l'hôtel des Charmilles à Troyes.

La preuve est irréfutable. Patrick Henry est l'auteur du crime. Il est jugé le 20 janvier 1977. Son avocat est Robert Badinter, qui lui évite de justesse la peine de mort. Patrick Henry est condamné à la prison à perpétuité. Je crois savoir, Charles Pellegrini, que Robert Badinter ne vous aimait pas beaucoup.

Je ne sais pas. Je pense qu'il ne m'aimait pas beaucoup. Mais peu importe. Chacun est dans son rôle. Lui a été brillant. Et moi, j'ai fait mon job de poulet. Mon job est d'arrêter les malfaiteurs et de les présenter à la justice. À elle, ensuite, de se débrouiller avec la peine et le jugement.

Vos années à l'OCRB s'achèvent en 1982. La même année, Christian Prouteau, l'ancien commandant du GIGN, vous appelle pour monter une équipe de choc autour du président de la République nouvellement élu, François Mitterrand, afin de lutter contre le terrorisme. Vous allez travailler avec des figures légendaires : Gilles Ménage, François de Grossouvre. Avec le recul, qu'êtes-vous allé faire dans cette galère, à l'Élysée ?

J'assume totalement cette galère ! Moi, je suis tombé dans la droite quand j'étais petit, mais ce n'est pas ma faute si Giscard et Chirac ont perdu des élections imperdables. On m'a proposé un job intéressant, alors qu'on venait de me refuser la section antiterroriste. Donc j'ai accepté. J'ai travaillé surtout sous les ordres de Gilles Ménage, également aux côtés de Christian Prouteau. Je n'ai aucun regret, aucun remords.

Vous n'êtes pas resté très longtemps à l'Élysée. Un an et quelques mois. En 1983, vous rejoignez la Société générale. Vous poursuivez votre carrière dans le secteur privé, pour lequel vous travaillez encore aujourd'hui, dans le domaine de l'intelligence économique. Vous incarnez mieux que quiconque la police des années 70, celle des films d'Alain Delon, que vous connaissez personnellement, que vous appréciez. Ces années-là sont celles des cendriers remplis, des 357 Magnum, des courses-poursuites en Simca 1100 rose ou violette, véhicules qui vous avaient été donnés en dotation. Les années des fusillades, des blousons en cuir, des cheveux longs. Cette police n'existe plus. Quand vous voyez la police des années 2020, quel changement vous frappe ?

Je n'ai rien d'un nostalgique. Et si vous me permettez, j'espère n'avoir rien d'un vieux con. Ce qui a changé? Le monde! La société, dans laquelle vit la police, a évolué. C'est la mode de ne pas assumer ses responsabilités personnelles, la mode de communiquer par mail. Je me rappelle, un jour, que M. Bouvier, le directeur central de la PJ, était en désaccord sur un point. Il est descendu chez le ministre, il lui a donné sa démission. Le ministre a refusé, mais il n'a pas non plus fait ce que Bouvier voulait. Les gens d'aujourd'hui ne peuvent être ni pires ni meilleurs que nous. Ils sont aussi intelligents et je ne vois pas pourquoi ils ne feraient pas mieux. C'est juste leur environnement qui ne permet pas de faire mieux. Et toute la société est ainsi. Qu'on le déplore ou qu'on s'en réjouisse, chacun est libre d'y trouver son bonheur.

Quel message aimeriez-vous adresser aux jeunes policiers ?

Quels que soient les problèmes ou les dysfonctionnements, gardez la foi ! La sécurité est la première des libertés, vous êtes les garants de la sécurité et, un jour ou l'autre, ça va revenir.

Christophe Molmy

On le surnomme « le scorpion ». Sans doute parce qu'il est la bête noire des bandits en cavale. Payet, Ferrara, Menconi, il a été de toutes les traques et de toutes les arrestations. En 2013, il est sur l'affaire de la petite Fiona avant, un an plus tard, de prendre la tête de la mythique BRI. À l'Hyper Cacher de la porte de Vincennes puis au Bataclan, il conduit deux assauts durant lesquels la France retient son souffle. Grand flic, Christophe Molmy écrit également des polars dont il est passé maître du genre.

Nous sommes devant le Bistrot du Métro, autrefois dénommé le Peanuts Café, dans le 12e arrondissement, au 102, rue de Bercy. En 2003, le 10 juillet, Christophe Molmy, vous y avez arrêté le célèbre braqueur Antonio Ferrara, dit Nino ou encore « le roi de la belle ». Une arrestation musclée. La légende dit que vous vous seriez cassé le bras. Nous en reparlerons. Mais en quelques mots, qui est Antonio Ferrara ?

Ferrara est un jeune des cités du Val-de-Marne. Il est monté essentiellement sur des affaires de trafic de stup'. Il s'évade, à la faveur d'un transfert hospitalier, en 1998, avec l'aide de copains. Une évasion où il use de bombes lacrymogènes. Rien à voir avec un commando avec des kalachnikovs. C'est sa première évasion et sa première cavale. Durant sa cavale, petit à petit, il monte en grade et il finit par se rapprocher de certains braqueurs. Puis il rencontre quelques membres de l'ancienne équipe « *Dream Team* » qui avait tapé à Gentilly. Il fait ses armes, d'abord en petite main, en proposant des voitures, en second cercle. Puis il avance, il en remplace certains qui ont été interpellés, il prend du galon.

En quelle année vous mettez-vous, Christophe Molmy, sur le cas Ferrara ?

On ne travaille pas tout de suite sur Ferrara, mais sur une équipe protéiforme qui tape des fourgons blindés dans toute la France. On comprend assez vite, notamment après une attaque à Toulouse en 2001, qu'il s'agit d'une équipe avec des Corses et des Parisiens. Au début, on imagine avoir affaire soit à des Corses établis à Paris, soit à une bande de la banlieue sud.

Dans l'équipe que vous décrivez, Ferrara a-t-il un rôle précis ? On le présentait comme un artificier.

Je pense que c'est une légende. On lui a sans doute appris à manier les explosifs, mais il n'apprend pas ces techniques aux Corses ou aux voyous confirmés. Il a peut-être posé des cadres, je ne sais pas, sur des attaques. Mais il n'est pas officiellement l'artificier. Il y en avait d'autres d'ailleurs. Puisque je crois qu'un autre a fait des trous pour l'aider à sortir de prison.

Il démarre cette cavale en 1998. Elle dure quatre ans. Comment parvenez-vous à remonter jusqu'à lui, puisque vous me dites ne pas vous mettre directement sur sa piste ?

On travaille sur l'équipe évoquée et, un peu plus tard, on reçoit un tuyau nous indiquant qu'il faut s'intéresser à ce garçon, qui serait monté lui aussi sur des fourgons, ou peut-être avec eux. À l'époque, nous n'avions pas d'équipes mêlées, avec des jeunes de cité et des voyous confirmés. Ça n'existait pas. Il y avait des jeunes de cité qui montaient en grade et s'installaient dans le grand banditisme. Donc personne ne voulait trop croire à l'équipe mêlée. Je me rappelle quand mon patron m'a donné la fiche signalétique de Ferrara. On le voyait en survêtement, à moitié avec un sourire, lorsqu'il entre en prison en 1998. Il n'a pas, *a priori*, le profil d'un braqueur qui monte sur des fourgons blindés.

Vous vous souvenez de sa première arrestation, le 13 juillet 2002 ?

Je m'en souviens tellement que je n'y suis pas ! Ce qui était extrêmement frustrant. J'avais récupéré un tuyau m'indiquant qui était sa copine. Ça commence ainsi. On tire ensuite le fil. Comme tout le monde, avec les collègues, je m'investis sur la traque. On le rate une première fois. On comprend qu'il va filer en Espagne. Je devais partir en vacances à l'étranger avec mon épouse, et je ne pouvais pas annuler. On le voit revenir en France. J'apprends son arrestation. Pendant une semaine, j'ai craint qu'ils le fassent sans moi. Ce qui est humain. La seconde semaine, j'étais content pour eux.

Après cette arrestation le 13 juillet 2002, Antonio Ferrara est incarcéré à la prison de Fresnes. Il y reste jusqu'au 12 mars 2003, jour de sa deuxième et spectaculaire évasion. Vers 4 heures du matin, un commando d'une dizaine d'hommes armés de pistolets, de kalachnikovs et même d'un lance-roquettes prend d'assaut la prison de Fresnes pour libérer Antonio Ferrara. Tout est méticuleusement préparé, au point que le jour même Ferrara a tout fait pour se retrouver au mitard de la prison, dont l'emplacement est plus propice à l'assaut que s'apprêtent à conduire ses complices. L'attaque est menée à grand renfort d'explosifs. Elle dure une dizaine de minutes. Et Antonio Ferrara est de nouveau dans la nature. Comment apprenez-vous la nouvelle de cette évasion ?

C'est une redite. Une semaine auparavant, j'avais déjà été réveillé à l'identique avec l'annonce de l'évasion de

Joseph Menconi de la prison de Borgo. Menconi était un complice de Ferrara. On avait eu beaucoup de mal à l'interpeller. C'était donc un premier coup dur. Peu de temps avant l'évasion de Ferrara, nous avions eu un tuyau nous prévenant qu'il y avait un risque. On avait remonté l'info à la Pénitentiaire qui, visiblement, n'avait pas fait suivre. Le directeur de la maison d'arrêt, en tout cas, n'avait jamais été prévenu. Cette seconde évasion était terrible.

Vous vous dites que tout est à refaire ?

Sur le coup, il y a de l'abattement. Cette affaire s'inscrivait dans une somme de dossiers. C'est une grosse affaire, sur beaucoup de voyous, qui a duré deux ans et demi. Se dire qu'il faut tout refaire, récupérer Menconi et Ferrara, c'est un énorme travail. Mais très vite, on se reprend, les gars sont volontaires. Et on y va !

Et là vous foncez à Fresnes ?

Sur le moment, oui, je prends une voiture et j'y vais. J'arrive à Fresnes par l'extérieur. Le chemin inverse, finalement, de Ferrara. Je passe par le portail, je traverse la cour et je pénètre dans la cellule, afin de voir comment ça a pu se passer. La cellule est dévastée, il y a une fuite d'eau. Les autres détenus sont hystériques.

Vous cherchez une ambiance ou, déjà, des premiers indices pour le retrouver ?

Des indices, non. Il faut savoir que nous étions cosaisis, sur cette affaire, avec la BRB qui a eu en charge l'enquête sur l'évasion. Ce sont eux qui ont effectué les constatations, très lourdes d'ailleurs, et toute l'enquête sur les matons. Pour notre part, nous savions que notre cosaisie concernait la traque de Ferrara. Mais j'avais besoin de voir, de sentir le lieu où tout s'était passé.

Comment retrouvez-vous Ferrara ?

On a élargi et on a pris en compte tous les gens susceptibles de nous ramener à lui. Sa copine, ses plus proches. On a mis un groupe sur chacun. Il y a eu beaucoup de moyens, un travail très méticuleux, notamment avec la téléphonie. Un travail d'indic' également, dont je ne peux pas vous donner tous les contours. À un moment, tout cela nous a permis de rebondir sur un téléphone portable qui s'est avéré être activé à Saint-Raphaël. Une semaine avant l'interpellation à Peanuts, on sait que l'on a de nouveau Ferrara sur les écoutes, comme l'année précédente. Il y a enfin un fil à tirer.

Comment, depuis Saint-Raphaël, arrivez-vous au 102, rue de Bercy, dans le 12e arrondissement ?

L'aventure commence en descendant à Saint-Raphaël. Nous étions une quinzaine. On a passé plusieurs jours sur place à essayer de les retrouver. Lui, Ferrara, et ceux qui l'accompagnaient. Mais on n'y parvient pas. Saint-Raphaël est une petite ville, mais on peut facilement se passer à côté. La veille de notre retour à Paris, nous l'avons appris, les voyous faisaient une soirée dans un restaurant qui était adossé au restaurant dans lequel nous étions. Mais on ne s'est pas vus, ni les uns ni les autres. Ce sont les hasards de la vie. Ferrara est remonté à Paris. On a obtenu une écoute téléphonique, où Hamid Hakkar l'appelait, lui expliquait qu'il avait des papiers pour lui. Donc on est remontés à notre tour.

Et vous saviez que le rendez-vous aurait lieu précisément au Peanuts ?

Pas du tout. La première étape était de prendre en main Hakkar, qui devait se faire livrer une voiture au Trocadéro. Hakkar qui, lui aussi, était recherché depuis longtemps.

Il faut préciser que Hakkar était un autre complice de Ferrara.

Oui, mais il n'était pas un braqueur. Il œuvrait dans le trafic de stup'. Opportunément, il était en contact avec Ferrara et devait lui fournir des papiers. On a retrouvé Hakkar au Trocadéro. Il se faisait livrer une Porsche toute neuve, ce qui ne passait pas inaperçu. Il nous a amenés en filature jusqu'à Convention. Il est entré dans un café. Nous aussi, à sa suite. Mais il n'y avait pas Ferrara. Juste un couple, que nous ne connaissions pas. On peinait à comprendre ce qui se passait. On a piétiné ainsi pendant un quart d'heure environ.

Vous êtes dans une sorte de planque ?

Oui, mais il faut savoir qu'il y a beaucoup de flics qui gravitent au même endroit. C'est toujours dangereux. Quand on se rapproche de trop, on risque d'être visible. À un moment, Hakkar reçoit un coup de fil de Ferrara, qui lui demande ce qu'il fait et lui dit : « Je suis dans le café de l'autre côté ! » On comprend alors qu'il est dans notre dos, dans un café. Nous ne l'avons pas vu. Lui non plus d'ailleurs. Il nous dira plus tard : « J'ai vu beaucoup d'hommes seuls avec des téléphones portables tourner, virer, je n'étais pas sûr, mais je ne sentais pas le truc... » Hakkar sort finalement et rejoint le café où se trouve Ferrara. Au moment où Hakkar arrive, Ferrara se lève. Moi, je suis de l'autre côté de la rue, je les vois. Ferrara sent quelque chose. Il m'expliquera après qu'il ne voit personne en particulier, mais il a de l'instinct. Il demande au chauffeur, à voix basse, de démarrer la moto. Il monte dessus, Hakkar aussi. Et ils partent. Là, on les voit prendre un sens interdit. Ce qu'il ne faut surtout pas faire : courir dans tous les sens. Parce qu'il pense nous avoir vus, mais il n'en est pas certain. Ce qui nous a sauvés.

Si vous aviez, vous aussi, pris le sens interdit, vous étiez immédiatement détronchés, comme on dit...

C'était ce qu'il ne fallait pas faire. Heureusement, les collègues étaient aguerris. Personne ne bouge. On mise tout sur la téléphonie. Les collègues restés au bureau nous font les écoutes en direct. Ils travaillent sur les localisations.

Ce sont vos oreilles en temps réel ?

Exactement. Ils captent des écoutes où Hakkar est jeté vers Austerlitz et doit les rejoindre après, en taxi. Bouabbas va le chercher pour le ramener au café. On le comprend. Et ça borne à Bercy, là où nous avions déjà effectué des surveillances avec des proches de Ferrara. On connaissait un peu le secteur et on savait qu'ils avaient leurs habitudes dans deux ou trois cafés, dont le Peanuts. On arrive sur la pointe des pieds dans le coin, à Bercy. On a déjà pris un coup de chaud à Convention. Si on en prend un autre, et si Ferrara est encore là, on sait que c'est mort. Il va tout plier, casser les puces et partir en Espagne. On arrive donc très prudemment. Des piétons, dont moi, commencent à fureter un peu. Je passe devant le Peanuts. Juste devant, on trouve la moto. On suppose que Ferrara et Bouabbas sont dans le bar. Mais on ne voit pas à l'intérieur, à cause des vitres réfléchissantes.

Vous décidez d'y aller ?

Pas tout de suite. Le café est très petit. Si vous entrez avec une gueule de flic, vous êtes retapissé dans la seconde. À éviter absolument. À un moment, il faut prendre une décision. On peut entrer en force, pour interpeller. Si Ferrara n'est pas là, qu'il n'y a que Bouabbas et Hakkar, on fait au moins Hakkar, qui est recherché, mais on perd Ferrara. Ou il est là, et tant mieux. Sachant que si ça sort et que ça monte sur la moto, nous ne parviendrons pas à suivre. À un moment, je me lance et je dis : « On y va. »

Vous y allez avec des collègues policiers, ou tout seul ?

Ah non, je n'y vais pas tout seul ! D'ailleurs, comme vous le dites obligeamment, je ne l'ai pas interpellé tout seul. On n'interpelle jamais tout seul en PJ. On a toujours du monde avec soi. Heureusement. Il y avait beaucoup de collègues de l'OCRB, également un groupe de la BRB. Donc on constitue deux groupes. Un qui entre par la porte de gauche, l'autre par celle de droite. Le café a une forme de U. Moi, j'entre à droite. Avec ses deux comparses, Ferrara est dans le prolongement de la porte de gauche. Quand j'entre, je ne le vois pas, mais lui visualise les collègues qui arrivent. Il saute de son tabouret et il court dans l'autre sens. Il m'atterrit dessus pendant que les deux autres sont figés. Tout va très vite. Il y a un échange de coups, il est stoppé et les collègues arrivent très vite en renfort.

La légende dit que vous l'avez frappé tellement fort que vous vous êtes cassé le bras… C'est vrai ?

Non, pas le bras. Je me suis cassé le métacarpe.

Il paraît qu'Antonio Ferrara, pas rancunier pour deux sous, vous a dédicacé le plâtre ? C'est une anecdote véridique ?

Tout le monde est rentré au bureau, mais je me suis rendu à l'hôpital parce que j'avais la main qui gonflait. Ils m'ont plâtré tout de suite et quand je suis de retour, les collègues n'étaient plus présents. Il restait juste mon adjoint avec Ferrara. Je les ai rejoints, je me suis présenté et Ferrara m'a dit : « Excuse-moi, c'est ma faute. Si tu veux, je te le dédicace. » J'ai répondu : « Vas-y. » C'était rigolo. Il a écrit « Nino » dessus.

Vous avez toujours ce plâtre ?

Oui, je l'ai gardé.

Que représente pour vous ce plâtre ? Un souvenir ? Un trophée ?

Un trophée, non. Un souvenir, oui. J'étais conscient que cette affaire marquerait sans doute ma carrière. On garde toujours quelque chose de nos dossiers.

Christophe Molmy, vous êtes né à Saint-Denis, vous grandissez en Île-de-France, où vous passez votre bac. Vous vous inscrivez à la fac de droit dans le Val-de-Marne avec la ferme idée, déjà, de devenir commissaire de police. Vous passez le concours que vous réussissez à l'âge de 25 ans, du premier coup, et vous entrez à l'École nationale supérieure de police de Saint-Cyr-au-Mont-d'Or, près de Lyon. On ne peut pas dire que vous ayez perdu beaucoup de temps. Vous avez toujours voulu devenir flic ?

Étonnamment, oui. Quand j'étais petit, je voyais Broussard à la télé, je fantasmais, je voulais faire comme lui. Broussard est l'ancien chef historique de la BRI, celui qui a interpellé Mesrine. Vous pouvez aussi ajouter les cascades de Belmondo. On fantasmait le travail de flic, surtout en étant gamin. Mais l'idée m'est restée. J'ai fait mes études et du droit, pour entrer dans la police. Pas forcément pour être commissaire. J'ai passé le concours de commissaire et je l'ai réussi, donc très bien. Mais je voulais surtout être flic.

À votre sortie d'école, en 1996, vous effectuez deux années de service en sécurité publique, assez classiquement, dans un commissariat du Val-de-Marne. Mais votre « truc », c'est vraiment le banditisme. En 1998, vous êtes affecté numéro deux de la BRI de Marseille. En 2014, vous changez encore de fonction et êtes nommé chef de la prestigieuse BRI de la préfecture de police de Paris. Et le 7 janvier 2015, quelques mois après votre arrivée à la tête de cette brigade, un attentat est commis à la rédaction de Charlie Hebdo. *Ce jour-là, après l'attentat perpétré dans les locaux de* Charlie Hebdo, *Chérif et Saïd Kouachi, les deux auteurs, sont recherchés par toutes les polices. Quel est le rôle exact de la BRI ?*

La BRI, historiquement, est un service de PJ qui lutte contre le banditisme. Quand Christian Flaesch m'a proposé de reprendre ce service, pour moi, je retournais aux sources.

L'intervention m'intéressait, par devoir, mais je retournais au banditisme, par passion. Lorsqu'on prend cette affaire, qu'on avait un peu senti monter, parce que les services de renseignement nous avaient déjà alertés – malheureusement l'affaire Merah avait aussi ouvert la voie –, nous étions quand même encore vraiment sur des affaires de banditisme. Le jour de l'attentat contre *Charlie Hebdo*, c'est la rupture. Tout change. On est pris de court, comme tout le monde. Mon directeur m'appelle, me dit d'y aller immédiatement.

Quand il vous appelle, êtes-vous à votre bureau au 36, quai des Orfèvres ?

Oui, je suis au bureau. Je file sur place avec une équipe. Sachant que, probablement, nous ne servirons à rien, puisqu'ils étaient sans doute déjà partis. Mais on aurait pu imaginer qu'ils se soient réfugiés dans un appartement ou un café.

Dans le cas où ils seraient restés dans Paris, c'était votre périmètre de compétences ?

Dans Paris et en petite couronne, oui. La BRI aurait eu à intervenir. Je rejoins les enquêteurs déjà sur place. Mais je ne reste pas longtemps, n'ayant pas de plus-value réelle à apporter.

Deux jours plus tard, le 9 janvier 2015, les frères Kouachi sont localisés dans une imprimerie à Dammartin-en-Goële. Vous, Christophe Molmy, vous y êtes, en appui du GIGN, lui-même appuyé par le RAID. Les trois forces d'intervention du pays sont à Dammartin.

Avant cela, il faut rappeler qu'il y a eu une rocambolesque nuit où l'on a cherché les Kouachi un peu partout dans les bois. On s'était réparti les territoires avec le RAID et le GIGN. On s'est promenés partout cagoulés et armés pour essayer de les retrouver, sans y parvenir. C'était une drôle d'aventure. Tout le monde est rentré le soir à la maison. Le lendemain matin, on était convenu avec Fauvergue, le chef du RAID à l'époque, qu'il n'y avait pas forcément lieu de remonter. Le GIGN était demeuré sur place. Un de mes groupes était quand même monté le matin, si besoin. Je lui demande donc de redescendre sur Paris. Mais quand il passe sur la nationale à côté de Dammartin-en-Goële, on apprend juste que les frères Kouachi sont réfugiés dans une usine. Coïncidence. J'appelle mon chef de groupe et je lui demande de se mettre à disposition des gendarmes s'ils ont besoin de nous. Très vite le GIGN intervient et nous restons en deuxième rideau. Je rejoins les collègues sur place, ainsi que le préfet de police et mon directeur. *In situ*, je réalise très vite que nous ne servirons à rien. Le GIGN a vraiment mis tous les moyens. Le Raid veut participer avec eux. Nous, en deuxième rideau, je ne voyais pas l'intérêt, à part être sur la photo. Je demande l'autorisation de repartir. Et on redescend à Paris. Nous avons tout de même une mission car, tout au long de ces trois jours de cavale, on a cassé beaucoup de portes pour essayer de les retrouver chez des proches. C'est là où on intervient d'ailleurs chez Coulibaly, déjà parti de chez lui. Moi, je suis aux portes de Paris, en fin de matinée début d'après-midi, en attendant une confirmation d'adresse pour la Brigade criminelle, et mon adjoint est dans le 93 en train de taper un domicile. En scannant la radio de la DSPAP (Direction de la sécurité de proximité de l'agglomération parisienne), on entend qu'il y a braquage porte de Vincennes. C'est la première information. Ensuite, on nous dit que c'est un braquage probablement avec une kalachnikov. Donc on tend davantage l'oreille. Même si cela peut arriver sur des braquages. On nous dit que c'est vraisemblablement un « Black » qui braque et qu'une épicerie Casher est visée. Là on imagine qu'il s'agit probablement de Coulibaly, on s'y rend immédiatement, sans rien demander. Et on arrive sur place, les deux groupes, quasiment simultanément, sur le grand rond-point, à côté de l'Hyper Casher.

Peu après 13 heures, ce 9 janvier 2015, Amedy Coulibaly, que vous recherchiez, est arrivé à l'Hyper Casher situé porte de Vincennes. Il a effectivement un fusil d'assaut, plusieurs pistolets, des explosifs. Il pénètre dans le magasin où il tue froidement trois personnes, avant de prendre les autres clients en otages. Comment faites-vous face à une telle situation ? Vous savez que quelque chose de particulier est en train de se jouer à Dammartin, avec l'interpellation, l'arrestation, la neutralisation des frères Kouachi. Vous, vous êtes dans Paris, à la porte de Vincennes, et vous avez Amedy Coulibaly qui retient plusieurs personnes en otages.

D'abord, on est poussés par les événements. Il existe des mécanismes professionnels, on se soutient les uns les autres, donc on avance sur ces affaires. Malgré tout, quand je suis arrivé avec mes collègues porte de Vincennes, j'ai été marqué par l'atmosphère étrange. Plus aucune voiture ne circulait sur le périphérique. La Sécurité publique avait opéré un glacis assez large. Les rues étaient quasiment vides. Il n'y avait pas un bruit. On entendait presque les oiseaux au-dessus de nos têtes. La tension humaine était terrible. Dès qu'on est arrivés, on a senti que des choses déterminantes allaient se passer. Nous savions que nous ne faisions pas face à du banditisme, mais à un événement majeur, qui allait réclamer notre intervention.

L'assaut, à l'Hyper Casher, est un assaut conjoint BRI Paris et RAID. Quel est le rôle exact de la BRI ?

Il y avait deux crises en équilibre : à Dammartin et à l'Hyper Casher. À ce moment, les Kouachi ne savent pas qu'une personne est présente à l'intérieur de l'imprimerie, qu'un otage s'est caché. Ils ne menacent donc personne *a priori*. Nous, Porte de Vincennes, nous avons vingt-sept personnes retenues. Le préfet de police charge évidemment la BRI d'intervenir. Le ministre déclenche une unité fonctionnelle, sans existence au quotidien, permettant de regrouper si nécessaire plusieurs interventions. À la base, l'intervention doit être menée par la BRI, avec le renfort du RAID. Voilà pour la théorie. Mais rien ne se passe jamais comme prévu. Normalement nous devions intervenir en premier, puis le GIGN à Dammartin-en-Goële. On a un moment de flottement. Nous demandons l'autorisation de passer à l'assaut au préfet de police, qui relaie auprès du ministre. Ça remonte jusqu'au Premier ministre et au président. Il nous faut environ trois quarts d'heure avant que le feu vert redescende. Ensuite nous devons nous préparer. Cette intervention était très binaire. On savait qu'il y avait une vingtaine de bâtons de dynamite, armés ou pas, à l'intérieur. Les artificiers qui nous accompagnaient nous avaient prévenus : « Si ça saute, il n'y aura plus rien autour ! » Soit on entre et tout le monde est soufflé, soit nous avons facilement le dessus sur une personne seule. Un vrai quitte ou double. Évidemment, tout le monde était volontaire, au sein de la BRI, pour participer à cette intervention. Les hommes ont été extraordinaires. Mais le temps de préparation n'est pas anodin. Au même moment, surprise, les Kouachi sont sortis spontanément à l'assaut du GIGN. Ils ont été rapidement neutralisés. Mais ça a bouleversé nos plans.

Vous redoutiez que Coulibaly apprenne la sortie des Kouachi et qu'il décide de tuer les otages ?

Coulibaly avait prévenu : « Si vous vous en prenez à mes frères Kouachi, je tuerai les otages ! » Il aurait fallu d'abord neutraliser Coulibaly puis ensuite les Kouachi. Dans les faits, l'intervention a été complètement inversée. Nous étions prêts, mais pas encore pour y aller dans l'instant, et à la radio, on nous dit : « Immédiatement, parce que les Kouachi sont en train d'affronter le GIGN. » On a fait sauter la porte à l'arrière du magasin. Ce qui était prévu. Afin d'entrer en masse rapidement, neutraliser Coulibaly, tandis que le RAID, en compagnie d'une autre colonne de la BRI, se présentait devant, ouvrait le rideau pour faire sortir les otages. Tout s'est inversé. Quand on a fait sauter la porte, nous nous sommes retrouvés devant une palette qui bloquait le passage. On a pu entrer, mais doucement. Et les premiers de colonne ont immédiatement été pris sous le feu de Coulibaly. Quand le RAID s'est présenté devant une minute trente après et a levé le rideau, au lieu d'avoir les otages qui sortaient, ils ont fait face à Coulibaly, qui faisait le yoyo entre nous et eux. Ça a duré quelques secondes. Coulibaly a dû comprendre que, de notre côté, il y avait un goulot d'étranglement. Il s'est donc jeté devant sur les collègues du RAID qui l'ont abattu. Ça s'est terminé ainsi.

Cette année 2015, la BRI est de nouveau sollicitée pour une opération de contre-terrorisme, au Bataclan. Afin d'en parler, Christophe Molmy, vous avez souhaité que nous nous rendions à la librairie L'Instant, dans le 15ᵉ arrondissement. Car vous n'êtes pas seulement policier, vous êtes également écrivain, auteur de polars. Votre dernier roman, La Fosse aux âmes, *raconte l'histoire de Fabrice, un jeune homme ordinaire qui perd sa compagne lors d'un attentat djihadiste commis dans un cinéma. Forcément, en lisant votre premier chapitre, avec cette scène de fusillade dans le cinéma, on ne peut pas s'empêcher de penser à l'attentat dans le Bataclan, le 13 novembre 2015. Pourquoi avoir voulu écrire cette scène d'horreur dans votre roman ?*

Cette démarche est commune à beaucoup d'auteurs. Quand on écrit, il y a toujours un côté cathartique. Je ne voulais pas rédiger un témoignage personnel. Surtout pas. Mais j'imagine que j'avais besoin de sortir des émotions. Ce qui est aussi le rôle d'une fiction. J'avais besoin, également, d'avoir un héros qui survivait. Cela peut paraître naïf, mais en considérant tous ceux qui ont été tués durant les attentats, je voulais cette touche positive. J'ai ensuite construit mon histoire.

Votre héros, Fabrice, survit mais il perd sa compagne et le frère de sa compagne.

J'ai écrit un roman noir. Le contexte s'y prêtait. Le héros est marqué par l'attentat. Mais ce livre est aussi une belle histoire d'amour. Le héros possède un fort instinct de vie et il tombe amoureux d'une femme, qui le sort de cette noirceur.

Ce roman, avec son premier chapitre, nous permet d'évoquer l'attentat au Bataclan. Cette nuit du 13 au 14 novembre 2015. Ce vendredi 13, sans doute un jour ordinaire pour beaucoup de gens, avant que tout bascule dans l'horreur. À quoi ressemble votre journée ?

Cette semaine-là, à la BRI, avait été très chargée. Nous avions beaucoup travaillé sur un enlèvement avec demande de rançon, qui s'était soldé, le jeudi, par l'arrestation des preneurs d'otage. Le vendredi, on était dans une sorte de descente. On se reposait quelque peu de cette semaine chargée. Il y avait de la fatigue. Beaucoup, ce qui n'était pas mon cas, était devant leur télé pour regarder le match de football de l'équipe de France. Mais j'étais chez moi, en famille. À la maison, avec mes enfants et ma femme.

Comment apprenez-vous qu'un événement grave est en cours ?

Quand vous êtes à la BRI, vous êtes en interaction permanente avec de nombreux autres services. Notamment la Sécurité publique, les démineurs. Tout commence par des échos, avec quelques minutes de décalage, de ce qui est en train de se passer au Stade de France. J'apprends très vite qu'il y a eu une première explosion. Mais une explosion, ça peut être un incident, une bombe artisanale, une bonbonne de gaz dans un *foodtruck*. Il faut savoir garder son sang-froid. D'autant plus qu'en 2015, il y a eu les attentats qu'on vient d'évoquer, mais également beaucoup de *fake*, de faux attentats, d'alertes. Nous n'avons pas arrêté de sauter dans tous les sens. Quelques minutes après : seconde explosion. Là, deux explosions au même endroit, ce n'est plus un accident. C'est un attentat. Mais à la bombe. Sans prise d'otages. Il ne semblait pas y avoir de terroristes sur place. Le 93, par ailleurs, pour les interventions, est le domaine du RAID. La BRI n'avait pas forcément à s'y rendre. Nous étions très tendus, mais sans raison de se mettre immédiatement en branle, à ce moment-là. J'ai rappelé mon alerte, la FIR, Force d'intervention rapide, qui est la première lame en présence sur les interventions, composée d'hommes qui rentrent chez eux avec armes et matériel. Et puis je préviens tout le monde, demandant de rester dans les starting-blocks, parce que ça peut monter.

À quel moment apprenez-vous qu'il se passe quelque chose sur les terrasses ?

Je suis prévenu par un journaliste, qui m'envoie un SMS en me demandant : « Es-tu au courant des tirs dans Paris ? » Je ne lui ai pas répondu parce que je n'avais pas le temps. Mais dès ce moment, j'ai rappelé l'état-major qui me confirme l'info.

Où partez-vous ? Tout de suite au Bataclan ?

On ne sait pas exactement où aller. Il faut se souvenir qu'en trente-trois minutes, il y a huit attentats à Paris, entre le Stade de France, les terrasses et le Bataclan. Le 36 étant resté au cœur de Paris, on peut se rendre n'importe où dans le même temps. Donc direction le 36. Comme on évoquait des terroristes avec possiblement des ceintures explosives, on s'est dit qu'il pouvait être judicieux de récupérer davantage de matériel : des boucliers, un peu plus d'armement. La première équipe s'est retrouvée, quelques minutes, au siège de la BRI. On m'a appelé pour me demander d'aller d'abord sur une des terrasses : « Va rue de Charonne, un terroriste est peut-être caché dans un appartement. » C'était très vague. J'ai à peine eu le temps de monter dans la voiture qu'on me rappelait : « Va au Bataclan, c'est là que ça se passe ! » Nous sommes arrivés au Bataclan vers 22 h 20.

Que savez-vous exactement quand vous arrivez au Bataclan ?

Pas grand-chose. On met pied à terre. Une partie de l'équipe se rend devant le Bataclan pour figer les lieux. Moi, je me dirige vers les autorités. Mon directeur et le préfet sont présents, le patron de la DSPAP également. Il s'agit de faire le point, savoir ce qui est en train de se passer. Quelles sont les forces en présence ? Les rues sont-elles bloquées ? Il faut prendre la mesure de l'extérieur, avant d'envisager l'intérieur. Je rencontre aussi le collègue de la BAC nuit qui est intervenu en premier et qui a neutralisé, avec son chauffeur, un terroriste.

Savez-vous déjà que les terroristes sont au nombre de trois ?

Non. Les collègues de la BAC nous expliquent qu'ils sont entrés et qu'ils étaient face à un terroriste ; échange de feu, le terroriste tombe puis se fait sauter. On se présente devant le Bataclan. Il n'y a pas de bruit à l'intérieur. Personne ne bouge. Tous sont terrorisés par ce qu'ils viennent de vivre, qu'on ignore totalement à ce moment-là. Mais nous n'avons aucune indication sur les deux autres terroristes, et leur emplacement. Pendant une heure environ, on s'attache à vérifier qu'il n'y a pas d'engins explosifs supplémentaires. Ce qui aurait pu être le cas. Les militaires nous avaient prévenus sur les risques, comme en Syrie, de surattentat.

Ce qu'on appelle un surattentat, c'est un deuxième attentat, commis lorsque vous arrivez et dirigé contre vous.

Contre les forces de secours, les pompiers, les Samu. Un deuxième attentat assez fourbe, qui fauche les gens venus en secours du premier. Il fallait vérifier également que d'autres terroristes ne se cachaient pas. Le rez-de-chaussée, ceinturé par des balcons de toutes parts, était difficile à appréhender. Vous êtes vite exposé, si un terroriste se trouve à l'étage. Cela, en bas, nous a pris un quart d'heure, vingt minutes. Ce qui peut paraître long. Mais nous avons sorti des centaines de personnes, il fallait les rassurer. Vers 23 heures, le temps de récupérer le reste de la BRI, on a décidé de monter à l'étage, sans avoir encore d'infos sur la localisation des terroristes, et sans savoir d'ailleurs s'ils étaient toujours là.

À quel moment apprenez-vous que les terroristes ne sont plus que deux, avec douze otages ?

Beaucoup plus tard. À 23 heures, on monte dans les étages. Nous sommes deux groupes, un à gauche, un à droite. On progresse avec les collègues. Mais c'est très difficile. À chaque fois qu'on avance, on tombe soit sur des gens pressés de sortir, qui peuvent apparaître comme des menaces parce qu'ils arrivent trop vite, soit sur des gens catatoniques et terrorisés qu'on aide à se relever. Certains endroits sont extrêmement exigus. Je me rappelle avoir ouvert une porte de toilettes avec quatre ou cinq personnes entassées à l'intérieur. D'autres descendaient de faux plafonds. C'était apocalyptique. Il fallait gérer la situation, prendre du temps, il fallait aussi être prudent. Contre toute attente, on peut se retrouver face à un terroriste. À 23 h 15, le premier de colonne essaie d'ouvrir une porte, qui donne sur une loge, et il entend une voix, d'un des otages, lui demandant de ne pas entrer. Parce que les terroristes sont juste derrière, avec une douzaine d'otages.

Vous comprenez alors que vous êtes face au dernier îlot de résistance, avec les terroristes et les douze otages.

On le comprend, oui, seulement à 23 h 15.

A-t-on le temps, à ce moment, de mener une négociation, d'établir un contact ?

J'ai tout entendu sur ce point. Raisonnablement, on ne peut pas se priver d'une négociation. Imaginez, dans une telle situation, qu'on passe immédiatement à l'assaut et que ça se passe mal, avec des otages tués. Les familles, nécessairement, nous le reprocheraient. Nous étions, bien sûr, conscients du faible pourcentage de chances que les terroristes se rendent. Mais tenter une négo est nécessaire, et dans l'ordre des choses. Cela nous permet aussi de nous préparer, de gagner du temps. Et on gratte toujours des informations, ce qui nous enrichit afin de savoir précisément quelle confrontation nous attend. Mais tout va finalement très vite. On arrive devant la porte à 23 h 15 et je lance l'assaut à 0 h 18. Une heure après. Le temps de se préparer, d'obtenir les validations politiques, de constituer la colonne et d'y aller. C'est très très court.

Cet assaut a été mené dans un couloir d'une dizaine de mètres à peine. Un assaut techniquement très difficile, peut-être un des plus difficiles qu'une unité d'intervention, de police ou de gendarmerie a pu avoir à conduire, avec des risques très élevés de perte de vie des otages, mais aussi des policiers. Il se murmure que, avant l'assaut, vous auriez réuni vos hommes pour leur dire que si certains ne se sentaient pas d'y aller, ils étaient libres de ne pas le faire.

Oui et non! Pas tout à fait. Je suis d'abord sorti de la colonne, pour voir le préfet de police, Michel Cadot, afin de lui demander l'autorisation d'aller à l'assaut. Très courageusement, il m'a immédiatement répondu d'y aller. Je suis retourné dans la colonne. Le rôle des officiers est de constituer les groupes d'assaut. Ce qui a été fait. Puis tout s'est engagé. Mais j'ai eu besoin, à un moment, je le reconnais, d'avoir la totale certitude de l'adhésion des hommes. Parce qu'il y avait un risque létal extrêmement fort. Ce qui implique une grosse responsabilité. J'ai rappelé uniquement les chefs de groupe et mon adjoint, nous étions quatre ou cinq, pour leur dire : « Les gars, vous êtes sûrs ? » Ils m'ont répondu : « Évidemment, oui, on n'a pas le choix, il faut y aller. » J'avais besoin de ça. Au-delà du rôle hiérarchique, de donner des ordres. Humainement, cette communauté d'esprit s'imposait. Être tous d'accord et, tous, accepter et assumer le risque. Tous ceux qui étaient dans la colonne y sont allés, et tout le monde était volontaire. Les plus expérimentés, qui avaient participé à l'assaut de l'Hyper Casher pour la plupart, étaient devant.

Vous évoquiez le préfet de police de Paris de cette époque, Michel Cadot. Il y a un échange entre vous. Il vous demande : « Est-ce que ça va aller ? » Et vous lui répondez : « Non, monsieur, ça ne va pas aller. » C'est exact ?

Cet échange a lieu en deux temps. D'abord nous avons un échange administratif. Je suis sous son autorité, je lui demande l'autorisation de passer à l'assaut. Il me dit : « Allez-y. » Je me tourne, je vais partir et là, il y a l'homme – Michel Cadot est une personne extrêmement humaine –, il me retient par le bras, il a changé de posture et il me demande, en effet : « Christophe, vous pensez que ça va aller ? » Je n'ai pas de raison de lui mentir, je veux qu'il comprenne, je réponds : « Non, monsieur, ça ne va pas aller… Avec de l'explosif, des couloirs étroits, des armes de guerre et des otages au milieu, tout se présente mal. Attendez-vous à un fort risque d'otages, ou même de collègues, touchés. Mais c'est toujours mieux que de les laisser tuer tous les otages. » Là, Michel Cadot est resté silencieux, il s'est assombri. Il faut comprendre que la situation était particulièrement lourde pour lui. Il assumait la décision administrative. Moralement, également, c'était difficile.

Dans ces minutes qui vous séparent du déclenchement de l'assaut, quelles sont vos pensées ? Vous êtes concentré sur l'assaut ? Vous pensez à votre famille ?

On est pris par des réflexes professionnels. Dans une colonne vous êtes tiré par-devant, poussé par-derrière. Nous sommes un groupe. Il n'y a pas d'individualités. Chacun fait son boulot. Tout va très vite. On n'a guère le temps de se poser, et de se poser trop de questions.

À 0 h 18, vous menez cet assaut et vous sauvez l'intégralité des otages. Vous les ramenez tous. Avez-vous conscience d'avoir accompli un exploit ?

D'abord, je ne mène pas l'assaut. C'est l'officier chef de colonne qui mène l'assaut. Moi, je les accompagne parce que, moralement, je me devais d'être avec eux. J'étais plutôt à l'arrière. Donc je ne mène pas l'assaut. Je l'assume, je le décide, je le présente aux politiques et je donne le top pour le lancer. Ensuite, le travail est celui de mes collaborateurs. On est engagés au feu tout de suite. Dès que la porte est poussée, le premier de colonne se fait tirer dessus, il prend un chargeur complet de kalachnikov dans le bouclier. Son bouclier tombe. On avance. Rapidement des grenades sont jetées. Il y a du bruit, de la poussière. Surtout, les collègues au plus près, devant, relevaient les otages et les passaient à celui de derrière. Nous avions mis en place une sorte de chaîne humaine. Mon souvenir le plus difficile : je vois tomber un collègue devant moi, je comprends qu'il est touché mais je n'ai pas le temps de m'arrêter à ce moment-là. Au fond de moi, j'ai ressenti cette peur : « J'ai un mort... » C'est affreux. Fort heureusement, il n'est pas mort, il est très grièvement blessé à la main. Mais ce moment m'a marqué.

Je vous ai demandé si vous pensiez avoir accompli un exploit, parce que cet assaut est regardé par le monde entier. Parmi ceux qui regardent cet assaut, il y a nécessairement les unités d'intervention des autres pays. Et chacun se demande comment vous êtes parvenu à mener une telle opération.

Le cocktail n'est pas simple à démêler. Tout n'est pas dû à la chance. Il y a l'entraînement, la qualité, l'expérience, le courage des collègues présents dans la colonne. Également des paramètres que vous ne gérez pas. Là où l'action se passe. Le comportement des otages. Le comportement du terroriste.

L'attentat au Bataclan vous touche d'autant plus personnellement, Christophe Molmy, que vous y avez perdu un ami très proche. Savoir que cet ami était dans la salle au moment de l'intervention, cela a-t-il changé votre état d'esprit ?

Je n'ai quasiment jamais parlé de cela. Mais je l'ai su après l'assaut. Son épouse le cherchait et, très vite, j'ai été prévenu de sa présence. On a d'abord pensé qu'il était sorti avec les autres otages et qu'il avait peut-être perdu son portable. J'ai ensuite été pris par d'autres choses. Puis je l'ai retrouvé…

Cet ami est prénommé Fabrice, comme le héros de votre roman, La Fosse aux âmes. *L'écriture de ce livre a-t-elle été une forme de thérapie ?*

Une thérapie, je ne sais pas… Mais un témoignage de beaucoup d'affection, oui… Fabrice était un ami de quarante ans, pas de la veille. J'avais besoin d'écrire un « truc » où il survive.

Dans ce polar, Fabrice, votre personnage principal, culpabilise d'avoir survécu à l'attentat dans le cinéma. Il y a même une scène, au début du roman, où vous le décrivez se sentant lâche. Il va d'ailleurs le dire lors des obsèques de sa compagne au pupitre de l'église. Avez-vous culpabilisé, Christophe Molmy, après le 13 novembre 2015 ?

Fabrice, ce n'est pas moi ! Mais quand vous perdez une personne dans de telles circonstances, et que vous survivez, une forme de culpabilité existe toujours. Avec le réflexe de se dire : pourquoi lui et pas moi ?

À la BRI, il y a nécessairement un avant et un après Bataclan. Qu'est-ce que ça a changé pour les membres de cette unité que vous avez commandée avant et après le Bataclan ?

Le service sera durablement marqué. Ce qui est normal. Auparavant, c'était un service de PJ qui faisait de l'intervention. Aujourd'hui nous sommes toujours un service de PJ, mais aussi, de manière entière et plénière, un groupe d'intervention. Ce qui nous a obligés à nous perfectionner dans des matières où nous avions peu investi – comme la protection face aux attaques chimiques –, nous affûter également dans des domaines plus pointus. Nous avons revu la méthodologie et l'organisation du service. Avec notamment beaucoup de recrutements.

Professionnellement, qu'est-ce que ça a changé pour vous ?

Honnêtement, pas grand-chose. En revanche, humainement, le Bataclan nous a tous fait évoluer. Je ne pense pas, j'en suis même sûr, que certains ont été traumatisés par l'opération. Mais nous avons tous été marqués. Vous ne sortez pas d'une salle de spectacle avec quatre-vingt-dix personnes mortes au sol sans être impacté…

Après avoir dirigé la BRI, vous avez pris plus récemment la direction de la Brigade des mineurs. Vous ne traquez ni le grand banditisme ni les terroristes, mais un autre type de criminels : les criminels sexuels et notamment les pédophiles. Votre regard sur la criminalité, avec cette nouvelle fonction, a-t-il changé ?

Ce sont d'autres crimes et d'autres victimes. Un autre monde. On ne casse pas des portes avec des béliers le matin. Le service est constitué d'une majorité de jeunes femmes. L'ambiance est complètement différente. Les enquêteurs, là aussi, sont totalement investis. Il y a des victimes dans tous les crimes mais, à la Brigade des mineurs, on dit souvent : « Il y a des vraies victimes. » Parce qu'il s'agit d'enfants. C'est particulièrement touchant. La Brigade des mineurs implique beaucoup de professionnalisme et d'attention. Je trouve admirable le travail effectué par les enquêteurs.

Vous êtes, Christophe Molmy, un grand flic de PJ, à une époque où la PJ est en pleine mutation, peut-être en crise existentielle aussi, certains le disent. Qu'est-ce qui a le plus changé, selon vous, dans le métier de PJiste depuis que vous l'exercez ?

Ce n'est pas une posture, mais je ne pense pas qu'il existe de grands flics. Il n'y a que des grandes affaires. J'ai des collègues qui sont de super professionnels. Ils ont traversé des services dans lesquels rien de notable ne s'est passé. Il suffit que vous soyez là au bon moment, qu'une grosse affaire se présente, et on parle de vous. Mais vous savez, la DCPJ a plus de cent ans, elle a déjà connu des révolutions. Elle fera peau neuve. Et elle survivra.

Qu'aimeriez-vous dire à un jeune policier ?

D'abord : ce métier est un beau métier. Je suis peut-être naïf, mais il s'agit d'un service public. Je rencontre toujours des jeunes qui entrent dans ce métier – sans doute est-ce commun avec les militaires, les pompiers – afin de se mettre au service du public. Et on peut avoir l'occasion de sauver des vies. Ce n'est pas rien. On est également, surtout quand on est gosse, porté par tous les clichés autour de la police. J'évoquais Broussard, mais il y avait aussi Belmondo, que j'ai eu la chance de rencontrer avant sa mort. Et je lui disais : « C'est un peu votre faute si j'exerce ce métier. À force de vous voir faire le con dans des films, j'ai eu envie de vous imiter. » On est porté par toutes ces figures. En existe-t-il peut-être moins aujourd'hui ? Je ne sais pas. Aux jeunes, je pourrais dire que ce métier est riche, très humain, qu'on s'y fait des souvenirs, on partage beaucoup, on rencontre de belles personnalités.

Denis Favier

S'il n'y avait qu'un seul « grand » gendarme, ce serait lui. À Noël 1994, lors de la prise d'otages des passagers du vol Alger-Paris, Denis Favier monte à l'assaut de l'Airbus d'Air France avec ses hommes du GIGN, au cours d'une séquence restée mythique. Entre 2013 et 2016, il commande l'ensemble de la Gendarmerie nationale : neutralisation des frères Kouachi, crash de la Germanwings, Denis Favier s'empare des crises avec méthode et sang-froid.

Nous sommes à Satory, plus précisément au sein de la caserne Pasquier, le QG du Groupe d'intervention de la Gendarmerie nationale, le GIGN. Cette unité mythique de la Gendarmerie nationale a été créée en 1974. Denis Favier, vous avez pris le commandement du GIGN en 1992. Vous aviez alors 33 ans. Vous souvenez-vous de votre première venue à Satory ?

Je me suis rendu pour la première fois dans cette caserne, à Satory, en 1983. La caserne était en construction. Pour aller du centre de tir jusqu'au bureau du commandant d'unité, il fallait emprunter une échelle. Mon premier souvenir est donc un chantier. Depuis sa création en 1974, le GIGN était basé à Maisons-Alfort. Dix ans après, il a fait mouvement vers Satory.

Qu'avez-vous ressenti, ici, pour la première fois ?

Quand on pénètre dans ces murs, dans ces locaux, on est toujours très impressionné. On essaie de ne pas gêner. On est dans ses petits souliers. On fait des petits pas. On regarde, on observe.

Quand vous revenez ici, vous ressentez toujours de l'émotion ?

C'est toujours émouvant. Ces lieux nous ont vus partir en opération, revenir après des opérations. Il y a eu des débriefings, des départs en mission. Nous avons aussi connu des drames, avec des familles à accompagner dans la peine. Ce sont des lieux chargés d'émotions, et d'histoire.

Diriez-vous que des choses ont changé à Satory ?

Sur la forme, bien sûr, des choses bougent. L'unité s'est agrandie au fil du temps. Il a fallu construire d'autres bâtiments. Sur le fond, l'esprit demeure, un esprit particulier, celui de l'engagement, et on le sent très nettement quand on entre dans la caserne. Des gens sont occupés, ils préparent des missions. Il y a un côté fourmilière.

Si on se replonge un demi-siècle en arrière, en 1974, pourquoi fallait-il créer une unité comme le GIGN ?

Le fait initial: les JO de Munich en 1972. Il fallait pouvoir faire face à une menace terroriste forte, doter les pays occidentaux d'une capacité de réaction contre-terroriste. Le GIGN est créé dans ce contexte de menace.

En 1992, la Gendarmerie nationale vous confie le commandement de cette unité. Elle est déjà célèbre, puisqu'il y a eu des interventions fameuses : à Loyada à Djibouti en 1976, à Ouvéa en Nouvelle-Calédonie en 1988. Une question toute simple, Denis Favier : pourquoi vous ?

C'est une question de circonstances. Je prends le commandement en 1992. L'autorité hiérarchique établit son choix entre plusieurs officiers. J'avais déjà exercé des commandements. J'avais montré des capacités, aux yeux de ma hiérarchie, en termes d'intervention. Mais, en réalité, j'avais tout à apprendre en arrivant.

Vous n'aviez que 33 ans. Comment, à cet âge, s'impose-t-on à la tête d'une unité aussi prestigieuse ?

Très clairement, le verbe s'imposer est impropre. Ici, on ne s'impose pas. Cela pourrait laisser penser que les galons suffisent. Les choses sont plus complexes. On doit faire son trou, ses preuves. On est reconnu comme chef lorsque l'on a une légitimité opérationnelle.

À Satory, on peut voir une poutre en métal, située à vingt-cinq mètres au-dessus d'une grande tour métallique. Il se raconte qu'on demande aux gendarmes qui veulent intégrer le GIGN de marcher le long de cette poutre, à vingt-cinq mètres au-dessus du vide. C'est véridique ?

Oui. Nous l'avons tous fait.

Vous aussi ?

Bien sûr. Au-delà de l'exercice, cette poutre est un véritable symbole. Il n'y a pas que l'exercice physique. Il faut prendre sur soi, marcher sur une poutre de dix centimètres de large, tout en étant assuré par un dispositif, en suivant les directives d'un instructeur. On va vers l'avant en se demandant : « Quand va-t-il nous arrêter ? Va-t-il nous ordonner de faire demi-tour ? » La vraie question est celle de la confiance. Dans le matériel, dans le moniteur, dans le camarade avec nous en opération. La confiance, et la maîtrise de soi, évidemment.

Marcher à vingt-cinq mètres au-dessus du vide renvoie à la prise de risque. Établiriez-vous un lien entre cette poutre et la devise du GIGN : « S'engager pour la vie » ?

Je n'établirai pas un lien immédiat. La devise du GIGN, « S'engager pour la vie », résonne fortement. La vie des gens qu'on va sauver, sachant que la mission première du GIGN est de libérer des personnes retenues en otage. Les gendarmes du GIGN, d'hier et d'aujourd'hui, sont prêts à aller très loin pour remplir cette mission, pour préserver cette vie confiée. « S'engager pour la vie » renvoie aussi à sa propre vie, sur la durée. Le GIGN, une fois qu'on a servi dans cette unité, ne nous quitte jamais.

Au GIGN, la préparation est fondamentale. Vous vouliez me montrer, Denis Favier, une cabine d'avion reconstituée. On est assis sur des sièges passagers de vol commercial. Afin d'évoquer une opération qui a particulièrement marqué le GIGN : la prise d'otages des passagers du vol Air France 8969, entre Alger et Paris, en 1994, avec un dénouement resté mythique sur le tarmac de l'aéroport de Marignane. Le 24 décembre 1994, à l'aéroport d'Alger, les deux cents passagers d'un Airbus assurant la liaison Alger-Paris pour le compte de la compagnie aérienne Air France sont retenus en otages par quatre terroristes islamistes, qui exigent d'atterrir sur Paris, où ils veulent tenir une conférence de presse. Vous êtes à cette époque le commandant du GIGN. Vous souvenez-vous comment vous avez appris la nouvelle ?

Je me rappelle très précisément. Cette opération se déroule pendant les fêtes de Noël. Je viens d'arriver, en famille, sur le lieu où je dois passer quelques jours, dans les Pyrénées.

En 1994, comment parvient-on à vous joindre ? Vous aviez une ligne fixe dans votre maison ?

Question intéressante. À l'époque, pas si lointaine, nous n'avons pas de téléphones portables. On a un bipeur, nous permettant de savoir qu'une personne veut nous contacter avec, sur ce bipeur, le numéro de téléphone à rappeler. J'ai donc une information, quant à la prise d'otages, donnée par une ligne fixe. Information confirmée par la brigade locale, qui vient me voir et m'indique qu'un sujet potentiellement grave est en train de se dessiner.

Vous dit-on précisément ce qu'il en est ?

Assez rapidement, on apprend qu'un avion d'Air France est retenu sur le tarmac de l'aéroport d'Alger, en fin de matinée le 24 décembre. Compte tenu de la crise existant entre la France et l'Algérie depuis plusieurs années, on comprend que le sujet est potentiellement très embêtant.

On vous a envoyé, je crois, à Palma de Majorque. Ce qui impliquait qu'on imaginait, possiblement, de vous faire intervenir sur le sol algérien ?

Le positionnement à Palma de Majorque est une première réponse de la France, afin de montrer que les autorités ont pris conscience de la gravité de la situation. La potentialité d'une action en Algérie existe, mais très honnêtement je n'y crois pas, ou peu. Ce positionnement, en tout cas, nous permet d'être au contact de ce qui se passe en Algérie, d'évoluer sur un aéroport africain éventuellement, ou sur un autre aéroport français.

Si mes informations sont exactes, vous restez dix-sept heures à Palma de Majorque. C'est à la fois long et court, mais que fait-on pendant ce temps à l'aéroport ?

On passe la nuit de Noël sur l'aéroport de Palma de Majorque. Nous sommes en pleine crise. Il nous faut rassembler des renseignements, être au contact de la cellule de crise parisienne, il faut comprendre l'intention politique, il faut avancer en technique. Pendant tout ce temps, les gendarmes s'entraînent sur un avion similaire à celui qui est retenu à Alger.

Après dix-sept heures, vous quittez Palma de Majorque pour Marignane. Il se dit, Denis Favier, que vous avez personnellement pris cette initiative, sans qu'on vous le demande. Est-ce vrai ?

Dans une situation de crise, il est important parfois d'anticiper. Nous avions des éléments d'observation forts en Algérie. En liaison avec des gendarmes du GIGN, chargés de la protection de l'ambassade de France. Ils nous donnaient des renseignements d'ambiance sur ce qui pouvait se passer à bord. Dans le courant de la journée du 25, nous avons compris que nous n'agirions jamais en Algérie. La négociation s'est orientée vers un retour de l'appareil en France. Dans cette perspective, nous avons pris l'initiative de nous positionner à Marignane.

Pourquoi Marignane, précisément ? La destination de l'avion était plutôt Paris, non ?

Dans les négociations, on voit bien que Paris est un point cible, mais difficile à atteindre, et même risqué. On travaille d'ailleurs pour que l'avion manque de carburant et ne puisse pas être acheminé à Paris. On vise Marseille, et dans les négociations, là aussi, on sent que Marseille est un point de chute audible, recevable, pour les terroristes.

Vous faites un coup tactique. Parce que vous partez avec vos unités, mais l'avion aurait très bien pu ne pas aller à Marignane…

Plus qu'un coup tactique, c'est un coup stratégique. On prend de l'avance, on donne du rythme à la crise, on anticipe. Généralement, quand nous arrivons sur une prise d'otages, la situation est constituée et les lieux sont tenus par l'adversaire. Là, on inverse la donne : la prise d'otages va rejoindre le lieu que l'on tient.

Lors de cette crise, vous êtes âgé de 35 ans. Alors que vous êtes à Marignane, il se dit que le ministre de l'Intérieur de l'époque, Charles Pasqua, est présent et vous demande immédiatement d'intervenir. Et vous lui répondez : « Non. » Vous avez réellement résisté à Charles Pasqua ?

C'est plus complexe. Ça relève des mythes et légendes. Ce qui est certain, c'est que le temps du politique et le temps de l'opérationnel sont deux temps différents. Nous avons le même objectif : obtenir la libération des otages. Mais les moyens de parvenir à cet objectif diffèrent. Le politique souhaite que la crise soit résolue dans les meilleurs délais. Mais résoudre une prise d'otages est un exercice compliqué. Il y a deux cents personnes dans l'avion. Il s'agit de les sauver toutes. Pour pouvoir produire une opération de libération d'otages à ce niveau-là, il est nécessaire d'avoir des renseignements. Il nous faut donc prendre du temps et être maîtres du moment de l'engagement opérationnel. La décision ne peut pas venir d'en haut. C'est la discussion que nous avons eue avec les autorités politiques.

Votre rôle, en tant que commandant du GIGN, est aussi de concevoir l'assaut. Comment procédez-vous ? La cabine de l'avion est très étroite. Vous faites face à quatre terroristes. Ils sont épuisés, au moins nerveusement, par quatre jours de prise d'otages. Deux cents personnes sont retenues avec des armes, des explosifs. Comment agir dans un environnement si dégradé ?

Quand on arrive à Marignane, le GIGN ne découvre pas ce qu'est un avion. Un gros travail de fond a été effectué depuis des années, sur tous les types d'appareil de la compagnie Air France. Régulièrement on s'entraîne, de jour comme de nuit, pour appréhender au mieux n'importe quel avion. Il y a deux types d'assaut. Un assaut délibéré, en arrivant par l'arrière. Et un assaut d'urgence, où il faut pouvoir entrer par un maximum de portes dans l'appareil. Afin de créer un effet de sidération destiné à déstabiliser les terroristes et permettre l'évacuation des otages. Tout cela est la mise en œuvre de schémas travaillés à l'entraînement.

Quand vous vous élancez à l'assaut de l'appareil, vous êtes sur des passerelles. On voit d'ailleurs ces images des passerelles qui avancent vers l'Airbus. Et vous essuyez de premiers tirs. Ressentez-vous de la peur ?

Quand on est dans la phase d'exécution, on ne ressent pas de peur. Nous sommes dans un mauvais cauchemar. On voit l'opération qui se rapproche, à cent mètres, à cinquante mètres, à dix mètres. Et on sait qu'il y aura contact. La peur n'a pas sa place dans la phase exécution. En revanche, dans la phase de préparation, quand on met en œuvre tous les mécanismes d'analyse, nous pouvons avoir des hésitations, des interrogations. Mais le collectif permet de les appréhender. Avec l'expertise des uns et des autres, en prenant en compte tous les avis, on parvient à dégager le mode opératoire le plus pertinent.

Tous les Français ayant eu connaissance de ce moment ont les images en tête. On voit notamment la passerelle qui arrive au contact de la porte avant de l'appareil. Un petit dénivelé empêche l'ouverture de la porte. Celui qui conduit la passerelle réalise une manœuvre décisive. Il s'agit de reculer la passerelle pour dégager la porte, et permettre aux équipes de pénétrer dans la cabine de l'avion. Avec cette manœuvre, l'opérateur vous a sauvés ?

On est dans le cadre d'un plan d'assaut d'urgence. Il s'agit de pénétrer le plus rapidement possible dans l'appareil afin de stopper l'action des terroristes. Nous choisissons d'entrer par trois portes, en sachant qu'une des trois, peut-être, ne s'ouvrira pas. On a beaucoup travaillé lors d'exercices, mais là, nous sommes au centimètre près. Par un geste astucieux, la passerelle en effet recule légèrement, et la porte s'ouvre. Dans une unité spécialisée comme le GIGN, l'esprit d'initiative est cultivé au plus haut. Il y a le schéma général de l'intervention, dans lequel chacun connaît son rôle. Et il y a la capacité d'initiative laissée aux hommes, là où ils sont, afin de leur permettre de participer à la réussite de l'opération.

Vous êtes entré, Denis Favier, avec vos hommes à l'intérieur de l'avion. Pouvez-vous nous raconter, nous décrire la scène à l'intérieur de l'appareil, lors de l'assaut, au moment où vous pénétrez dans la cabine ?

Je rejoins ma position, au cœur des forces, des gendarmes qui vont s'engager. Dans mon esprit, il n'est pas concevable que le patron reste en retrait, dans le cadre d'une opération majeure.

Vous êtes donc avec le groupe au contact direct des terroristes ?

Je suis sur la passerelle avant droite, au contact du cockpit et des terroristes.

Donc vous les voyez ?

Bien sûr. J'entre et je suis le couloir de gauche face au cockpit. Je ne vais pas dire que je vois clairement les terroristes, parce qu'il fait sombre, la porte s'ouvre et se ferme, mais je perçois régulièrement leurs actions.

Êtes-vous pris dans l'échange de tirs ?

Oui, avec les gendarmes autour de moi, devant et derrière, dont certains qui sont blessés et qui ne peuvent plus agir, trop atteints. D'autres sont au sol et attendent qu'on les évacue. Nous sommes vraiment dans une opération avec un engagement humain extrême. Quand on déclenche l'assaut, deux terroristes sont positionnés à l'arrière, et deux à l'avant. Les deux leaders du commando sont dans le cockpit. À l'arrière se trouvent les exécutants. Ce sont eux qui se rendent compte que quelque chose d'anormal se passe dans le paysage. Et ils vont en rendre compte à leurs chefs. Voilà pourquoi quand nous entrons par la porte avant droite, quatre membres du commando nous font face. En négociant, nous sommes parvenus à installer une zone tampon entre le cockpit et le reste de l'avion. Effectivement, la prise à partie de nos éléments de tête par les terroristes est particulièrement forte. Certains gendarmes ont été lourdement atteints. Il faut encore aujourd'hui saluer leur action. On est confrontés à un mur de feu. Dans l'obscurité, il y a des explosions de grenades, il y a des cris. L'ambiance est déstabilisante.

Comment parvenez-vous à vous orienter avec la poudre, le bruit des grenades, les tirs ?

Dans le briefing, chacun a une place assignée. Il s'agit de la rejoindre et de tenir la position afin d'accomplir sa mission. Très rapidement, lorsque le groupe de tête prend position, il y a des blessés, mais il est soutenu par les deux groupes qui arrivent de l'arrière, et qui permettent de libérer les otages et de renforcer les éléments de tête.

À quel moment savez-vous que l'opération est terminée, que vous avez sauvé l'intégralité des otages, que les terroristes sont neutralisés, qu'il faut faire halte au feu ?

L'opération est longue. Il faut évacuer tout le monde. De ma position, très rapidement, j'ai conscience que les otages sont sains. Ils sont évacués par les issues de secours, par les colonnes qui viennent de l'arrière. Il reste un élément majeur : la question du cockpit et des membres de l'équipage. Et bien sûr des terroristes, qui sont virulents. J'ai la certitude de la fin de l'opération quand je vois sortir le commandant de bord, blessé. Il a communiqué avec la tour de contrôle, dans laquelle nous avons nos éléments de négociation. Ceux-ci nous font passer l'information que les terroristes sont morts, et que l'opération est terminée.

Cet assaut est mythique, pour le GIGN et pour la France. Il y a eu plusieurs reportages, il y a même eu un film. Quand prenez-vous conscience que vous avez accompli un exploit ?

Très clairement, nous n'avons pas cette conscience-là. L'après-opération immédiate est compliquée. Après le bruit, les tirs, les explosions, nous sommes dans un silence qui est assourdissant. Une chape de plomb tombe sur l'appareil. On évacue l'équipage. Des questions se posent sur nos blessés, la nature de leurs blessures. Pendant plusieurs minutes, nous sommes dans l'incertitude. A-t-on des victimes au sein de l'unité ? Tous les otages sont-ils saufs ? Il y a un vrai flottement. Au bout d'une dizaine de minutes, nous parvenons à avoir un point plutôt rassurant. Après, on est pris dans un tourbillon. Il faut reconstituer les équipes, récupérer les matériels, revenir à Paris. Notre logique reste opérationnelle. Nous n'avons pas dormi depuis cinquante-quatre heures. En rien, on ne peut prendre la mesure de ce qui vient de se passer.

Votre carrière, Denis Favier, ne débute pas en 1992 au GIGN, et elle ne s'achève pas, non plus, en 1997 quand vous quittez cette unité d'élite pour la première fois. Vous êtes né en 1959 à Lons-le-Saunier dans le département du Jura. Après vos études secondaires, vous intégrez une classe préparatoire militaire, vous préparez le concours d'entrée à l'École spéciale militaire de Saint-Cyr. Vous avez toujours eu envie d'être militaire ?

Oui. Dès ma plus tendre enfance.

Comment l'expliquez-vous ? Par tradition familiale ?

Sans doute. Mon père était militaire, ce qui m'a marqué. J'ai toujours évolué dans cette ambiance-là. Et j'ai toujours voulu rejoindre ce milieu, et faire Saint-Cyr. Tel était mon objectif d'enfant.

Vous réussissez le concours de Saint-Cyr, que vous intégrez en 1980. Trois ans plus tard, à votre sortie, vous rejoignez la Gendarmerie. Pourquoi la Gendarmerie, puisque vous nous dites avoir toujours voulu être militaire. Certes, la Gendarmerie est une force armée, mais ce n'est pas l'armée de terre.

Je suis militaire de la Gendarmerie. J'ai effectué ce choix car, à l'issue de ma scolarité, il me semblait que cette armée était la plus adaptée à mon tempérament, à mon caractère. Orientée vers les opérations concrètes du quotidien, au profit de nos concitoyens, dans une logique de service du pays. J'y retrouvais mes éléments et mes valeurs.

À l'issue de votre scolarité à l'École des officiers de la Gendarmerie nationale, vous faites un choix qui est encore spécifique, par rapport à la majorité : rejoindre un escadron de Gendarmerie mobile. La Gendarmerie mobile est plus particulièrement tournée vers le maintien de l'ordre, notamment outre-mer. Où vous vous rendez, justement, avec votre escadron. Vous allez en Nouvelle-Calédonie. Quelle est l'ambiance, là-bas, au milieu des années 80 ?

À cette époque, c'est un territoire en crise. J'y ai fait deux séjours : en 85 et en 87. Pour un jeune officier, cela permet de connaître les opérations et d'appréhender une première prise de responsabilités. On est souvent en poste isolé avec un détachement de vingt-cinq à trente hommes. Il y a un vrai intérêt à découvrir le métier.

Vous servez en Gendarmerie mobile jusqu'en 1988. Entre 1988 et 1990, vous êtes instructeur à Saint-Cyr. Puis vous commandez pendant deux ans la compagnie départementale de Gendarmerie de Saint-Gaudens en Haute-Garonne. En 1992, vous rejoignez le GIGN jusqu'en 1997, où vous intégrez l'École de guerre afin d'y suivre votre formation d'officier supérieur. Vous servez ensuite deux années en état-major. En 2000, vous commandez le groupement de Gendarmerie départementale de Haute-Savoie, avec un événement particulier à gérer : le sommet d'Évian. Quel était ce sommet et quels en étaient les enjeux en termes de sécurité ?

Le sommet d'Évian était un événement majeur. À l'origine : un G8, devenu rapidement un G30 avec de nombreux chefs d'État invités. C'est le premier sommet international d'ampleur organisé après les attentats du 11 septembre 2001. La France en est à l'initiative. Dans un contexte de contestation assez fort. Le lieu choisi n'est pas simple à défendre. Entre les montagnes et le lac Léman. Un lieu complexe, à cheval sur deux pays, la France et la Suisse. Commandant le groupement de la Haute-Savoie, je suis associé de très près à l'organisation de ce sommet, sous l'autorité du préfet local. Nous bâtissons, et c'est ce qui est intéressant, une manœuvre conjointe entre Police et Gendarmerie. Je m'entends très bien avec le directeur central de la Sécurité publique. Nous embarquons les gendarmes, les policiers, les militaires. Ce sommet me laisse un bon souvenir en matière d'action interservices. Lorsqu'on arrive à s'unir, à mettre nos forces en commun, on parvient à faire de grandes choses.

En 2003, vous quittez la Haute-Savoie pour un nouveau temps en état-major, puis en 2007, vous devenez à nouveau commandant du GIGN. Vous êtes le seul officier de Gendarmerie, Denis Favier, à avoir commandé deux fois le GIGN. C'est assez atypique. Le GIGN vous manquait à ce point ?

Le GIGN a profondément évolué. Entre celui que j'ai commandé une première fois, entre 1992 et 1997, et celui que j'ai à nouveau commandé entre 2007 et 2011. En 2007, nous avons conduit une réforme majeure pour doter notre pays, la France, d'un véritable outil de contre-terrorisme.

Vous faites référence au rapprochement entre le GIGN et l'escadron de parachutistes d'intervention de la Gendarmerie nationale, l'EPIGN ? Il fallait fusionner ces deux unités ?

Le GIGN, l'EPIGN, le Groupe de sécurité de la présidence de la République… Il fallait créer une unité nouvelle et agréger d'autres capacités.

Faire un GIGN « augmenté » ?

Exactement. Nous sommes aujourd'hui dans cette logique de GIGN augmenté, avec des antennes en province et outre-mer.

Quand vous commandez le GIGN pour la seconde fois, vous êtes amené à gérer une crise qui vous amène loin de Satory et de la France. Il s'agit de la prise d'otages des membres d'équipage du navire croisière le Ponant, *le 4 avril 2008. Ce jour-là, le* Ponant *revient d'une croisière aux Seychelles. Il fait route vers la mer Méditerranée où il doit démarrer une nouvelle croisière à la fin du mois. Vers 13 h 15, à l'entrée du golfe d'Aden, le navire est pris d'assaut par une douzaine d'hommes armés de kalachnikovs et d'un lance-roquettes. Les trente membres d'équipage du* Ponant *n'ont pas les moyens d'opposer une résistance. Ils sont tous pris en otage. À quel moment, dans cette crise, le GIGN est-il activé ?*

Le groupe est activé très vite. De la même manière que le GIGN est reconnu compétent sur le terrorisme aérien, il est reconnu dans le cadre des plans gouvernementaux en matière de contre-terrorisme maritime. Cette fois, il agit avec les commandos Marine. L'entité est donc capable de prendre en compte tous les actes de piraterie maritime qui se déroulent en France ou loin de France, dès lors que des intérêts français sont touchés.

J'ai lu, Denis Favier, que vous avez été personnellement parachuté en mer. Vous rendre sur place vous paraissait nécessaire ?

La crise, une nouvelle fois, était importante. Il y avait trente otages à libérer. L'opération se déroulait loin de France. La principale difficulté était l'éloignement. Il fallait d'abord se rendre à Djibouti. Ensuite nous devions rejoindre ce bateau, au large des côtes somaliennes. Et pour atteindre les navires autour du *Ponant*, il n'y avait que la voie aérienne. L'exercice était incontournable, afin de pouvoir prendre pied au plus près du lieu de l'action.

Pour vous, une crise se gère forcément in situ *?*

Quand on est patron du GIGN, si l'on veut vraiment savoir de quoi on parle, mieux vaut être sur le terrain.

Le 11 avril 2008, vous libérez l'intégralité des otages. Contre, notamment, le versement d'une rançon de plus de deux millions de dollars. Comment expliquer que vous n'êtes pas parvenu à récupérer la totalité de la rançon ? Ce n'était pas un objectif essentiel ?

Je ne peux parler que de la mission qui était celle du GIGN : obtenir la libération des otages. Ce que nous avons obtenu, et qui n'était pas simple en mer. Il faut être capable de négocier, de remettre la rançon. Dans le même temps, il s'agit de s'assurer de l'intégrité et de la libération des otages.

La rançon est remise en mer ? Quel est le mode opératoire ? Des gendarmes du GIGN remettent la rançon pendant que d'autres libèrent les otages ?

C'est un exercice combiné, impliquant des gendarmes, des commandos Marine. Les manœuvres sont concomitantes, avec une coordination à distance, fruit d'une observation assez fine. Au bout du bout, les otages doivent être libérés. Si ce n'est pas le cas, il faut être capable d'intervenir de vive force.

En 2011, vous quittez le GIGN une deuxième fois avec, à cette occasion, une grande cérémonie de passation de commandement. Ce jour-là, j'étais présent. J'avais 26 ans et je me disais, en vous voyant passer votre troupe en revue, que j'assistais au départ d'un mythe. Aviez-vous conscience de ce que vous incarniez pour beaucoup de gens, y compris en dehors de la Gendarmerie, à ce moment de votre carrière ?

Quand on regarde une carrière, on se rend compte, souvent, que tout est affaire de circonstances. Être là au bon moment, prendre la bonne décision. C'est le seul regard que je porte sur ma carrière. Je n'ai pas du tout le sentiment de relever du « mythe ».

Entre 2011 et 2012, vous commandez un temps la région de Gendarmerie Île-de-France puis Manuel Valls devient ministre de l'Intérieur et vous rejoignez son cabinet. Vous êtes son conseiller Gendarmerie. Avec le recul, que vous a appris ce passage en cabinet ministériel ?

Ce passage en cabinet était inattendu. Je suis appelé par le ministre de l'Intérieur. Je commande alors la région Île-de-France. Je suis sur un poste technique de conseiller. La dynamique du cabinet m'a impressionné. Tant au niveau de l'engagement que du travail. La logique de produire de la sécurité afin d'être utile aux Français : j'ai apprécié ce poste. Qu'y ai-je appris ? La manière dont se forgeaient les décisions politiques. La compréhension également de certains mécanismes qui m'ont été fort précieux quand, quelques mois plus tard, j'ai été directeur général de la Gendarmerie.

Vous ne restez pas longtemps en cabinet ministériel puisque, en 2013, vous êtes promu directeur général de la Gendarmerie nationale. Le DG, comme on dit. Le plus haut poste au sein de la Gendarmerie nationale, une force de cent mille femmes et hommes. Qu'est-ce qui vous marque le plus quand vous prenez ces fonctions ?

Avant tout, l'ampleur des responsabilités qui m'incombent. Je suis issu des rangs de la Gendarmerie, j'y sers depuis une trentaine d'années et j'en suis désormais le patron. Cela signifie que beaucoup de choses, dès le jour de ma nomination, reposent sur moi. Je dois donc être juste dans mes analyses et fort dans mes décisions, afin de promouvoir notre maison et aussi répondre au besoin de sécurité, qui est extrêmement important dans la population.

Vous avez dû affronter à nouveau le terrorisme. En 2015, le 7 janvier, deux terroristes, Saïd et Chérif Kouachi, font irruption dans les locaux de Charlie Hebdo *Ils y tuent froidement douze personnes, dont huit membres de la rédaction du journal, et blessent onze autres personnes. Contrairement à d'autres auteurs d'attentats terroristes, les frères Kouachi ne meurent pas, rue Nicolas-Appert, sous les fenêtres de* Charlie Hebdo, *en affrontant les forces de l'ordre. Mais ils prennent la fuite en voiture. S'engage alors une course contre la montre, une opération de recherche, pour les retrouver. Vous êtes alors directeur général de la Gendarmerie nationale. Quel est votre rôle exact dans cette opération de recherche ?*

Nous prenons rapidement conscience que les terroristes ont fui en voiture, et ne sont plus dans la région parisienne. On a des traces de passage dans les Ardennes, dans la Marne, dans l'Aisne. Mon rôle est de mettre en œuvre toutes les capacités de la Gendarmerie afin de pouvoir contrôler une zone vaste, entre les limites de la région parisienne et la frontière avec l'Allemagne, la Belgique, le Luxembourg. En pareille situation, on peut bien sûr engager une enquête judiciaire, et il faut l'engager, elle s'étend sur un temps long, mais il s'agit aussi d'engager une recherche opérationnelle, pour mettre un terme rapide à la fuite des frères Kouachi. Nous avons proposé de mixer les deux.

La priorité est évidemment de localiser les terroristes. À ce moment-là de cette séquence, une photo est restée dans les mémoires. On vous voit avec des feutres en main. Vous tracez des cercles sur une carte routière, devant François Hollande. Et on remarque, sur cette photo, la grande concentration du président de la République, qui vous regarde. Que lui dites-vous ?

Cette opération s'inscrit sur plusieurs jours. Lorsque cette photo est prise, nous sommes à la fin de la séquence. Le contrôle de la zone que nous avons exercé va nous permettre de localiser les frères Kouachi. Alors que nous sommes en conseil de défense, j'ai cette information qu'ils sont précisément localisés. J'en fais part au président, et je lui montre également les opérations que nous pouvons conduire ensuite.

Vous lui proposez des schémas ?

Des modes d'action. La question première qui se pose à nous : la localisation. Une fois que les terroristes sont logés dans un endroit, on passe sur une opération statique.

Ils sont logés dans une imprimerie, à Dammartin-en-Goële, et vous vous rendez sur place. Une fois encore, votre présence était importante, même en tant que DG ?

Oui. Il faut remettre l'opération dans un contexte plus vaste. On contrôle une zone, en pensant que les Kouachi y sont. Cette zone, on la tient dans la durée, jour et nuit. On les prive de toute liberté de mouvement. Jusqu'au moment où ils doivent sortir parce qu'ils n'ont plus à manger, ils ont froid, ils ont sommeil. Quand ils sortent, ils sont naturellement détectés. Je vais sur place parce que c'est une opération d'ensemble, qui nécessite l'engagement de moyens très importants : des hélicoptères, la Gendarmerie mobile, la Gendarmerie départementale…

Également le GIGN !

Bien sûr. Ainsi que les unités d'intervention de la police. Quand ils sont localisés à Dammartin, l'opération va toucher à sa fin. Mais le dispositif est encore de très grande envergure.

En vous rendant physiquement à Dammartin, le symbole que vous souhaitez envoyer à la Gendarmerie est : « Je suis le chef, je ne suis pas dans mon bureau, je suis sur le terrain, je suis avec vous… » ?

Il s'agit d'une affaire d'État. La France est sous le choc. La tuerie de *Charlie Hebdo* a bouleversé les esprits. Je suis patron d'une des grandes forces en présence. L'action se passe dans une zone de compétence de la Gendarmerie. Il n'est pas concevable, pour moi, de ne pas être présent. J'ai un rôle à tenir vis-à-vis du préfet de département, du procureur Molins, en charge à l'époque des questions terroristes.

Après cette crise de nature terroriste, quelques semaines plus tard à peine, vous êtes mobilisé par une autre crise, provoquée par le crash d'un avion de la Germanwings, dans les Alpes de Haute-Provence, le 24 mars 2015. L'accident est provoqué par le copilote, Andreas Lubitz, qui a volontairement fait s'écraser l'avion. Les victimes du crash sont au nombre de cent cinquante, les cent quarante-quatre passagers et les six membres de l'équipage. Quand vous êtes confronté, Denis Favier, au troisième accident d'avion le plus grave de l'histoire de l'aviation française, comment réagissez-vous ?

La réaction est dans l'esprit de notre maison. On décide de prendre en compte l'opération, sans compter les moyens, dans une logique de complémentarité avec toutes nos capacités, et dans une logique de répondre à l'aspiration de sécurité. Nous sommes en présence d'un vrai traumatisme. L'avion s'est écrasé en montagne. Les zones sont difficiles d'accès. Des familles sont en attente. L'identification des corps n'est pas aisée. Sur cette opération, les gendarmes ont fait des prouesses : les pilotes d'hélicoptères, les guides de haute montagne, pour sécuriser les accès, les gendarmes mobiles, pour sécuriser la zone, sans oublier les services d'enquête, les sections de recherche et, bien sûr, le laboratoire, que nous avons déplacé sur le site de l'accident afin de pratiquer les tests ADN, les prélèvements. Ainsi, dans un temps record, nous avons pu identifier l'ensemble des corps, permettant à chaque famille d'effectuer son travail de deuil.

Au moment de cette crise, hasard de calendrier, le roi d'Espagne est en visite d'État en France. Il a rendez-vous avec

François Hollande, qui l'amène dans votre cellule de crise. Vous lui avez expliqué les actions que vous étiez en train de mener ?

Oui. Le jour où l'avion s'écrase débute effectivement la visite du roi d'Espagne en France et le président Hollande lui a proposé d'assister à la réunion de la cellule de crise de Beauvau. En compagnie du Premier ministre et du ministre de l'Intérieur, il s'agit de faire un point. La situation est dramatique. On sort à peine du crash.

Vous dites très souvent, Denis Favier, que lorsque vous avez été directeur général de la Gendarmerie nationale, vous vous êtes attaché à tourner toute la Gendarmerie vers les opérations. Quel est le sens précis de cette affirmation ?

J'entends par là que la Gendarmerie est un service public. Elle doit donc rendre au public un service. Lequel ? Un service de sécurité. L'aspiration à la sécurité est une aspiration légitime. Elle contribue à l'épanouissement de chacun. Nous avons tous besoin de sécurité pour évoluer en liberté. C'est un pacte tacite du fondement de notre démocratie. Mon rôle n'était pas de faire de la Gendarmerie une structure autocentrée. J'ai voulu que chacun se concentre sur son cœur de métier, que chaque gendarme, à son niveau, soit un acteur de la politique locale de sécurité, ce bien précieux à apporter et à assurer à nos concitoyens. Dans cette logique globale, nous avons remis, en effet, les opérations au cœur de notre métier, à tous les niveaux, aussi bien local que central. Nous avons fait remonter au central les opérations les plus lourdes : la traque des frères Kouachi, le crash de la Germanwings et d'autres opérations de maintien de l'ordre.

En 2016, vous quittez la Gendarmerie, lors d'une cérémonie d'adieu aux armes dans la cour des Invalides. Des années plus tard, aujourd'hui, vous restez une figure inspirante de la Gendarmerie nationale. Diriez-vous que vous êtes un « grand gendarme », comme on dit parfois de certains policiers qu'ils sont de « grands flics » ?

Dans ces deux grandes maisons, la Police et la Gendarmerie, il y a des hommes de grande qualité. Pour ma part, là où j'étais, j'ai essayé de faire de mon mieux, avec les moyens qui étaient les miens. Après, chacun porte l'analyse qu'il souhaite sur ma réussite professionnelle. Ce qui est certain, c'est que je suis très attaché à ce corps, qui m'a beaucoup donné, un corps fort et soudé, un corps utile au pays et apprécié. Et tout le sens de mon engagement a été d'être utile au pays et aux concitoyens.

Il y a une certitude, Denis Favier : vous inspirez des vocations de gendarme autour de vous. Notamment la vocation de l'un de vos fils, Jérôme. Après être devenu officier de Gendarmerie, il a réussi les tests, particulièrement sélectifs, d'entrée au GIGN. Il était capitaine. Il commandait une des quatre sections de la prestigieuse force d'intervention. Le 1er juillet 2022, il a perdu la vie à l'âge de 33 ans alors qu'il s'entraînait dans le département de l'Eure-et-Loir. Où puisez-vous la force, aujourd'hui, après ce drame, pour revenir ici, au GIGN ?

La devise du GIGN est « S'engager pour la vie ». Bien sûr la Gendarmerie a beaucoup donné, et beaucoup repris aussi… Mon fils a vécu dans cette caserne, à Satory, et chaque fois que j'y retourne, je reviens le voir. C'était aussi sa maison. Il l'avait choisie parce qu'il avait vu son père y évoluer. Évidemment, nous sommes en présence de tous les éléments d'une tragédie. Mais c'est aussi notre vie. Il est mort en service, en exerçant le métier qu'il voulait faire, en donnant du sens à son existence. Et c'est terrible, c'est trop court, mais il a vécu la vie qu'il avait désirée.

Qu'aimeriez-vous dire à un jeune gendarme d'aujourd'hui ?

Je trouve extrêmement intéressant, quand on fait le choix de servir en Gendarmerie, de donner ainsi un sens à sa vie, en se tournant au service de la collectivité. Pour moi, l'engagement est un thème central. C'est un choix qui n'a pas de prix. Il est valorisant, gratifiant, il n'est pas facile, mais il permet de tracer un cap, de savoir où l'on va, en ayant un sentiment d'utilité. J'encourage donc les jeunes gendarmes dans ce sens-là, et je les félicite.

Christian Flaesch

Fils de policier, entré dans la police en 1980, Christian Flaesch intègre la prestigieuse brigade criminelle du 36, quai des Orfèvres à seulement 26 ans. Il y élucidera la célèbre affaire de l'Appât et luttera, notamment, contre le terrorisme du Hezbollah. Après deux passages remarqués en Seine-Saint-Denis, il assure la sécurité des chefs d'État étrangers en France (Hassan II, Bill Clinton, Jiang Zemin...) avant de diriger toute la police judiciaire parisienne entre 2007 et 2013.

Vous nous avez donné rendez-vous, Christian Flaesch, en Seine-Saint-Denis, mais pouvez-vous nous en dire davantage sur ce lieu que vous avez choisi ?

Tous les lieux où j'ai travaillé ont été soit détruits soit rénovés. Là, nous sommes sur un terrain vague, en Seine-Saint-Denis, où j'ai quand même passé cinq ans. Auparavant, ce terrain était occupé par des baraquements du Service départemental de police judiciaire. Mais aussi par des préfabriqués des services de la préfecture, ou de services de l'État, comme la Direction départementale de la sécurité publique, la direction départementale des RG. Et juste à côté, on trouvait les vieux baraquements du tribunal de grande instance qui, quand j'arrive en 1988, avait déjà été déplacé.

Vous êtes une grande figure de la police judiciaire parisienne. Vous en avez notamment été le directeur, entre 2007 et 2013. Mais la Seine-Saint-Denis, vous y arrivez pour la première fois le 23 novembre 1988, lorsque vous êtes nommé sous-chef du Service départemental de police judiciaire. Auparavant, vous aviez passé cinq années au sein de la mythique Brigade criminelle du 36, quai des Orfèvres. C'est un sacré contraste. Le choc a été rude ?

Quand on est dans la PJ, quel que soit le service, il y a toujours un moment où on arrive en Seine-Saint-Denis. Je n'ai pas découvert pour la première fois Bobigny en étant nommé sous-chef du Service départemental. Mais le choc n'a pas été si rude. Même si, plus encore il y a vingt-cinq ans qu'aujourd'hui, c'était le grand vide autour du service. Le premier îlot de modernité était le centre commercial de Rosny-sous-Bois. Il fallait prendre sa voiture pour s'y rendre.

À quoi ressemblait la Seine-Saint-Denis en 1988 ? Ce département était déjà le plus criminogène de France ?

Sans doute. Il y avait en tout cas des points de fixation, de vraies difficultés. Certaines villes, et certaines cités dans ces villes, étaient compliquées.

Qu'est-ce qui vous a marqué, précisément, ici ?

Ce qui était intéressant : les services de l'État œuvraient tous ensemble. La préfecture, le tribunal, même l'inspection académique. Tout le monde avait envie de travailler. Parce qu'il existait un véritable besoin de sécurité. Et parce que l'enjeu du développement économique de ce département impliquait d'y assurer la sécurité. Quand je suis arrivé en 88, nous étions en train de couvrir l'autoroute A1, depuis la porte de la Chapelle jusqu'au Stade de France. Grâce à cette couverture, on a vu l'implantation des bâtiments au-dessus, qui prenaient de plus en plus de valeur. On a vu aussi les magasins généraux se développer. On a vu des sièges sociaux de grands groupes s'implanter en Seine-Saint-Denis. Pour que ces sièges sociaux restent, il faut que les gens s'y sentent en sécurité. Sinon, ils partent.

Vous êtes donc un moyen pour le développement économique et social du territoire ?

Clairement, la sécurité, oui, est un enjeu. Ce que j'aimais, dans ce service où j'ai passé cinq années, c'était l'engagement total des fonctionnaires. On est un peu au bout du monde, en termes de transports. Beaucoup passaient la nuit au bureau. Quand on est en PJ et qu'on doit être à 6 heures du matin sur une perquisition, il faut se lever de bonne heure. Comme il n'y avait pas de transports, certains avaient des canapés et dormaient dans leur bureau, pour être prêts le lendemain au réveil.

Vous allez partir de la Seine-Saint-Denis. Votre carrière se poursuit. Vous devenez notamment chef de la Brigade de recherches et d'investigations financières. Mais ce ne sont que des adieux temporaires avec le département. Vous revenez le 27 novembre 2000. Douze années séparent vos deux affectations. Vous revenez en tant que chef du Service départemental de la police judiciaire, le SDPJ. La Seine-Saint-Denis vous manquait-elle ?

Pas vraiment. Mais j'étais parti en 1990. Quand je reviens, dix années se sont écoulées. Et je vois l'évolution. Ce département est encore plus compliqué en matière de sécurité, avec davantage d'enjeux. Pourquoi j'y suis revenu ? Tout simplement parce que, comme dans toute vie administrative, des opportunités auxquelles vous ne pensez pas se présentent. Un jour, j'étais venu assister à une remise de décorations à la préfecture de Bobigny. Le sous-directeur de la PJ de l'époque m'a alors demandé si j'avais envie de revenir, parce qu'il y avait un intérêt pour un profil tel que le mien pour le poste – chef du SDPJ – qui était vacant.

Vous revenez donc en 2000. Vous restez trois ans. En 2003, vous devenez le chef d'une brigade mythique du 36, quai des Orfèvres, la Brigade de recherche et d'intervention, la BRI. Nous sommes alors deux ans avant les émeutes de 2005. Vous pressentiez des signaux avant-coureurs ?

Sans doute pas. Quand on est flic, on est pris par les événements, par le terrain. Il n'est pas simple d'avoir suffisamment de recul pour analyser les mouvements de société. Donc je ne prévoyais pas ça, même si la situation était de plus en plus compliquée en Seine-Saint-Denis. Moins dans les autres départements, pas du tout à Paris. Maintenant, tout a évolué. On retrouve des phénomènes de cité jusque dans certains arrondissements parisiens.

En parlant de la Seine-Saint-Denis, le président Macron avait dit : « C'est la Californie sans la mer. » Vous confirmez ?

Je ne pourrai pas être président, car je n'ai pas autant d'imagination.

Ce territoire, pourtant, doit être attachant sur bien des aspects : son énergie, sa jeunesse, son cosmopolitisme…

Il est attachant aussi parce qu'il y a, en Seine-Saint-Denis, un vrai besoin de sécurité. Et tout le monde, tous les services de l'État ont cet objectif commun et essaient de le mettre en œuvre.

Avec le recul, que vous ont apporté ces deux passages en Seine-Saint-Denis ? Ils vous ont transformé ?

Oui. D'abord parce que le travail était très lourd, avec de nombreuses affaires, dont certaines étaient vraiment glauques. Ça a aussi transformé mon rapport à la fonction. Quand on est dans un environnement parisien, jeune commissaire, avec beaucoup de monde, le préfet de police n'est pas une personne qu'on voit beaucoup. Ici, le préfet est une réalité très régulière. On connaît son directeur de cabinet. On connaît également les autres directeurs d'administration : le directeur des finances, le directeur des étrangers…

Vous avez connu les délinquants parisiens, les délinquants en col blanc… Quelle était la spécificité des délinquants en Seine-Saint-Denis ?

Il y a davantage de phénomènes de cité qu'à Paris. C'est certain. Mais il y a également une délinquance en col blanc, du grand banditisme… On trouve de tout.

C'est un laboratoire du crime ?

Pas un laboratoire. Mais un échantillon de tout ce que le crime peut produire.

Votre carrière de grand flic, Christian Flaesch, se passe majoritairement à Paris. Revenons sur votre parcours. Vous êtes né en 1957 à Paris, vous avez grandi dans le 14e arrondissement. Votre père était policier. Il vous a donné envie de l'être à votre tour ?

Même s'il n'était pas du tout dans la PJ, j'ai vu mon père travailler. J'ai suivi surtout la période de mai 1968. Forcément, ça a dû impacter mon choix de profession.

Quel souvenir gardez-vous de mai 1968 ?

Je me souviens d'une période compliquée. Les policiers, notamment, faisaient la circulation avec le casque à la ceinture. L'image m'est restée.

Vous avez eu peur pour votre père ?

On ne se rendait pas compte de tout ce qui se passait mais j'étais content, bien sûr, quand il rentrait.

Dans le métier de votre père, dans les souvenirs que vous en avez, qu'est-ce qui vous a donné envie de suivre ses pas ?

Peut-être le sens du service, qu'il avait chevillé au corps.

Pour devenir policier, vous n'avez pas perdu de temps. Vous réussissez votre bac à 18 ans, en 1975. Quatre ans plus tard, vous avez votre maîtrise de droit public en poche. Nous sommes en 1979. Vous partez effectuer votre service militaire. En 1980, vous êtes de retour et vous intégrez la 32e promotion de l'École nationale supérieure de police de Saint-Cyr-au-Mont-d'Or. À votre sortie d'école en 1982, vous êtes affecté à Paris, dans le 10e arrondissement. Vous avez alors 25 ans. Vous êtes commissaire. À quoi ressemble alors votre vie ?

On arrive dans un service et, quel que soit ce service, il s'agit d'être extrêmement humble. Ce n'est pas la formation que nous avons pu avoir à l'école. Ça se rapproche davantage des stages effectués. Mais ce n'est pas ce qui nous rend forcément plus à l'aise dans la gestion d'un service et d'une équipe. Même si, dans les commissariats où j'ai commencé, les structures étaient assez simples. Il y avait un adjoint, qui était inspecteur divisionnaire. Il y avait un inspecteur principal. Éventuellement un autre officier de police judiciaire. Le reste était composé d'inspecteurs non OPJ et d'enquêteurs. Nous étions douze ou treize personnes. C'est ce que j'ai connu dans le 10e arrondissement, également dans le 16e lorsque j'ai découvert les petits commissariats de cet arrondissement.

Vous restez assez peu de temps dans l'Est parisien. Dès le mois d'octobre 1982, vous êtes affecté au commissariat de la Muette, puis à celui de Chaillot, dans le 16e arrondissement.

Pendant quelques mois, ça a été plus compliqué. J'étais un peu le bouche-trou qu'on envoyait ici ou là quand quelqu'un était malade ou muté et non remplacé.

Nous évoquions les commissariats de La Muette, de Chaillot. On est dans l'arrondissement des grands bourgeois. Il y a le Parc des Princes, l'hippodrome de Longchamp, Roland-Garros. Les conditions de travail ne sont pas trop désagréables pour un jeune commissaire, si ?

C'est une vue de l'esprit. Les conditions de travail renvoient aussi aux locaux qui, dans certains cas, sont à la limite de l'insalubrité. À l'époque, et encore aujourd'hui, beaucoup de commissariats de police sont concernés. Les deux commissariats où je suis allé – l'un était rue du Bouquet-de-Longchamp, l'autre rue Bois-le-Vent, des rues plutôt sympas où le mètre carré doit être assez cher – possédaient notamment des bureaux mal entretenus.

Quand vous étiez commissaire dans le 16e arrondissement de Paris, vous deviez gérer les expulsions des locataires indélicats lorsque les huissiers demandaient le concours de la force publique. Dans ce cadre, il paraît que vous aviez dû faire expulser les frères Bogdanoff. C'est vrai ?

J'ai eu effectivement à traiter le dossier des frères Bogdanoff, mais il n'est pas allé au bout. Ils ont dû trouver un accord avec le créancier.

En 1982, vous avez 25 ans. Les frères Bogdanoff sont de véritables stars. Ils présentent l'émission Temps X *sur TF1. Vous n'étiez pas impressionné ?*

Quand le droit est de notre côté, on n'a pas à se sentir impressionné. Dans ces arrondissements, ces cas sont fréquents. Le dossier des frères Bogdanoff n'a pas été le plus compliqué à gérer.

En 1983, à seulement 26 ans, vous êtes affecté à la prestigieuse Brigade criminelle du 36, quai des Orfèvres, la Crim'. Un an après, en 1984, vous êtes confronté à la retentissante affaire de l'Appât. Le 7 décembre 1984, Gérard Le Laidier, un avocat de 50 ans, est retrouvé ligoté à son domicile. Il a une éponge dans la bouche. Il a été assassiné à coups de couteau alors qu'il s'apprêtait à aller dîner chez des amis. Pour unique butin, ses assassins ont pris une liasse de billets, mille deux cents francs environ. Vous souvenez-vous à quel moment vous avez été prévenu de cet homicide ?

J'étais chez moi, comme souvent quand on est d'astreinte à la Brigade criminelle et qu'on est appelé en dehors des heures de service. On vous apprend que le procureur de Paris a saisi la Brigade criminelle d'une affaire qui se passe à telle adresse. Et on vous donne quelques éléments sommaires. Quand on est chef de section – ce qui était mon cas –, votre boulot alors est de prendre votre voiture, trouver le bon chemin jusqu'à l'endroit indiqué, puis prendre la situation en compte. On est accompagné d'un groupe d'astreinte, une doublure comme on l'appelle, et d'un procédurier.

Quand vous arrivez sur place, est-ce comme dans les films ? Des policiers sont-ils déjà présents ? Le médecin légiste a-t-il effectué des constatations ? Ou êtes-vous le premier à intervenir ?

On est très rarement le premier. Tout simplement parce qu'il y a, avant, toujours une personne qui découvre un corps, puis l'intervention des premiers policiers, le compte rendu fait au procureur de la République, qui décide de saisir tel ou tel service, parfois il se déplace lui-même. Ensuite on vous appelle et vous arrivez. À ce moment, l'avantage est qu'un véhicule de police, normalement, est stationné et vous permet de savoir qu'il s'agit de la bonne adresse. Du monde en uniforme vous accueille et vous raconte les premiers éléments de l'affaire.

Que constatez-vous sur place, dans cet appartement ?

Cela ressemble à beaucoup de scènes de crime. Il y a un cadavre. On n'y touche pas. Nous pouvons imaginer la façon dont il est mort, mais il nous faut attendre les premières constatations pour manipuler le corps et avoir une idée plus précise qui sera ultérieurement confirmée par l'autopsie. Dans le cas évoqué, il y avait des traces de violence et de fouille. Un de mes souvenirs : les photos étaient encore en noir et blanc…

Comment démarre une telle enquête ? Nous sommes en 1984. Les moyens technologiques modernes des années 2020 ne sont évidemment pas encore d'actualité. Par où commencez-vous ?

La grosse force de la Brigade criminelle, c'est que chacun sait ce qu'il a à faire. Un procédurier s'occupe des constatations sur le corps et sur l'environnement. Une équipe part faire l'enquête de voisinage, afin d'évaluer ce que les gens autour ont pu voir. Ensuite, il y a ceux qui entendent les premiers témoins. En l'occurrence, la personne ayant découvert le corps, ainsi que les premiers policiers intervenus sur la scène de crime. Qu'ont-ils vu ? Qu'ont-ils constaté ? Quels gestes ont-ils pratiqués ? Où ont-ils posé leurs mains ? La lumière était-elle allumée ? Puis il y a la Police technique et scientifique, qui se résumait – à mon époque – à une prise d'empreintes à l'aide d'une poudre d'alumine. Un photographe et une personne, dessinant le plan à la main, étaient également présents.

Quand cette enquête démarre, des pistes se dessinent-elles assez vite ? Vous avez un homme. Des objets de valeur lui ont été dérobés. Son corps est lardé de coups de couteau. Comment entamez-vous votre enquête ?

C'est parce que nous n'avons pas d'idées préconçues que la Brigade criminelle est saisie. Par hypothèse, nous sommes face à une énigme. Il y a un vol, manifestement. Il y a une violence. Et la victime est un avocat. Plusieurs possibilités existent. Ses dossiers d'avocat peuvent être en cause. Un meurtre crapuleux n'est pas non plus écarté. Une histoire sentimentale, enfin, peut avoir du sens, puisque l'avocat est célibataire et sort beaucoup.

Moins de dix jours plus tard, le 16 décembre 1984, Laurent Zarade, directeur d'une maison de prêt-à-porter, âge de 29 ans, est retrouvé mort à son tour, ligoté, étouffé, un coupe-papier planté dans le cœur. Ses meurtriers lui ont dérobé treize mille francs, quelques bijoux, une montre de marque et une bague. Faites-vous le rapprochement entre ces deux homicides à dix jours d'écart ?

Faire des rapprochements est vraiment très dangereux. On peut noter des similitudes. Non seulement il y a dix jours d'écart, mais nous sommes dans un secteur géographique assez proche.

Pourtant le mode opératoire est similaire. Cela ne vous frappe-t-il pas ?

Donner des coups de couteau à quelqu'un, c'est malheureusement un mode opératoire assez courant…

Au croisement de ces deux meurtres, on trouve une femme : Valérie Subra. Elle est à peine âgée de 18 ans au moment des faits. Elle travaille comme vendeuse dans un magasin du côté du Sentier. Elle vit encore chez sa mère. Elle a un petit ami, Laurent Hattab, âgé de 19 ans. Lui-même est lié d'amitié à Jean-Rémy Sarraud, 21 ans. Le mode opératoire de ce trio est finalement assez simple. Valérie Subra doit servir d'appât et se faire inviter chez des hommes fortunés qu'elle repère en boîte de nuit. Une fois chez eux, elle ouvre la porte à Laurent Hattab et Jean-Rémy Sarraud qui les dépouillent et les tuent. Comment parvenez-vous à identifier Valérie Subra ?

Dans les deux cas, on travaille sur la dernière personne qui a vu les victimes, à la fois maître Le Laidier et Laurent

Zarade. Les deux ont des vies quelque peu agitées et il n'est pas toujours simple de savoir quel a été leur dernier rendez-vous. Mais la famille de Laurent Zarrade nous aide considérablement. Elle prend des renseignements dans le Sentier et finit assez vite par nous dire que Laurent Zarrade a été vu dans une boîte de nuit la veille de sa mort en compagnie d'une femme, vendeuse dans une boutique du quartier.

Cette femme est Valérie Subra. Comment la reliez-vous à la première victime ?

Concernant la seconde victime, Laurent Zarrade, c'est facile, puisqu'elle a été vue avec lui. Et surtout, quand on l'interpelle, elle a en sa possession, sur elle, des bijoux qui ont été volés. Ensuite, nous nous sommes bien évidemment interrogés sur un possible lien avec la première affaire. Il me semble qu'il y avait les coordonnées de Valérie Subra dans le carnet d'adresses de l'avocat.

Vous souvenez-vous de l'arrestation de Valérie Subra ?

Je n'y étais pas personnellement. Mais ça a été assez simple. On nous dit qu'elle travaille dans un magasin du Sentier. Deux ou trois inspecteurs de la Brigade criminelle s'y rendent, et la ramènent. Assez vite, comme nous avons trouvé des objets provenant du lieu du meurtre, l'idée s'ancre que nous tenons la bonne personne.

Une fois qu'elle est en garde à vue, lui parlez-vous personnellement ?

La personne qui l'interroge lui parle, bien sûr. Elle est un peu bloquée. Ensuite, nous nous sommes tous mis à lui parler. Quand elle comprend qu'elle est coincée, ayant notamment sur elle des bijoux volés lors d'un meurtre, il faut qu'elle s'en sorte. Elle veut alors parler à celui qui est le plus gradé, en l'occurrence moi. On reste dans le bureau du procédurier et on parle. À un moment, elle reconnaît qu'elle était présente sur les lieux du crime. Évidemment, en se donnant un rôle moindre et, surtout, ce qui nous intéresse, en donnant les noms de ses deux complices.

Mesure-t-elle la gravité de son implication ? Vous dites qu'elle se donne un petit rôle. Mais elle est quand même liée à deux meurtres de sang-froid...

C'est toujours le propre des gens qui finissent par vous raconter la vérité. Ils essaient d'abord de l'amoindrir et de se présenter sous leur meilleur aspect. Mais vous avez raison. Elle a à peine plus de 18 ans et, manifestement, elle n'a pas conscience d'avoir participé à deux meurtres, au moins un meurtre et un assassinat. On peut imaginer que, si la première mort a pu être inopinée, quand ils se rendent chez la deuxième personne, leur idée était claire : le tuer aussi.

Valérie Subra dénonce ses complices, Laurent Hattab et Jean-Rémy Sarraud. Leur arrestation a lieu le 20 décembre 1984. Il se raconte que Valérie Subra, après être passée aux aveux, vous aurait demandé, assez naïvement, si elle pourrait passer Noël en famille. Cette anecdote est-elle vraie ?

Elle pensait qu'elle avait raconté ce qu'elle devait dire et que, maintenant, c'était fini. On pouvait tourner la page. J'imagine, en tout cas, que tel était son état d'esprit : « Vous vous occupez des deux autres, et moi je peux rentrer chez moi… »

Que lui répondez-vous ?

Je savais très bien qu'elle ne pourrait pas être libre pour Noël. Mais il faut essayer d'amener tranquillement les choses, afin que l'ensemble des investigations puissent se terminer.

Valérie Subra ne sera pas libre pour Noël, puisqu'elle sera condamnée à la réclusion criminelle à perpétuité, avec une peine de sûreté de seize ans. Tout comme Laurent Attab et Jean-Rémy Sarraut, également condamnés à la perpétuité avec des peines de sûreté de dix-huit ans. Valérie Subra est libérée en 2001. Elle se marie, a deux enfants, elle quitte la France. Laurent Attab et Jean-Rémy Sarraut sont quant à eux libérés en 2003. Laurent Attab est décédé en janvier 2020 et Jean-Rémy Sarraut en août 2022. Avec le recul, comment expliquez-vous le retentissement de cette affaire ?

Vous m'apprenez que les deux hommes de cette affaire sont morts, ce que j'ignorais. Quand vous êtes à la Brigade criminelle, vous prenez les dossiers les uns après les autres, et même s'il y en a moins que dans d'autres services, vous avez peu de temps, et de possibilités, pour prendre du recul. Pourquoi un tel retentissement ? Tout d'abord, Morgan Sportès a écrit un bouquin passionnant sur le sujet, s'intéressant notamment à ce groupe de jeunes qui voulaient partir en Amérique et qui étaient prêts à tout pour avoir assez d'argent afin que ce projet aboutisse. Puis Bertrand Tavernier a tiré un film de cette affaire, film qui est sorti après le jugement. D'un seul coup, vous êtes alors ramené à une affaire qui s'est passée deux ou trois ans auparavant. Bien sûr, vous en avez un souvenir, vous imaginez pouvoir être appelé comme témoin à la cour d'appel. Et les événements se bousculent. Une semaine avant le procès, Valérie Subra a fait la une de *Paris Match*, avec une photo du genre « T-Shirt mouillé sortant des eaux ». Mais il est vrai qu'il y a eu un engouement médiatique sur ce dossier. Ce qui explique que trente ans après, vous me posiez encore des questions dessus. Heureusement, j'ai eu bien d'autres affaires à la Brigade criminelle.

Justement, la Brigade criminelle ne s'intéresse pas qu'aux crimes crapuleux. Il y a aussi le terrorisme. Vous y êtes notamment confronté en 1985 et 1986. Le 7 décembre 1985, deux bombes explosent aux Galeries Lafayette et au Printemps

Haussmann, faisant quarante-trois blessés. Le 3 février 1986, une bombe explose dans une galerie marchande de l'avenue des Champs-Élysées, faisant huit blessés. Le lendemain, 4 février, une autre bombe explose à la librairie Gibert Jeune, place Saint-Michel, faisant cinq blessés. Le lendemain encore, la Fnac du Forum des Halles est visée par une bombe dont l'explosion fait vingt-deux blessés. Ces années-là, Paris devait être en pleine psychose ?

Je suis arrivé à la Brigade criminelle en 1983, j'en suis parti en 88. Si je veux faire l'ancien combattant, je peux vous dire qu'il y avait beaucoup plus d'attentats à l'époque qu'aujourd'hui. La différence: les attentats d'alors, à l'exception de ceux de 86, étaient perpétrés majoritairement pour faire du bruit, des dégâts, mais pas pour blesser ou tuer. Paris à cette époque, par exemple, était le cœur d'intervention de l'ASALA, l'Armée secrète arménienne de libération de l'Arménie. Il y avait régulièrement des attentats. Également des interventions du PKK. Sans oublier Action directe, dans sa branche nationale, avec Rouillan, Ménigon… J'ai été marqué, notamment, par l'attentat d'Action Directe contre la BRB, le 9 juillet 1986. Pour la première fois, j'ai vu une bombe à l'intérieur d'un bâtiment.

Vous deviez ressentir, avec une telle récurrence d'attentats, une grosse pression des autorités politiques ?

J'étais jeune commissaire, donc je n'avais pas la pression en direct. Mais nous avions été touchés au sein de la PJ.

L'inspecteur divisionnaire Marcel Basdevant, je salue sa mémoire, qui est mort en 1986, je le connaissais. J'ai vu son corps au milieu des gravats. Ces attentats de 86 ont culminé avec l'attentat de la rue de Rennes, où il y a eu plusieurs morts, devant le magasin Tati…

Sept morts et cinquante-cinq blessés…

Effectivement, une psychose est née. Chaque semaine, nous avions un attentat. Le Drugstore Publicis, une cafétéria à la Défense, le bureau de poste de l'Hôtel de Ville, le service des cartes grises de la préfecture de police…

Pour le seul mois de septembre 1986, on dénombre six attentats. Plus d'un par semaine. Quel est le rôle précis de la Brigade criminelle à ce moment-là ? On a une image, presque de série télé de la Crim'. Mais enquêtez-vous activement sur les affaires de terrorisme ?

La Crim' à l'époque comptait environ cent vingt personnes. Dans cette période, on pouvait être saisis de dossiers de meurtres. Mais les parquets évitaient de nous saisir des affaires de droit commun, c'est-à-dire des meurtres. Donc l'ensemble, les cent vingt personnes travaillaient sur les attentats. Au sein de la Brigade criminelle, à l'époque, on compte quatre sections. Trois sont sur les affaires de droit commun, et une section s'occupe de l'antiterrorisme. Cette dernière avait pour mission d'établir la synthèse et faire le lien avec les services de renseignement. Au travers des groupes qui étaient d'astreinte, nous prenions les attentats successifs. On s'occupait des constatations, des enquêtes de voisinage, du décompte des blessés, des auditions des témoins.

Et vous, personnellement, quel est votre rôle ?

Essayer de faire ce que je peux en fonction de ce qu'on me demande de faire ! Je n'étais pas à la section antiterroriste, donc j'appuyais mes collègues. D'abord en étant d'astreinte, et disponible pour intervenir là où on me demandait d'être présent. J'ai un souvenir absolument fou. Je suis arrivé en même temps que les démineurs alors qu'un engin suspect avait été signalé dans la station RER des Halles. Je descends les marches. Le démineur est là, avec son matériel. L'engin découvert sur les voies avait été mis dans la rame du métro, à l'emplacement du conducteur. Le démineur, je m'en souviens encore, prend un morceau de je-ne-sais-quoi, il approche un briquet et comprend qu'il s'agit d'un explosif. Il me dit : « Mettez-vous sur le côté. » Je me déplace derrière un pilier et je vois le gars qui essaie d'entrer dans la cabine du conducteur. Mais sa tenue de protection l'empêche de passer. Il s'est alors déshabillé pour récupérer le sac à l'intérieur et désamorcer la bombe. Là, je dis vraiment : « Chapeau ! » Les démineurs, à l'époque, avaient perdu deux des leurs, fauchés par un engin qu'ils n'avaient pas pu dépiéger.

Les poseurs de bombes de cette année 86 sont finalement arrêtés le 21 mars 1987. Vous quittez la Brigade criminelle en 1988. Vous allez en Seine-Saint-Denis. Puis en décembre 1990, vous êtes nommé chef de la Brigade de recherches et d'investigations financières. Un service nouvellement créé et destiné à appliquer à la délinquance en col blanc les méthodes d'enquêtes du banditisme, comme les filatures ou les écoutes téléphoniques. La criminalité en col blanc, après la Seine-Saint-Denis, encore un sacré contraste ?

Non, parce qu'il existe aussi de la criminalité en col blanc en Seine-Saint-Denis. Ce qui était intéressant avec la création de ce service, qui avait deux ans quand j'en prends la tête : vouloir appréhender la délinquance financière autrement qu'en prenant un dossier et en convoquant la personne des années après, pour s'entendre dire que, peut-être, des erreurs avaient été faites, que le comptable n'avait pas été très malin. Une telle configuration impliquait bien sûr que la personne était encore sur le territoire français. Si elle avait choisi de se réfugier à l'étranger, il n'y avait pas grand-chose à faire. Nous avions de gros dossiers, avec des réussites vraiment pas terribles. Là, avec ce nouveau service, on travaillait sur des personnes, des sociétés, sur lesquelles nous pouvions avoir des doutes, on travaillait d'initiative. Par exemple, concernant une société fictive, on essayait de connaître l'identité du véritable gérant. Celui qu'on affiche ? L'homme de paille ? Souvent, derrière, il y avait le vrai patron, interdit de gérer, raison pour laquelle il n'apparaissait pas. Nous avions la capacité de faire ce qu'on appelle maintenant des interceptions de sécurité, ainsi que des méthodes judiciaires classiques : écoutes téléphoniques, filatures et autres. Ce qui donnait d'autres résultats. On pouvait interpeller – non pas en flagrant délit, n'exagérons pas – de vrais délinquants financiers.

En juillet 1993, vous êtes nommé à la direction de la cinquième division de police judiciaire. Et vous croisez la route d'un certain Bernard Tapie. À la fin de l'année 92, Bernard Tapie, devenu ministre, doit se séparer d'Adidas. Le Crédit lyonnais réalise cette vente début 1993. Mais l'opération financière se passe mal et Bernard Tapie est mis en faillite en mars 1994. Les huissiers déboulent chez lui. Et votre rôle, Christian Flaesh, est d'assister les huissiers.

Les huissiers, oui, déboulent chez lui, mais les huissiers sont prudents, donc ils demandent l'assistance de la force publique. La décision, d'accorder ou pas cette assistance, dépend du préfet. L'huissier, qui était celui de la filiale du Crédit lyonnais, la SDBO, voulait effectuer une saisie. Je me suis retrouvé à devoir l'assister. Nous sommes arrivés chez Bernard Tapie un matin. Dans ce type d'équipage, il y a généralement l'huissier, le serrurier et le commissaire de police. On y va pour établir un inventaire des biens. Ainsi, si jamais Bernard Tapie n'est pas en situation de payer, nous pourrons enlever les biens et les vendre.

Tous ceux qui ont côtoyé Bernard Tapie en parlent comme d'un homme au charisme extraordinaire. Le constatez-vous, alors que vous êtes en face de lui ?

J'étais assez prudent. Je me demandais surtout quand la situation allait dégénérer et comment il faudrait la gérer.

Et ça dégénère ?

Pas du tout. J'y suis allé une première fois pour le compte de la filiale du Crédit lyonnais. L'huissier a passé du temps. Moi, je regardais. L'inventaire des biens a été effectué. Ce qui a donné l'idée à l'huissier du Trésor public de venir lui-même. Il m'a également demandé de l'accompagner. Là, Tapie a dit : « Votre collègue est déjà passé, donc c'est pas la peine ! » L'huissier est donc parti. Nous sommes restés très peu de temps. Mais l'huissier a dû se faire remonter les bretelles. Il m'a appelé l'après-midi et m'a dit : « Il faut qu'on y retourne ! » Il n'y avait alors que la femme de Bernard Tapie, qui a moyennement apprécié de ne pas être présent pour la saisie. Je suis ensuite parti en vacances. Plus tard, l'huissier m'indique que Tapie n'a pas payé, qu'il faut désormais enlever les meubles.

Tapie devait en avoir marre de vous voir…

Pour l'enlèvement des meubles, il avait été prévenu. Il avait pu mettre de côté deux ou trois meubles assez chers. Quand on se rend chez lui, nous sommes accompagnés de déménageurs. L'opération devient plus compliquée. Les camions ont du mal à entrer dans la cour. Il faut changer de moyens de transport, prendre de plus petits camions. Je me suis demandé : comment va-t-il prendre le fait qu'on enlève les meubles ? Quand j'ai vu qu'il retirait lui-même les photos de famille, j'ai compris qu'il était plutôt dans l'idée d'accepter ce qui était en train de se passer.

En 1996, vous êtes affecté au Service de protection des hautes personnalités, le SPHP, les gardes du corps de la République. Vous êtes plus particulièrement en charge de la sécurité des dignitaires étrangers lorsqu'ils viennent en France. En 1999, le roi du Maroc, Hassan II, est l'invité d'honneur du 14 juillet. Il s'installe place de la Concorde, dans le grand hôtel Le Crillon. Il aurait fait changer tout le mobilier de sa suite, en faisant venir ses meubles personnels. Vous pouvez confirmer ?

Le roi du Maroc avait une cour autour de lui, qui l'accompagnait. Il se déplaçait avec ses objets personnels, ce qui lui permettrait de se recréer une intimité.

Deviez-vous gérer la sécurité de tout ce monde ?

Non, uniquement du roi. Mais il s'agissait d'une occasion spéciale puisque, à l'occasion du 14 juillet, des troupes marocaines défilaient.

En 1999, il n'y a pas que Hassan II qui se rend en France. Le président américain, Bill Clinton, est également en visite. Je crois que sa venue vous a marqué…

Avec les Américains, tout est toujours très compliqué. Ils arrivent avec beaucoup de monde. Il y avait Bill Clinton, mais aussi sa femme, sa fille, la secrétaire d'État Madeleine Albright, il y avait le chef de la coordination du renseignement… Et tous ces gens ont des équipes nombreuses. Il s'agit de coordonner au mieux l'ensemble, essayer que tous se sentent en sécurité et, également, faire en sorte que la Sécurité française ne se fasse pas marcher sur les pieds par la Sécurité américaine. Le modèle américain implique que le président ne peut se déplacer dans un autre moyen de transport que ceux du *Secret Service*. Ce qui n'était pas simple à organiser. Heureusement que la préfecture était là pour aider. Les époux Chirac avaient voulu inviter les Clinton à prendre l'apéritif à l'Élysée. Puis à dîner, de manière très impromptue, Chez l'Ami Louis. Sur le papier, c'est simple. Ils arrivent à l'Élysée, prennent l'apéro et ensuite on va tous boire un coup et manger Chez l'Ami Louis. Sauf que le président Chirac ne montait pas dans la voiture américaine et le président Clinton ne montait pas dans la voiture française. Il a donc fallu organiser deux cortèges différents. Un cortège léger, le français, qui partait en dernier de l'Élysée, mais arrivait en premier Chez l'Ami Louis. Le cortège américain, beaucoup plus lourd, qui part en direction de L'Ami Louis, situé dans une toute petite rue du 3e arrondissement. Nous avions déjà dû effectuer des tests afin de savoir si la grosse voiture américaine était capable de négocier tel ou tel virage parisien. Le préfet de police a dû changer le sens de circulation de la rue…

Le temps d'un dîner…

Comme tout le secteur était bouclé, je pense que cela n'a pas gêné grand monde…

Une dernière visite d'État intéressante : celle du président chinois Jiang Zemin, qui est venu notamment à Lyon, a dîné avec Raymond Barre, alors maire de la ville, a été reçu par les Chirac… On se souvient de cette fameuse valse dansée avec Bernadette Chirac. Que vous évoque, aujourd'hui, cette visite d'État ?

Cette visite était extrêmement protocolaire. Il y avait des enjeux forts entre la France et la Chine. Également une connaissance particulière du président Chirac de la culture asiatique en général, et chinoise en particulier. Le programme était cadré par le Quai d'Orsay. Les Chirac invitent le couple chinois dans leur résidence en Corrèze. Il fallait que l'avion, trop grand pour d'autres aéroports, puisse atterrir à Limoges. Direction ensuite la demeure des Chirac. Et il est vrai que, lors d'une visite, le président chinois, entendant un air d'accordéon, prend Mme Chirac et entame une valse, très spontanément.

Vous aviez le sentiment de vivre un moment exceptionnel ?

C'était un peu exceptionnel, même si la valse n'a évidemment pas influé sur la marche du monde… Pour moi, il s'agissait d'un signe fort de l'amitié franco-chinoise.

En 2000, vous repartez en Seine-Saint-Denis. Puis en 2003, retour à Paris. Je fais un léger bond dans le temps : en 2007, vous êtes nommé directeur de toute la PJ parisienne. Vous êtes le taulier, comme on dit dans la police. Qu'avez-vous ressenti en dirigeant le 36, quai des Orfèvres ?

D'abord une grande responsabilité. On connaît beaucoup de monde avec lequel on va travailler. On sait qu'on peut avoir confiance, que chacun fera le maximum. Et moi aussi, je dois faire le maximum afin d'être à la hauteur.

On dit souvent que l'homme, ou la femme – Martine Monteil l'a dirigée aussi – à la tête de la PJ parisienne est la personne la mieux informée de Paris. Avez-vous été cet homme-là, le mieux informé ?

Le mieux informé, je ne sais pas. Mais dans le top 5, c'est certain.

La pression politique est-elle forte à ce poste ?

Il y a de nombreux enjeux. Sur la ville, bien sûr. Dans les départements également. La délinquance, en 2007, est depuis longtemps déjà très marquante. C'est un enjeu politique, avec les chiffres de la délinquance, les statistiques.

Est-ce grisant, à un moment, de se dire : « Tout remonte à mon bureau, je suis le patron du 36, je sais tout ce qui se passe dans Paris, je peux regarder la ville depuis les toits de mon bâtiment – il y a un côté Batman ! –, je peux prévoir ce qui va advenir à chaque carrefour ?

Ce n'est absolument pas grisant. Je crois qu'Édouard Philippe l'a dit, quand il était Premier ministre : « Tout remonte, surtout les emmerdes. » Heureusement que tout ne remonte pas, mais il est vrai que beaucoup d'emmerdes remontent.

Des moments sont durs. Le poste est difficile. Vous êtes-vous déjà dit : « Maintenant, ça suffit, j'en ai marre, je veux autre chose » ?

Non. Ce poste est très intéressant. On a une vraie marge de manœuvre. Deux mille deux cents personnes travaillent à la PJ parisienne. Je connais, pour être passé par beaucoup de postes, le dévouement de ces fonctionnaires. Ils ont une envie de bosser, une envie de s'investir.

Quel est votre meilleur souvenir à ce poste ? Vous y êtes resté entre 2007 et 2013. Avez-vous vécu des moments heureux qui vous ont marqué ?

Ça va vous paraître paradoxal, mais mon père est mort quelques semaines après ma nomination. Il était malade, hospitalisé, mais j'ai l'impression qu'il a tenu jusqu'au moment où il a lu le décret qui me nommait. J'étais content qu'il puisse vivre ce moment.

A-t-il pu vous dire ce qu'il avait ressenti ?

Bien sûr. Il était content comme il l'avait été quand j'ai été reçu aux concours d'inspecteur puis de commissaire de police. Il l'a vécu, je crois, comme une vraie satisfaction avant de partir.

Après avoir dirigé toute la PJ parisienne, à partir de 2013 vous allez exercer presque dix ans dans le secteur privé. Entre 1980 et 2013, trente-trois années de police se sont écoulées pour vous. Quelle évolution de la police, pendant ces années, vous a le plus marqué ?

Quand on est directeur, une de nos responsabilités est justement d'accompagner le changement, même de le provoquer. La numérisation, la police technique et scientifique : voilà clairement de vrais changements ! Quand j'ai débarqué à la Brigade criminelle en 1983, on blaguait entre nous. Il fallait quasiment un litre de sang pour effectuer un groupage sanguin. Maintenant, une goutte suffit.

Qu'aimeriez-vous dire ou transmettre aux jeunes policiers d'aujourd'hui ?

Qu'ils continuent à y croire, s'ils ont envie de faire ce métier. On a besoin de la police, la population a besoin que des gens s'investissent, prennent des risques pour leur sécurité.

Sophie Hatt

Depuis son adolescence, Sophie Hatt voulait être commissaire de police, sinon rien. Elle voulait de l'action et elle en aura. Chargée de la sécurité de Lionel Jospin alors Premier ministre, elle assure aussi celle du président de la République François Hollande à l'Élysée cinq années durant. Elle est, depuis 2017, directrice de la Direction de la coopération internationale de sécurité (DCIS) du ministère de l'Intérieur.

Nous sommes à Saint-Denis, tout près de la porte D du Stade de France. À cet endroit, le 13 novembre 2015, à 21 h 17 précisément, un terroriste qui venait d'être refoulé à l'entrée actionne sa ceinture d'explosifs et fait une victime, Manuel Dias, sur la terrasse de la brasserie L'Events. À l'intérieur du stade, une femme entend l'explosion et elle comprend tout de suite l'anormalité de la situation. Cette femme, commissaire de police, en charge de la sécurité du président de la République, c'est vous, Sophie Hatt. Ce vendredi soir du 13 novembre, vous êtes donc à l'intérieur du Stade de France. Vous accompagnez Françoise Hollande, qui assiste à un match de football, France-Allemagne. Vers 21 h 17, tout juste après le coup d'envoi, le bruit d'une première détonation vous parvient. Qu'est-ce que vous vous dites à ce moment-là ?

J'entends une explosion qui ne ressemble pas à une explosion habituelle dans un stade. Ce n'est pas un énorme pétard. Immédiatement, je me rappelle les explosions que j'entendais lorsque j'étais commissaire de police en Corse, en 2010. Il s'agissait d'explosifs que les nationalistes utilisent dans les manifestations…

Ce qu'on appelle des bombes agricoles ?

Exactement !

Qu'est-ce précisément ?

Ce qu'on utilise, généralement, pour dessoucher les arbres.

Et là, vous pensez que des supporters sont venus avec de tels engins ?

Ça me surprend. C'est totalement anachronique. Je connais ce bruit, mais le lieu ne se prête aucunement à une telle utilisation.

Deux minutes plus tard, à 21 h 19, retentit une deuxième explosion. Aussi forte que la première. Vous commandez alors le GSPR, le Groupement de protection du président de la République. Imaginez-vous un attentat ?

Je suis à quelques mètres du président de la République, dans la tribune présidentielle, avec un dispositif en charge d'assurer sa sécurité. Mais j'ai un officier de liaison, qui est dans le PC Sécurité et me demande de monter afin de le rejoindre.

Quand vous montez, vous vous dites qu'il y a possiblement un événement grave, ou vous êtes encore dans le doute ?

Je ne sais pas ce dont il s'agit. Mais le fait qu'il me demande de venir, sans en formuler clairement la raison sur les ondes, n'est pas banal. Quand je le retrouve, le chef du dispositif – chef de la sécurité du stade –, que je connais très bien, est parti et a rejoint le lieu de l'explosion. Le chef de salle, qui demeure sur place, que je connais également très bien, avec lequel j'ai travaillé dans de précédentes fonctions, m'informe qu'il y aurait un mort. Là, j'ai un instant, non pas de stupeur, mais d'incompréhension.

À quel moment décidez-vous qu'il faut prévenir le président de la République, lui parler et l'informer de ce qui se passe à l'extérieur du Stade ?

Au moment où nous avons la confirmation qu'il y a un mort à l'extérieur, sans plus de précisions, suite à une explosion qui ressemble à une bombe ; par la radio, j'indique à l'officier de sécurité rapprochée du président de la République qu'il doit demander à ce dernier de me rejoindre dans la bulle.

La bulle ?

C'est ainsi qu'on appelle le PC Sécurité. Ça ressemble à un bureau vitré, avec tous les postes radio. Un point central où remontent toutes les infos du terrain et de la préfecture de police. Il y a des postes pour tout le monde, les gendarmes, les policiers, les secours.

Tout le monde alors a vu l'image à la télé : l'officier qui se penche et parle à l'oreille de François Hollande, lui demandant de monter au PC Sécurité.

Il lui indique, oui, que je souhaite qu'il me rejoigne pour lui parler.

Quand il monte, que lui dites-vous ?

Je lui explique la situation, telle qu'on la connaît, avec une personne décédée, une deuxième sans doute, et avec ce qui semble vraiment être une bombe à l'extérieur du stade. Je lui donne ces informations au fur et à mesure qu'on peut les récupérer.

À quel moment, au cours de cette séquence, le ministre de l'Intérieur de l'époque, Bernard Cazeneuve, vous rejoint-il à son tour ?

Quelques minutes après. Je n'ai pas exactement le chrono en tête. Quelques dizaines de minutes peut-être. Il existe une autre photo célèbre où on voit le président dans la bulle, avec l'horloge lumineuse, le Premier ministre est là et le ministre de l'Intérieur les rejoint dans une pièce attenante.

La décision forte que vous prenez, de ne pas évacuer le Stade de France, vous la prenez collectivement ? Vous conseillez le président ? Comment se passent les discussions que vous menez ?

Je sors un peu de mes attributions. Je suis en charge de la sécurité rapprochée du président de la République, et non de la sécurité du site. Mais la sécurité du site impacte évidemment celle du président. Pendant sept ans, j'ai occupé différentes fonctions à la préfecture de police, j'ai également été en Corse. J'ai connu un certain nombre de scènes de crime, d'explosion, de manifestation. Quand on est flic, on le sait : il faut préserver la scène de crime. L'idée d'évacuer le stade, d'arrêter le match en plein milieu, risquerait de provoquer un mouvement de panique et, peut-être, un piétinement de la zone de crime. Je fais part de cette remarque au président de la République et au Premier ministre.

L'enceinte est un peu une zone sanctuaire, parce qu'il y a déjà eu des contrôles. Si danger il y a, il est plutôt localisé à l'extérieur ?

Oui. Il est préférable de garder les spectateurs au calme, le match continuant à se dérouler, sans les inquiéter. À ce moment-là, le chargé de communication du président de la République est avec lui dans un bureau, et rien ne sort dans les médias. Je propose donc au président, au ministre de l'Intérieur, et au responsable de la sécurité du stade de prendre des mesures pour une évacuation calme, dans un délai qu'il ne m'appartient pas de juger.

Au Stade de France, il y aura trois explosions. On a évoqué celles de 21 h 17 et 21 h 19. Une troisième interviendra un peu plus tard, à 21 h 53. Entre-temps, des fusillades ont lieu dans le 11e arrondissement de Paris, sur les terrasses de plusieurs restaurants et cafés. Et puis il y a aussi la tuerie du Bataclan qui démarre. Au moment de ces fusillades et de cette tuerie, vous vous trouvez toujours au PC Sécurité du Stade de France, avec le président de la République et le ministre de l'Intérieur, Bernard Cazeneuve. Quand comprenez-vous qu'il s'agit d'attentats multisites et que Paris est visé, en ajout du Stade de France ?

Le mot « attentat » n'arrive pas rapidement jusqu'à nous, quand je suis dans le PC Sécurité. Sur la fréquence générale de la préfecture de police, qu'on appelle Z1, nous entendons des informations indiquant qu'il y aurait des fusillades. C'est un vendredi 13. On s'interroge avec le chef de stade, on se dit : « Mais qu'est-ce qu'ils font ? »

Vous pensez que des criminels se tirent dessus dans Paris en même temps que vous gérez des explosions au Stade de France ?

Nous sommes dans l'incapacité de parler d'attentats. On évoque des explosions et des fusillades.

Comment comprenez-vous que différents endroits sont touchés, qu'il va falloir quitter le Stade de France et que le président ne pourra y rester indéfiniment, avec le ministre de l'Intérieur ? Quand prenez-vous conscience de la gravité de la situation ?

Au moment où nous parvient l'information d'une deuxième fusillade, avec un deuxième lieu touché, dans Paris. La situation essentielle n'est plus celle du Stade de France. Elle semble être au centre de Paris. Le président et le ministre décident alors de quitter l'enceinte, après être allés saluer le ministre des Affaires étrangères allemand, en lui expliquant les raisons de leur départ.

Vous restez avec le président et vous allez à Beauvau, dans la cellule interministérielle de crise, ou vous vous rendez à l'Élysée ?

Nous allons à Beauvau. À gauche toute après Miromesnil !

Sur le trajet qui vous sépare de Beauvau, quelles sont vos pensées dans la voiture ?

Je réfléchis au dispositif que nous allons devoir mettre en place. Une autorité telle que le président de la République ne se rend jamais quelque part sans qu'il y ait déjà des officiers de sécurité sur le périmètre. Donc nous sommes dans l'anticipation, dans la volonté que le dispositif soit le plus sécurisé possible quand on arrive dans un lieu.

Avez-vous le temps de penser à votre conjoint, à votre famille, de vous assurer qu'ils sont en sécurité ? Ou êtes-vous uniquement dans l'action, à penser au coup d'après ?

Je savais où se trouvait ma famille. Donc il n'y avait pas de souci. Je n'ai pas eu à y penser. En revanche, mon mari étant également commissaire de police, je lui ai rapidement envoyé un texto, afin de lui dire que, à mon sens, il était important qu'il se rende vite à la préfecture de police.

Une fois que vous êtes arrivée à Paris avec le président, une fois que vous êtes à Beauvau au sein de la cellule interministérielle de crise, quel est précisément votre rôle ?

Le président de la République étant dans un lieu sécurisé, je n'ai pas de rôle particulier. Mais une nouvelle fois, il me faut anticiper, me demander ce qu'il peut faire après, le lieu qu'il est susceptible de rejoindre. Un certain nombre de briefings et de mises au point sont en cours sur la situation telle qu'elle est connue par les autorités.

Ce qui se passe après : le président va se déplacer sur les lieux, se rendre à proximité du Bataclan. Vous vous y projetez déjà ?

Après Beauvau, il se rend à l'Élysée. Un long moment se passe, durant lequel il rencontre un certain nombre d'autorités. Son déplacement aura lieu plus tard dans la nuit.

Êtes-vous inquiète qu'il se rende à proximité des attentats ?

L'inquiétude n'est pas un sentiment que je prends en compte. C'est autre chose. Je suis dans la concentration, dans l'anticipation. Je dois être en mesure de l'accompagner là-bas, avec toutes les conditions de sécurité réunies. Les effectifs étaient déjà très nombreux. Je n'ai pas eu besoin de rappeler quiconque.

Comment pourriez-vous qualifier le jour d'après, le samedi 14 novembre 2015 ? Vous rappelez-vous votre journée ?

Je me souviens de n'avoir pas trop dormi. À partir du 13 novembre jusqu'au dimanche, j'ai vécu dans un long tunnel. Je suis forcément rentrée chez moi à un moment, mais pour repartir très rapidement. Il n'y a pas réellement eu de lendemain.

À quel moment parvenez-vous à vous poser enfin chez vous ? À ouvrir la porte de votre appartement, après cette épuisante séquence, et prendre le temps de respirer ?

Le dimanche soir, j'ai pu souffler un petit peu.

Vous êtes en charge de la sécurité du président dans le cadre des attentats les plus meurtriers de l'histoire de la

Ve République et vous avez enfin quelques minutes de répit chez vous. Qu'est-ce qui vous passe alors par la tête ?

Je profite de ce moment sans décision à prendre. Je profite de ma famille, tout simplement. Je vis des heures de quiétude.

Avez-vous parlé de la situation à votre famille, à vos enfants ?

Mes enfants étaient petits mais je leur en ai parlé, oui, parce que le samedi et le dimanche j'ai dû les confier à des amis. Beaucoup se sont proposés pour les récupérer et les garder. Ils connaissaient mon travail et celui de mon mari.

Comment peut-on expliquer à ses enfants une nuit comme celle-là et a fortiori *ce que, en tant que maman, vous avez dû faire, à savoir protéger le président de la République ?*

Il a surtout fallu les rassurer. Ils n'étaient pas du tout angoissés par moi ou leur père, mais par ce qu'ils entendaient. Donc j'ai d'abord coupé la télévision. C'était insupportable, extrêmement anxiogène. Je leur ai expliqué avec des mots très simples ce dont il s'agissait. Ils connaissent le métier de leurs parents. Ils n'ont donc pas été surpris. Mais il fallait mettre des mots sur la situation, puis passer à autre chose. Ils n'ont pas besoin qu'on explique tout, tout le temps.

Évidemment, votre parcours dans la Police nationale commence bien avant cette nuit du 13 novembre 2015. Vous êtes originaire d'Antibes, dans le département des Alpes-Maritimes. Votre père est dentiste, mais vous ne voulez pas exercer cette profession. Vous désirez être policier. Pourquoi cette volonté précoce ?

Mes parents vivaient à Antibes, mais je ne suis pas originaire de cette ville. Je suis un mélange : une mère landaise et un papa parisien d'origine alsacienne. Pourquoi commissaire de police ? Sans doute grâce à des lectures, des séries télé. Nous n'avions pas Netflix quand j'étais gamine, mais quand même la télé.

Vous regardiez des séries comme Navarro *?*

Ah non, quand même pas ! Je regardais des séries américaines.

Elles vous ont donné envie de travailler dans la police ?

Oui. Je voulais être commissaire de police, pas autre chose. Je voulais arrêter des voleurs. Je voulais avoir une vie trépidante. Je voulais de l'action. Un truc extraordinaire !

Aviez-vous, dans votre famille, des figures particulièrement inspirantes vous orientant vers cette profession ?

Absolument pas ! J'ai décidé, moi, toute seule, à 15 ans, que je voulais devenir commissaire de police.

Vous devez donc faire des études de droit. Vous partez à Paris. Vous étudiez à la Sorbonne puis à Assas. Vous réussissez le concours de commissaire de police en 1991. Vous rejoignez l'École des commissaires de police située à Saint-Cyr-au-Mont-d'Or. Il y a seulement huit femmes dans votre promotion.

Il y a un concours interne et un concours externe. Dans cette dernière partie, nous ne sommes en effet que huit femmes.

En 1993, vous terminez votre scolarité à l'École des commissaires. Votre classement vous permet de demander un poste à Paris, ce que vous faites. Vous êtes affectée dans le 2e district. Pourquoi vouliez-vous travailler à Paris précisément ?

Parce que j'ai rencontré mon futur mari à l'École des commissaires. Et il était plus simple de trouver deux postes au même endroit, à Paris.

En 1994, la jeunesse descend dans la rue pour protester contre le CIP, le contrat d'insertion professionnelle voulu par le Premier ministre de l'époque, Édouard Balladur. Votre rôle, alors, est de maintenir l'ordre. À quoi ressemble le maintien de l'ordre dans les années 1990 à Paris ?

J'ai d'abord été sous l'autorité d'un grand flic : Pierre Ottavi, directeur de l'ordre public. Avec un préfet, Philippe Massoni – déjà beaucoup de Corses ! L'ordre public, le maintien de l'ordre, est désormais appelé « la gestion démocratique des foules ». À mon époque, c'était bien moins violent qu'aujourd'hui. Avec des affrontements moins rudes entre forces de l'ordre et manifestants.

De fait, tout s'est bien passé pour vous pendant que vous étiez en charge du maintien de l'ordre parisien ?

Pendant sept années, oui, à différentes fonctions. Mais nous étions peu de femmes commissaires en charge de ce maintien de l'ordre.

Qu'est-ce que ça change, justement, si cela change quelque chose, d'être une femme quand on fait du maintien de l'ordre ?

Ça interroge ! Moi, ça ne me fait rien !

Les gens viennent vous voir ?

Certains, oui. Ça surprend beaucoup. En sortant de l'école, nous n'étions que deux femmes.

Ça surprend les manifestants ou les policiers ?

Tout le monde !

Les CRS qui pratiquent le maintien de l'ordre ne sont pas spécialement habitués, surtout à cette époque, à être commandés par des femmes.

À l'époque, il n'y avait pas de femmes en CRS, ni en gendarmerie mobile. La commissaire était la seule femme.

Comment parvenir à se faire obéir ?

Voilà une des questions qui m'a été posée, au grand oral du concours de commissaire : « Comment serez-vous respectée par vos hommes ? » Déjà les mots « vos hommes »... Pourquoi ? C'est une question pour laquelle il n'existe pas de réponse idéale. La légitimité, la compétence, l'exemplarité ?

Votre légitimité n'a jamais été contestée au prétexte que vous êtes une femme. Comment l'expliquez-vous ?

Il faut d'abord faire preuve d'humilité. Quand je suis sortie de Saint-Cyr-au-Mont-d'Or, j'étais très jeune et j'ai pris conseil auprès de « vieux » sous-brigadiers. Des anciens, qui étaient très paternalistes. Être humble, c'est oser dire : « Je ne sais pas. » Au fur et à mesure, on acquiert des connaissances et des compétences.

En 1997, vous dirigez le commissariat du 3e arrondissement de Paris. Un jour, vous recevez un jeune homme qui souhaite devenir policier et qui cherche à conforter sa vocation en échangeant avec la commissaire que vous êtes. Ce jeune homme va devenir policier. Mais pas n'importe lequel. Pouvez-vous me raconter cette anecdote ?

Je vais la raconter dans l'autre sens. En 2015, peu de temps après les attentats, le président de la République a décoré d'ordres nationaux un certain nombre de policiers, gendarmes, pompiers. Cette cérémonie a eu lieu de manière assez discrète. À cette occasion, j'avais entendu parler d'un commissaire de police qui était intervenu au Bataclan.

Celui qui est rentré en premier, avec son chauffeur, et qui a neutralisé un terroriste, mettant ainsi fin à la tuerie de masse en contraignant les deux autres terroristes à se réfugier à l'étage.

Parmi les récipiendaires, le président a décoré ce commissaire, que je ne connaissais pas du tout. À l'issue de la cérémonie, il s'est approché de moi. Je l'ai félicité. Il m'a dit : « On se connaît. » Je lui ai répondu : « Ça me fait plaisir, mais je ne pense pas… » Il a insisté. Et il m'a raconté l'histoire de notre rencontre.

Sa venue, dans votre commissariat ?

Au moment où il s'interrogeait sur sa vocation, sur son intention de passer le concours de commissaire de police. Il m'a raconté être venu me voir dans le 3e arrondissement. Je devais avoir un peu de temps libre. Pendant une heure, je lui ai décrit le métier, alors que je pensais ne jamais le revoir. Il m'a dit : « C'est grâce à toi que je suis là ! » J'ai vraiment été touchée par sa démarche, et légèrement fière aussi de ce que j'ai pu faire pour le fortifier dans sa volonté d'être commissaire.

Vous quittez le 3e arrondissement en 1999. Vous devenez responsable de la sécurité de Lionel Jospin, alors Premier ministre. Une question presque naïve : pourquoi vous, Sophie Hatt ?

Lors d'une cérémonie du 8 mars pour les droits des femmes, j'avais été désignée par le préfet de police pour le représenter auprès du Premier ministre à Matignon. À cette occasion, j'avais eu la chance et l'honneur de converser quelques instants avec Lionel Jospin. Lorsque le chef de sa sécurité a quitté ses fonctions pour partir en retraite, sa secrétaire particulière s'est souvenue de ma présence, m'a fait contacter, afin que je m'entretienne avec le chef de cabinet, puis le directeur de cabinet du Premier ministre, et que je puisse exposer mes capacités, ma motivation, mes possibilités de prendre cette fonction.

Qu'est-ce qui a emporté la conviction du Premier ministre de vous choisir vous plutôt que d'autres candidats ?

Lionel Jospin était très avant-gardiste. Je lui ai exposé mon parcours, mes motivations, ce que je pensais devoir faire en tant que chef de sa sécurité. Il a eu une réflexion extrêmement moderne. Il m'a dit : « À compétences égales, je préfère une femme, mais je ne veux pas une femme à tout prix. » Cette phrase, à l'époque, m'a marquée.

Il vous choisit. Le poste consiste à assurer sa sécurité, notamment lors de ses déplacements à l'étranger. Vous vous absentez et vous voyagez beaucoup. Vous étiez une toute jeune maman à l'époque. Beaucoup de femmes, et d'hommes, ont pu se demander comment vous étiez parvenue à tout concilier, les voyages, un poste à très haute responsabilité, et une vie de maman ?

Tout est question d'organisation. Il faut préparer, accompagner. Également avoir un compagnon, ou une compagne, particulièrement flexible et compréhensif. Ce qui est mon cas.

Parmi les déplacements de Lionel Jospin à l'étranger, il y en a un dont les images ont fait le tour des télévisions du monde entier. Cela se passe en territoire palestinien. Lionel Jospin avait déclaré lors d'une conférence de presse à Jérusalem : « La France condamne toutes les actions terroristes pouvant être menées contre des soldats ou la population civile israélienne. » Il ne lui en fallait pas plus pour s'attirer l'hostilité d'une partie de la population palestinienne. Le 26 février 2000, lors d'une visite à l'université de Bir Zeit, Lionel Jospin est victime de jets de pierres. Sophie Hatt, vous êtes ce jour-là à ses côtés. Comment se passe cette scène ?

Lorsqu'il intervient dans l'université de Bir Zeit, Lionel Jospin est dans un bâtiment en haut d'une petite colline. Je suis pour ma part à l'extérieur de la salle. Sur la petite colline, il n'y a pas de végétation, juste de la terre et des cailloux partout. Des jeunes, des étudiants, se rapprochent de plus en plus du bâtiment. On sent une tension, une certaine hostilité. Je fais appel au conseil diplomatique du président de la République pour lui décrire la situation. Nous sommes en effet en territoire palestinien, mais nous avons, à une certaine distance, des Israéliens qui sont en réserve d'intervention.

Si vous les aviez sollicités, ils auraient pu protéger la sortie de Lionel Jospin ?

Ils auraient pu entrer dans l'université.

Et vous extraire de là ?

Oui.

Vous ne les avez pas sollicités ?

Je demande son avis au conseil diplomatique du président de la République, en lui indiquant que nous avons deux possibilités. Soit j'appelle les coordonnées dont je dispose, les forces israéliennes, qui vont nous faire sortir, mais je ne peux pas garantir comment. Soit nous sortons par nos propres moyens, mais cette sortie sera sans doute un peu sportive.

Quand vous dites que vous ne garantissez pas la manière de sortir si vous faites appel à la force israélienne, que voulez-vous dire ? Qu'ils auraient pu, justement, user de la force contre les Palestiniens ?

Oui. Moi, je suis en territoire étranger, je ne suis qu'invitée. Nous serions sortis, mais je pense que les dégâts pour la population, pour les jeunes rassemblés, auraient été importants.

Vous choisissez donc de sortir sans l'appui de cette force israélienne. Vous savez que vous allez au-devant de jets de pierres ?

Parmi les deux propositions évoquées, mon job est d'en privilégier une. Le conseiller diplomatique valide mon choix. Nous faisons en sorte d'extraire, le plus rapidement possible, en autonomie, le Premier ministre.

Il y a ce trajet entre la sortie de l'université et la voiture où vous êtes à découvert. Le Premier ministre reçoit des pierres. L'une, je crois, le blesse à la tête. Vous-même, en recevez-vous ?

Des dizaines, des centaines !

Vous êtes blessée ?

Légèrement. Comme Lionel Jospin. Mais nous le protégeons. Ce qui est le travail du groupe de sécurité du Premier ministre.

Vous accompagnez Lionel Jospin jusqu'en 2002 et son départ de Matignon. Devancé par Jean-Marie Le Pen lors de l'élection présidentielle, et privé de second tour, Lionel Jospin annonce se retirer de la vie politique. Un soir comme celui-là, conserve-t-on une forme de distance avec la personne qu'on protège ? Ou ressent-on de la tristesse pour l'homme qu'on a accompagné partout pendant trois ans ?

On est obligé d'apprécier la femme ou l'homme auquel on consacre une grande partie de son temps. Cet arrêt soudain, et choisi, de sa vie politique, nous sidère tous, nous les officiers en charge de sa sécurité.

Quand il prononce cette fameuse phrase – « Je me retire de la vie politique » –, on entend des cris dans la salle. Vous-même, vous ressentez un pincement au cœur ?

Bien sûr. Pour lui, pour l'homme.

Vous l'avez couvert, pendant ces années, d'une attention professionnelle, mais néanmoins forte.

Moralement, on s'attache…

En 2002, vous prenez la direction de Marseille. Vous allez travailler pour la Direction centrale des renseignements généraux. C'est un changement complet d'univers…

La rupture, la remise en question : voilà ce qui permet d'avancer. Repartir avec un petit cartable, en disant : « Bonjour, je suis la nouvelle ! »

Vous aviez besoin de prendre l'air, d'être au contact de la mer ? Vous aviez fait jusqu'alors toute votre carrière à Paris, puis à Matignon.

C'est un changement radical : de lieu, de fonction, de thématique. Ça m'a été extrêmement bénéfique.

Après Marseille, la Corse n'étant qu'à quelques heures de bateau, vous effectuez la traversée et vous allez travailler quatre ans là-bas, notamment à Bastia. Vous avez été marquée, je crois, par l'intensité du maintien de l'ordre en Corse. C'est plus violent que ce que vous aviez connu à Paris ou Marseille ?

La violence est extrême. Dans des manifestations nationalistes, certains utilisent des explosifs.

Après Bastia, en 2012, alors que François Hollande est élu président de la République, vous êtes appelée afin de prendre en charge sa sécurité. Pourquoi vous, Sophie Hatt ? Parce que vous aviez assuré celle de Lionel Jospin et qu'il y avait une forme de continuité ?

À l'époque, le ministre de l'Intérieur était Manuel Valls. Il a sans doute fait des propositions de profils lui paraissant adaptés. Je n'étais pas du tout la seule possibilité. Le directeur de cabinet a reçu un certain nombre de candidats. Finalement, le choix s'est porté sur moi.

Au début de son quinquennat, François Hollande dit vouloir être un président « normal ». À quoi ressemble la sécurité d'un président « normal » ?

Un président « normal » s'arrête au feu rouge en voiture. C'est très symbolique. Un président « normal » n'a pas de motos de la préfecture de police pour l'escorter.

Président « normal » : cela implique-t-il un regard plus distancié par rapport à sa sécurité, qu'elle ne soit pas trop présente ou pas trop à son contact ?

Je pense qu'il a souhaité avoir une vie ressemblant, le plus possible, à son ancienne vie. Ce qui est difficilement conciliable.

À partir de 2014, alors que la menace terroriste est plus forte, François Hollande intègre-t-il davantage les contraintes inhérentes à sa protection ?

Au fur et à mesure des mois, et au fil de l'actualité, de la violence qui prend une autre dimension, des attentats, il accepte mieux la présence de son dispositif de sécurité.

Le début de l'année 2015 est marqué par les attentats de Charlie Hebdo, *de Montrouge, de l'Hyper Cacher. Le 11 janvier, François Hollande décide l'organisation d'une grande marche républicaine, qui réunit plus de deux millions de personnes à Paris, avec une cinquantaine de chefs d'État et de gouvernement. Quel est votre rôle dans l'organisation de cet événement ?*

En lien avec la préfecture de police, évidemment, je dois faire en sorte que la sécurité du président de la République, et de tous les chefs d'État invités, soit assurée.

Il existe une légende disant qu'on aurait fait croire au Premier ministre israélien que les vitres du bus le conduisant place de la République étaient blindées, alors qu'elles ne l'étaient pas. Est-ce vrai ?

Le Premier ministre israélien est le premier, justement, à être monté dans le bus. Ils sont tous sortis de l'Élysée par la cour. Chacun est ensuite monté dans son bus. Monsieur Netanyahou était en tête. Il s'est en effet posé la question du blindage du bus. Je lui ai répondu qu'il effectuerait le trajet en toute sécurité.

Une telle manifestation, avec autant de chefs d'État et de gouvernement, était inédite dans l'histoire de notre pays. Nous étions dans un contexte de menace terroriste extrême. Comment peut-on organiser la sécurité de tant de chefs d'État, les conduire ensemble place de la République, avec un convoi, avec possiblement des terroristes susceptibles de tenter une action ? Comment réussissez-vous cet exploit ?

Ce n'est vraiment pas ma compétence. Il me faut replacer les choses dans leur contexte. Le ministre de l'Intérieur est le responsable de la sécurité, avec le préfet de police. C'est donc principalement l'affaire de ce dernier. Je ne suis pour ma part en charge que de la sécurité rapprochée du président de la République. Je m'insère dans un dispositif plus global, avec des mesures de sécurité extrêmement importantes.

Le Premier ministre israélien, lui, possède-t-il sa propre sécurité dans le carré des chefs d'État ?

Tout à fait ! Il y a beaucoup d'officiers de sécurité dans ce carré !

En 2017, vous quittez l'Élysée et vous prenez la tête de la Direction de la coopération internationale de sécurité du ministère de l'Intérieur. Dans le monde, des policiers et des gendarmes dépendent de vous. Que font-ils exactement ?

Ils sont les interlocuteurs des services français. Ils sont invités par les services étrangers. Ils sont les représentants du ministère de l'Intérieur auprès des services étrangers du pays.

On peut être commissaire comme vous l'êtes et effectuer une partie de sa carrière à l'étranger ?

Oui. Ils sont présents dans soixante-dix-huit pays du monde, des policiers ou des gendarmes, compétents pour cent soixante et un pays.

Combien dépendent de vous ?

Le réseau comprend environ deux cent quatre-vingts personnes.

Le 15 août 2021, à la surprise générale, les talibans font tomber Kaboul, la capitale afghane. Il faut évacuer l'ambassade de France dans un climat de panique absolue. Dans une telle crise, quel est le rôle de la Direction internationale de coopération de sécurité du ministère de l'Intérieur ?

En Afghanistan, c'est très particulier. Nous avions un attaché de sécurité intérieure, avec un adjoint. Deux personnels, dont l'un que l'on a beaucoup vu, parce qu'il a eu un comportement exemplaire, le commandant Mohamed Bida. Il était présent jusqu'à l'évacuation, il y a participé. Il est le conseilleur en sécurité intérieure de l'ambassadeur, David Martinon. Mais le dispositif était particulier parce que nous avions, également, un détachement de sécurité, qui avait en charge la sécurité de l'ambassadeur, des autorités diplomatiques, mais aussi de locaux.

Ce détachement ne dépend pas de votre direction ?

Ce sont des policiers, uniquement. Des permanents auxquels s'ajoutent des renforts du RAID, que nous avons sélectionnés à la DCIS. Ils accomplissent ensuite leur mission pour le ministère des Affaires étrangères.

Le 15 août 2021, quand les talibans entrent dans Kaboul, vous êtes en cellule de crise. Mais quel est précisément votre rôle ?

Faire le lien entre le ministère de l'Intérieur et les deux officiers sur place, et rester à leur disposition. Parce que la situation est fluctuante d'une minute à l'autre.

Vous êtes à Paris, à des milliers de kilomètres de Kaboul. Comment pouvez-vous agir ?

On se parle au téléphone sans arrêt, en fonction de leurs besoins, de leurs demandes. Nous sommes à leur disposition.

Vous avez évoqué le commandant Mohamed Bida, qui est alors adjoint à l'attaché d'ambassade. Il a raconté dans un livre l'évacuation de l'ambassade de Kaboul. Une photo le montre notamment en train de sortir une femme afghane des eaux boueuses d'un petit canal qui traverse l'aéroport. Cette photo, selon vous, est-elle représentative de l'action de la Direction de la coopération internationale de sécurité ?

Elle raconte la générosité que les policiers et gendarmes qui la composent peuvent déployer. Mohamed Bida va au-delà de sa mission, qui est d'être représentant du ministère de l'Intérieur, des services français, auprès des services étrangers. Là, il s'agit d'une aide à la population, quelle que soit la nationalité de cette femme.

La Police nationale a quand même joué un rôle très actif dans l'évacuation de l'ambassade à Kaboul, avec des moyens assez limités sur le nombre de personnels, par exemple. Il a fallu organiser un convoi, avec des checkpoints. Une opération risquée et complexe, qui se termine bien. Cela dit-il quelque chose de la Police nationale, de sa capacité à faire face à des crises dans des contextes tendus ?

Les hommes sélectionnés pour occuper ces fonctions ne sont pas n'importe qui. Mohamed Bida, que je connais très bien, depuis le GSPR, puisqu'il était sous mes ordres, est très expérimenté. Tous les personnels sont à la pointe. Ils ne sont pas nommés par hasard. Une sélection est opérée parmi les meilleurs. Et ce sont les meilleurs des meilleurs qui, à Kaboul, étaient sur place.

En trente ans de carrière, Sophie Hatt, quelle est votre plus grande fierté ?

Ma fierté est d'être toujours motivée, quelles que soient les circonstances, d'être optimiste et au service des Français. Et je continuerai toujours ainsi.

Qu'aimeriez-vous encore faire ?

Je n'ai jamais fait de plan de carrière. Je n'ai jamais prévu ce que j'allais faire le lendemain. Et mon futur ne dépend pas de moi. Il concerne ceux qui voudront bien me confier une nouvelle tâche.

Avec le recul de votre expérience, en quoi la police a le plus changé en trente ans ?

Les moyens de communication ont fait évoluer la police. Quand j'ai commencé, on n'avait pas de téléphones portables. Nous avions des Bi-Bops ! Un tout petit téléphone ! Il ne fallait pas s'éloigner à plus de deux cents mètres de la borne. Il n'y avait pas Internet. Des ordinateurs, oui, mais en rien comparables avec aujourd'hui. La communication nous a rendus dépendants, tout en nous aidant considérablement. Tous ces moyens de communication font que les agents de sécurité avec lesquels je travaille – dans la joie et le bonheur – dans le monde, sont à portée d'un clic, d'une communication en WhatsApp. Cette proximité et cette rapidité impliquent de meilleures performances de notre part.

Quel message voudriez-vous adresser aux jeunes policiers ?

Il faut aller jusqu'au bout de ses rêves. N'avoir peur de rien. Tout est possible. Il faut être extrêmement optimiste, motivé. Les rêves se concrétisent et on parvient même à réaliser des choses qui dépassent nos rêves. Il faut vraiment croire en sa bonne étoile.

Marc Caliaros

Les Yvelines, c'est son fief. Lorsqu'il démarre sa carrière d'inspecteur à la PJ de Versailles à la fin des années 1960, Marc Caliaros ignore tout des grandes affaires qu'il aura à traiter : arrestation de Jacques Mesrine à son retour du Canada, attentat du château de Versailles par le FLB, affaire Robert Boulin, affaire Jacques Hyver… Dans les années 90, il devient le taulier du commissariat de Mantes-la-Jolie où, en grand flic « à l'ancienne », il est précurseur de la police de proximité.

Nous sommes dans la brasserie Hélios Café à Versailles, dans les Yvelines. Marc Caliaros, vous connaissez intimement ce département. Pourquoi ?

Je le connais bien, parce que j'y ai commencé ma carrière. Et comme je l'ai commencée en PJ, nous avions la compétence à la fois sur ce département, mais aussi sur ceux de la grande couronne, de l'Yonne et de l'Eure-et-Loir. En vingt années d'activité, j'ai eu l'occasion, à maintes reprises, de traverser ces départements au gré des affaires où nous étions saisis.

Vous n'avez jamais vraiment quitté ce département. Même quand vous partez de la PJ Versailles, vous restez dans les Yvelines.

J'étais attaché à ce département à cause de ces années de PJ. Je m'y étais un peu installé. Au hasard des évolutions de ma carrière, j'ai pu retrouver un poste dans les Yvelines. Mais cette fois-là, en sécurité publique.

Là où nous sommes, à l'Hélios Café, nous sommes à quelques mètres de la « PJ Versailles », comme on dit. Ça vous fait quoi de revenir en ces lieux ?

Je passe assez souvent devant l'hôtel de police. 19, avenue de Paris. J'y entre parfois quand je viens pour des cérémonies ou saluer un collègue que je connais. J'ai toujours un petit pincement au cœur quand je pénètre dans cet hôtel de police. Ce qui est marrant : c'était l'endroit où la comtesse du Barry abritait ses équipages. Donc on a remplacé les chevaux par des poulets. Et la maison Poulaga s'est installée là.

Vous n'étiez plus au service d'une comtesse, mais de la France...

De la République !

Vous venez, Marc Caliaros, du sud de la France. Vous êtes né à Marseille, dans l'immédiate après-guerre. Vos deux parents sont originaires de Grèce. Vous êtes le quatrième d'une grande fratrie de huit enfants. De votre naissance à vos 9 ans, vous grandissez dans un décor à la Marcel Pagnol, entre la mer Méditerranée et le massif d'Allos. Puis votre famille déménage dans le Var, à Saint-Zacharie. Là, un de vos instituteurs vous repère et vous pousse à aller jusqu'au baccalauréat. C'est exact ?

Tout à fait. J'étais en classe de certificat d'études. Compte tenu de la situation sociale de mes parents – mon père était ouvrier et ma mère s'occupait de la fratrie –, j'étais probablement destiné à aller travailler dans l'une ou l'autre de la quinzaine d'usines de céramique qui existaient dans le village depuis plus d'un siècle à cause de la présence de carrières d'argile dans les collines environnantes. Cet instituteur, M. Constant, que je qualifie encore de hussard noir de la République, était venu voir mes parents afin de tenter de les convaincre – et il a réussi – de m'envoyer au lycée. Avec le soutien de ma sœur aînée, âgée de quelques années de plus que moi. Et c'est ainsi que je me suis retrouvé interne au lycée mixte Raynouard de Brignoles.

En 1967, vous partez pour votre service militaire à Roquebrune-Cap-Martin, et vous le faites dans l'armée de l'air.

Je pars à l'armée parce que, une fois le bac en poche, dans mon village, je ne vois personne susceptible de m'indiquer comment je peux m'y prendre pour poursuivre des études à Aix-en-Provence, la ville universitaire la plus proche. Je retourne donc dans l'une des usines où j'ai passé un ou deux étés pour gagner un peu d'argent de poche, et mon sursis est révoqué. À l'époque, nous faisions notre service militaire et je suis versé dans l'armée de l'air.

Rien ne vous prédestine à devenir policier. Comment le devenez-vous ?

Je n'étais pas de ceux qui, dès l'enfance, choisissent tel ou tel métier. Certains veulent devenir pompier ou policier. Moi, à ce moment-là, j'ignorais ce que j'allais devenir. Dans cette chambrée où je me trouvais, avec une vingtaine de gars comme moi, issus de tous les milieux, il y avait un viticulteur de l'Aude, un maçon de Marseille, et un commissaire de police.

C'est lui qui vous a converti ?

Ce commissaire de police, sachant que j'avais le bac, me dit : « Tu pourrais passer le concours d'officier de police adjoint. » Il m'apporte des bouquins de droit, que j'ai potassé, sans comprendre véritablement tout ce qu'ils contenaient. Et j'ai passé le concours. Je n'ai pas de honte à le dire : à l'époque, il y avait plus de places que de candidats.

Vous passez le concours en 1968.

Durant mon service militaire. Je sors de l'armée doté de ce concours en poche.

Le concours, vous l'avez passé à Paris ?

C'était la première fois que j'allais à Paris, avec une certaine angoisse d'ailleurs. À tel point que, dans un premier temps, j'ai pris le métro dans le mauvais sens.

Vous avez réussi le concours. Vous avez ensuite un temps de scolarité à Saint-Cyr-au-Mont-d'Or. Puis vous arrivez tout de suite à la PJ de Versailles ?

Cette scolarité, à l'époque, ne durait que deux mois. Septembre et octobre 1968. Puis débute l'affaire Markovic, qui a fait grand bruit. Markovic était le secrétaire, le factotum, d'Alain Delon qui, à ce moment-là, était en train de tourner *La Piscine* sur la Côte d'Azur avec Romy Schneider. On retrouve Markovic dans les Yvelines, à Guyancourt, dans une décharge publique. Un clochard, en farfouillant dans les détritus, trouve son corps enveloppé dans un grand sac, une house à matelas. L'affaire débute ainsi. Elle évolue très vite, et très médiatiquement. Ça fait beaucoup de bruit. Mais moi je ne suis pas encore enquêteur, puisque je suis à l'école. Mais l'idée me vient que je pourrais me retrouver dans un service comme celui-là, travaillant sur de telles affaires.

C'est donc l'affaire Markovic qui vous attire vers la PJ de Versailles qui, à l'époque, se trouve à Paris ?

Depuis deux ou trois ans, des décrets avaient été pris. C'était le SRPJ de Versailles, à Paris.

Vous rappelez-vous quand vous déménagez réellement à Versailles ?

Au début des années 70.

En 1970 et jusqu'en 1988, pendant dix-huit ans, vous êtes à la Brigade criminelle de la PJ de Versailles.

C'est là où je voulais être, et je n'ai pas du tout regretté mon choix initial. Dans ce service important, il y avait au moins cent cinquante fonctionnaires, avec un Groupe de répression du banditisme, une brigade économique et financière, un service d'identité judiciaire et, bien sûr, le service que nous considérions comme le meilleur et le plus grand du SRPJ : la Crim'.

À la Crim', vous allez par définition croiser de nombreux criminels. Notamment un en particulier : Jacques Mesrine. Il est né en 1936 à Clichy. En 1956, à 20 ans, il devance l'appel et participe à la guerre d'Algérie, d'où il rentre en 1959. Il commence alors un parcours de braqueur qui le conduit à être incarcéré une première fois en 1962, avant d'être libéré en 1963. Il reprend ensuite ses activités criminelles en Espagne, en Suisse, en France. Si bien qu'en 1968, il doit fuir et prend la direction du Canada. Là-bas, il commet un enlèvement et se réfugie aux États-Unis, avant d'être arrêté puis extradé. De retour au Canada, il est emprisonné puis il s'évade de façon spectaculaire. Il commet encore des braquages et des meurtres, repart aux États-Unis. Il se rend alors au Venezuela avant de revenir en France, en décembre 1972, à l'âge de 36 ans. Comment allez-vous, Marc Caliaros, croiser la route de Jacques Mesrine ?

Par la découverte, un dimanche matin, par un promeneur, dans les bois environnant Versailles, d'un cadavre dénommé Boulan. Le promeneur du dimanche est la calamité du policier de permanence qui pense qu'il va pouvoir se retrouver chez lui, tranquillement, en famille. La plupart du temps, ce n'est pas le cas. Ce Boulan est un petit proxénète qui évolue dans le deuxième ou troisième cercle de Mesrine. On l'identifie assez rapidement. Son corps est criblé de balles. De fil en aiguille, on remonte à l'une de ses relations à Paris et, avec l'assistance du Groupe de répression du banditisme, on interpelle cette personne, également proxénète. Ce dernier, sous la promesse de pouvoir rencontrer l'une des filles dont il s'occupe, s'engage à nous donner des indications devant nous permettre de retrouver le « Canadien ». On ne sait pas qu'il s'agit de Jacques Mesrine. Et d'ailleurs, on ne connaît pas du tout Jacques Mesrine. Très rapidement, on se plonge dans les archives de la police. Une police sans mémoire n'est pas une police. Et on trouve vite, grâce à une fiche d'Interpol, tout ce qu'on veut savoir sur le « Canadien ». Son identité, pourquoi il est recherché sur le plan international. L'affaire, alors, change de dimension.

Vous avez un nom. Vous savez que le fameux Boulan est mort et que, probablement, Jacques Mesrine est le meurtrier.

Tout à fait. Le proxénète que l'on vient d'évoquer nous donne l'adresse d'un garage où le Canadien, Jacques Mesrine, est supposé louer un véhicule.

Jacques Mesrine était donc rentré du Canada ?

Il était passé par les États-Unis. Nous avons une photo de lui en train de plastronner au Waldorf Astoria. Il est ensuite passé au Venezuela puis, via l'Espagne, il a gagné le territoire français.

Vous avez le nom d'un garage. Comment retrouvez-vous Mesrine ?

On se rend dans ce garage avec un album photo constitué comme on a pu.

Il n'y avait pas Internet à l'époque ! Vous aviez des coupures de presse…

Oui, des photos sur une feuille de papier, qu'on présentait aux témoins. Le garagiste, effectivement, reconnaît Jacques Mesrine. Il nous indique que sa voiture, une 204, est en réparation et qu'il doit venir la récupérer le lendemain.

Que ressentez-vous, en tant qu'enquêteur de la Crim', quand vous êtes sur les pas de Jacques Mesrine ?

On ne mesure pas véritablement la dimension criminelle du personnage. Le « Canadien », ça nous paraît assez loin, surtout à l'époque. On voyageait moins que maintenant. On ne sait pas exactement à quelle personne on va avoir affaire. On mesurera mieux la dimension du personnage une fois qu'on l'aura entre les mains, et qu'on verra débouler la police canadienne, trop heureuse que les policiers français aient mis la main sur un voyou qui a commis mille méfaits dans leur pays.

Comment vous y prenez-vous pour le retrouver quand vous savez qu'il fréquente ce garage ?

On planque, comme on sait le faire. On monte quatre ou cinq équipages et on attend que ce véhicule ressorte. Ce qui arrive enfin. Nous voilà tous derrière. Il ignore probablement qu'il est repéré, et il nous amène à Boulogne-Billancourt. Là, certains le voient pénétrer dans un grand immeuble d'une quinzaine d'étages. L'histoire, pour l'heure, s'arrête puisque dès le lendemain le véhicule est restitué. On se pose la question : avons-nous été détronchés, repérés au cours de la filature ? Dans ce véhicule abandonné, on trouve un paquet de cigarettes avec deux numéros de téléphone. La concierge de l'immeuble, par ailleurs, ne le reconnaît pas sur les photos qu'on lui présente. Nous sommes dans l'incertitude. Mes deux collègues du groupe, nous n'étions que trois, s'en vont vérifier à Dijon un des numéros de téléphone, l'autre n'étant pas attribué. Je me retrouve tout seul dans le bureau. Mon patron, Alain Tourre à l'époque, me dit : « Avec Albert – un enquêteur contractuel –, allez planquer à l'adresse où on a cru voir entrer Jacques Mesrine. » Nous y retournons. On a pris nos précautions. On est passés voir les motards de la BRI de Broussard, qui nous confirment qu'ils l'ont bien vu entrer dans cet immeuble. On représente l'album photo à la concierge dont la fille est présente. Et sa fille le reconnaît immédiatement ! Elle l'avait croisé, remarquant à son doigt une belle chevalière avec un diamant. C'est un détail que certains, à Mantes-la-Jolie où des braquages avaient été commis avant ce meurtre, avaient noté.

Vous n'avez quasiment plus de doute. Il est dans l'appartement…

Nous voilà en train de planquer. Je planque, moi, dans l'appartement d'un garagiste situé en face de l'immeuble. Mon collège est en bas, dans le véhicule de planque. En fin de matinée, on voit arriver une Mercedes, avec un individu plutôt massif qui en sort. Un homme que nous avions déjà plus ou moins identifié comme un de ses complices, Michel Ardouin, dit « Porte-avions » …

Parce qu'il avait toujours beaucoup d'armes sur lui… ?

Ce jour-là, il avait seulement un bouquet de fleurs à la main. Si l'appartement était bien celui de Jacques

Mesrine, on s'est dit qu'il devait y avoir, également, une présence féminine. Cet individu repart. On continue la planque. Au milieu de l'après-midi, on voit sur le balcon, au 11e étage de cet appartement, propriété d'un magistrat – ça ne s'invente pas ! –, un individu qui nous paraît être Mesrine. Mais vu la distance, nous n'en sommes pas sûrs. On rappelle du monde. Mon patron, Tourre, vient avec trois enquêteurs du Groupe de répression du banditisme. On attend alors que cet individu ressorte. Ce qui arrive. Je pars derrière lui. Il se rend dans une épicerie. Il se retourne. Je l'identifie. Il avait un visage assez remarquable. Je reviens, excité comme une puce évidemment. On se dit qu'on va une nouvelle fois attendre qu'il ressorte, afin de s'assurer que je ne me suis pas trompé. Quelques dizaines de minutes plus tard, il ressort. Un autre de mes collègues part à sa poursuite. Revient en l'ayant identifié, tout comme moi. Et on se dit : s'il ressort, on le serre. On met un dispositif en place dans la rue. Et on le serre, à la rencontre, selon l'expression. On va vers lui et, au moment le plus opportun, on le braque, en lui demandant seulement de ne pas faire trop de ramdam en arrivant dans l'appartement de sa compagne. Il a seulement déclaré : « C'est du beau job, qui est votre boss ? » Nous n'étions pas habitués à un tel langage. Nous voilà donc chez lui où se trouve en effet sa compagne, Jocelyne Deraiche, qu'il a ramenée du Canada, et qui n'y est pour rien dans toute cette histoire. Dans l'appartement, on découvre un arsenal considérable, dont un pistolet qui a déjà servi, à la fois sur Boulan et sur un policier qui était intervenu un soir dans une boîte de nuit dans laquelle Jacques Mesrine s'était un peu trop fait remarquer, et qui avait pris une balle dans l'épaule. Et Mesrine nous invite à sabrer le champagne...

C'est sa marque de fabrique...

Il a refait le coup plus tard avec Broussard. Dans l'après-midi, nous avons demandé l'intervention de l'identité judiciaire, pour prendre toutes les photographies et les traces utiles à l'enquête. Quelqu'un sonne à la porte. À travers le judas, on se rend compte qu'il ne s'agit pas de Michel Ardouin, mais d'un autre comparse et complice, Michel Grangier, dit « Michel le Lyonnais ». On ouvre la porte, on le braque, on le serre. Mais surprise : à côté de lui se trouve le fonctionnaire de l'identité judiciaire, qui a pris l'ascenseur avec lui !

Ce 8 mars 1973, vous avez, avec d'autres, arrêté Jacques Mesrine à Boulogne-Billancourt. Mais le 6 juin de la même année, Jacques Mesrine s'évade, à la faveur d'une comparution au tribunal de Compiègne. S'ensuit une longue course-poursuite avec le commissaire Robert Broussard et ses équipes. Parce qu'en 1979, la cavale de Jacques Mesrine prend fin. Il meurt le 2 novembre dans une fusillade. Mais vous, Marc Caliaros, vous n'avez pas fini d'être mêlé aux affaires qui défraient la chronique dans les années 70.

Dans la nuit du 25 au 26 juin 1978, une bombe explose, à 2h05 du matin, à proximité de la galerie des Batailles du château de Versailles. Les gardiens du château déclenchent une première fois l'alarme mais, en raison des fausses alertes dans le passé, la police ne se déplace pas tout de suite. Ce n'est que plus tard, dans la nuit, qu'une patrouille donnera enfin l'alerte et préviendra les pompiers. Il n'y a heureusement pas de victimes, mais les dégâts sont considérables. De nombreuses statues et tableaux sont très abîmés. Une dizaine de salles au rez-de-chaussée de l'aile du midi sont touchées et le plafond présente un trou de dix mètres de diamètre. La restauration coûtera plus de trois millions de francs. La salle des Batailles ne pourra rouvrir que quatre ans plus tard, en 1982. À ce moment-là, Marc Caliaros, vous êtes toujours à la PJ de Versailles. Comment apprenez-vous la nouvelle ? Vous vous en souvenez ?

Je l'apprends parce que je suis de permanence. À ce titre, on m'indique rapidement que je dois me rendre dans les plus brefs délais au 19, avenue de Paris puis, avec mes coéquipiers, sur les lieux de l'attentat. On découvre effectivement une partie de l'aile du château dévastée, des monticules de gravats entremêlés avec des débris de tableaux et de statues. On commence par fouiller dans ces détritus, afin de découvrir ce qui a pu provoquer cet attentat et récupérer, si possible, quelques échantillons des tableaux pulvérisés. Dans l'immédiat, cette recherche ne nous mène pas loin. Il faut surtout s'intéresser aux auteurs…

Il y a cette bombe qui explose dans la nuit du 25 au 26 juin 1978. C'est le point de départ de l'enquête, qui va durer à peine un jour. Comment expliquer une telle rapidité ?

La France subit depuis de nombreuses années des attentats, malgré des périodes d'accalmie. Donc les policiers de Rennes sont sur la brèche. La veille ou l'avant-veille, ils ont perdu la trace de deux des protagonistes de cet attentat, derrière lesquels ils étaient en filoche, en filature. Il leur est demandé de procéder à toutes les interpellations possibles de tous les individus connus et fichés appartenant au Front de libération de la Bretagne.

C'est sur ce point qu'il est intéressant de revenir. Vous avez déjà dans le collimateur le Front de libération de la Bretagne. Pourquoi pensez-vous précisément à cette organisation terroriste ?

Tout simplement parce que cet attentat a été revendiqué. Il n'y avait pas, à l'époque, d'autres groupuscules susceptibles de commettre un tel type d'action.

Vous savez que le FLB est probablement à l'origine de cet attentat, mais comment retrouvez-vous les auteurs ?

C'est surtout la PJ de Rennes qui est au courant des possibles auteurs. Elle procède aux premières interpellations. Notamment des deux individus qui se révéleront être les auteurs de cet attentat. Chargé de ce dossier, je me transporte donc à Rennes afin de pouvoir auditionner les deux individus interpellés, Montauzier et Chenevière. Aucun des deux, d'ailleurs, n'était véritablement breton.

Vous avez pu reconstituer le mode opératoire ? Comment ont-ils pu introduire une bombe dans le château ?

On ne sait pas très bien. Ils ont pu le faire en tant que touristes lambda. À l'époque, nous ne pouvions pas imaginer qu'un tel attentat puisse être commis. Les dispositifs que l'on connaît aujourd'hui, tel Vigipirate, n'existaient pas. On pouvait entrer très librement dans le château, et déposer un engin explosif. Surtout si ce dernier, dissimulé derrière un petit muret dans une allée du château, était à l'abri de tous les regards. Les explosifs étaient identiques à ceux utilisés depuis des années, dérobés dans des carrières. Des centaines de kilos d'explosifs avaient ainsi été volées. Petite anecdote : la veille de cet attentat, habitant dans les Yvelines et me rendant de Saint-Cyr-l'École à Versailles, j'aperçois un véhicule curieusement stationné dans un champ relevant de la propriété de l'INRAE (l'Institut national de recherche pour l'agriculture, l'alimentation et l'environnement). Je l'apprendrai plus tard à Rennes, mais c'est ce véhicule-là dont la filature avait été perdue, qui a servi de moyen de locomotion aux terroristes.

Les deux auteurs, vous les avez évoqués, se nomment Patrick Montauzier et Lionel Chenevière. Ils sont arrêtés le mardi suivant les faits, à 10 h 30 pour l'un et 13 h 30 pour l'autre. Leur procès a lieu devant la Cour de sûreté de l'État en novembre 1978. Ils sont condamnés tous les deux à quinze années de réclusion criminelle. Cette affaire marque la fin du Front de libération de la Bretagne. S'en prendre au château de Versailles était l'attentat de trop pour le FLB ?

C'était l'attentat qu'il ne fallait pas commettre. Pas plus que les autres, bien sûr, mais le lieu était emblématique. Le gouvernement se devait de ne rien laisser passer, et d'aller plus loin. Les policiers de Rennes, dans la foulée de l'interpellation de Montauzier et Chenevière, procèdent à d'autres interpellations parmi les militants du FLB. Toutes les cellules sont mises à mal, dans le Finistère Nord comme dans le Finistère Sud. C'est la fin du FLB, tel qu'on le connaissait jusqu'alors. Plusieurs de ces militants rentreront dans des partis politiques plus classiques. Ils sortiront de l'action violente.

La Crim' de Versailles est un service où il se passe beaucoup de choses. L'année d'après, en 1979, vous êtes amené à travailler sur la mort mystérieuse du ministre du Travail Robert Boulin, dont le corps est retrouvé dans un étang de la forêt de Rambouillet, le 30 octobre. Faites-vous partie de ceux qui mènent l'enquête sur cette mort ?

Je fais partie de tous ceux qui ont enquêté, ensemble, sur ce dossier. Compte tenu de la nature de l'affaire, on a ponctionné des fonctionnaires dans plusieurs groupes d'enquête. Je dois ma participation à cette enquête à un détail. Le commissaire adjoint de la Crim' entre dans le bureau, il demande si quelqu'un possède une cravate. Il se trouve que j'ai une vague ficelle accrochée à la patère de la porte. Et me voilà embarqué avec lui, à Neuilly, au domicile de Robert Boulin, afin d'y effectuer des constatations.

La thèse du suicide de Robert Boulin a été très longtemps contestée. Elle l'est toujours par certains. En 2022, le préfet Gilles Leclair, que vous connaissez, a publié un livre, qui accrédite cette thèse du suicide. Est-ce aussi votre intime conviction, ce suicide de Robert Boulin ?

Je n'ai jamais eu d'autres hypothèses sur cette affaire-là.

Pourquoi ?

Tout indiquait, à l'époque, de façon « objective » – je pèse mes mots – que nous étions véritablement en présence d'un suicide. Toutes les autres hypothèses étaient fallacieuses. La famille a pourtant voulu y croire, faisant relancer l'enquête à plusieurs reprises, grâce notamment aux médias et à deux émissions de télévision qui ont précédé la parution du livre du préfet Gilles Leclair. On entendait des témoins qui n'en étaient pas, des gens qui croyaient savoir mais n'ont jamais rien dit. Pour nous, enquêteurs, il s'agissait presque d'une injure à notre professionnalisme.

L'année qui suit la mort de Robert Boulin – ça ne s'arrête jamais pour vous à la Crim' de Versailles –, vous êtes mobilisé sur une autre affaire très médiatisée : l'enlèvement du grand patron Michel Maury-Laribière, le samedi 28 juin 1980. À 8h20 du matin, il quitte son domicile de Conflans, en Charente, pour se rendre à une réunion avec son fils, Jean-Luc. Ne le voyant pas arriver, ce dernier part à sa recherche et trouve sa voiture garée sur un chemin de terre. À l'intérieur de l'habitacle, une lettre indique qu'il s'agit d'un enlèvement et que la rançon s'élève à trois millions de francs. Comment vous retrouvez-vous mêlé à cette affaire – que les journalistes appelleront bientôt « l'affaire Jacques Hyver » – alors qu'elle se passe en Charente ?

Au départ, on suit d'un peu loin cette affaire judiciaire qui est diligentée par un autre service, le SRPJ de Bordeaux. On ne se sent pas vraiment concernés. L'Office central de répression du banditisme est aussi sur le coup. L'affaire évolue. Maury-Laribière est libéré. La complice de Jacques Hyver est interpellée. Mais Jacques Hyver est dans la nature. Quelque temps plus tard, un meurtre est commis dans le Val-d'Oise. Un nommé Maury, qui exploite une discothèque et n'est pas connu des services de police, a reçu un télégramme d'un soi-disant avocat du sud-ouest qui lui demande un rendez-vous. Le rendez-vous est fixé dans un hôtel. Maury – on le saura après – se retrouve dans la voiture de ce personnage, qui n'est autre que Jacques Hyver. Des témoins signalent que ce véhicule a fait des embardées alors qu'il roulait à travers la forêt. Un coup de feu a été entendu. Ils ont vu une personne s'enfuir. Maury a été abattu d'un coup de fusil dans cette voiture. Il a dû être menacé d'un enlèvement ou d'une demande de rançon par Jacques Hyver. Peut-être a-t-il essayé de s'échapper ou de se débattre.

Jacques Hyver est alors très recherché. Il est l'auteur de l'enlèvement du grand patron Michel Maury-Laribière. À la faveur de cette affaire dans le Val-d'Oise, vous vous retrouvez sur sa trace.

Assez basiquement, je me dis qu'il existe peut-être un lien entre Maury et Maury-Laribière. Mais comment l'établir ? On regarde dans le passé de Jacques Hyver. C'est un petit escroc qui vit de chèques volés ou qu'il dérobe dans des boîtes aux lettres. Quelqu'un qui magouille, qui fréquente des discothèques, notamment celle du sieur Maury. Même s'ils ne se connaissent pas plus que ça. Finalement, on se dit qu'on pourrait comparer l'écriture des chèques falsifiés avec celle du télégramme initial déposé à la Poste.

Bingo, ça correspond ?

Les écritures sont identiques. Nous sommes quasiment certains d'être en présence d'une seule et même personne.

Cette affaire du Val-d'Oise et du patron de discothèque vous remet sur la piste de Jacques Hyver. Comment parvenez-vous à l'arrêter ?

À la faveur d'un incident particulier. Un véhicule est retrouvé abandonné au Lion-d'Angers, dans l'ouest de la France. À l'intérieur, un certain nombre d'indices renvoient sur la ville de Tours. Les enquêteurs de l'Office central de répression du banditisme se rendent là-bas pour des vérifications. Un matin, alors que les enquêteurs prennent leur petit déjeuner à la terrasse d'un café, ils voient passer Jacques Hyver en voiture. Branle-bas de combat ! On alerte le commissariat. Des effectifs prennent place dans toute la ville. Jacques Hyver, qui s'est installé dans un bistrot, repère une présence policière. Il s'enfuit, braque une automobiliste. Il restituera la voiture à la gare de Tours. J'apprends le déroulé des faits assez rapidement. D'initiative, je décide avec un de mes collègues de descendre à Tours. Avec l'accord de mes patrons, bien sûr. Là-bas, je retrouve mes collègues de l'OCRB, de la SRPJ de Bordeaux et du commissariat local. On alerte les gares entre Paris et Bordeaux, si jamais Jacques Hyver s'était décidé à prendre le train. En fin de journée, on se retrouve en ville, nous demandant ce que nous pourrions faire. Sachant que Hyver aimait bien les discothèques, on se dit, avec les policiers locaux, qu'il serait judicieux d'effectuer le tour des établissements de nuit. Et nous voilà à la Jocondière ! Quelques fonctionnaires pénètrent à l'intérieur, retrouvent Jacques Hyver, l'identifient. Nous mettons en place un dispositif à la sortie, et nous le serrons. Il porte tout de même une arme à feu, une balle engagée dans le canon. Ce petit escroc avait finalement, en peu de temps, franchi plusieurs étapes dans le banditisme.

Vous avez donc arrêté, avec d'autres, Jacques Hyver, qui sera condamné à douze ans de réclusion criminelle pour l'enlèvement et la séquestration de Michel Maury-Laribière. Vous restez encore plusieurs années à la PJ de Versailles : jusqu'en 1988. Vous devenez alors commissaire de police. À votre sortie d'école, vous êtes affecté au commissariat de Mantes-la-Jolie, toujours dans les Yvelines.

J'arrive ici comme commissaire central adjoint, en janvier 1992, après un bref passage à la préfecture de police, dans un commissariat de quartier. Le commissariat était alors situé dans un vieil hôtel particulier, très vétuste, où nous nous entassions du mieux que nous pouvions. Le nouveau commissariat, lui, a été inauguré en 1996. Pendant quatre ans, j'ai été au commissariat des Mureaux, qui relève de l'autorité du commissaire chef de district de Mantes. Puis je reviens cinq ans comme commissaire chef de district à Mantes-la-Jolie.

La sécurité publique renvoie à la police en tenue, celle qui s'exerce principalement sur la voie publique. Que représente-t-elle pour vous, cette police ?

Les policiers en tenue sont les gardiens de la paix. Ils occupent la place la plus significative dans un commissariat. Il y a bien sûr les investigations, mais les gens sont particulièrement attentifs à cette présence de policiers sur la voie publique, dans des interventions de natures très diverses, destinées à porter secours. Jadis, on les appelait d'ailleurs Police Secours.

Quand on compose le 17, c'est justement Police Secours...

Exactement. Il faut traiter les différends conjugaux, mais aussi pratiquer des arrestations. Ces policiers sont toujours en première ligne, et dans le premier temps. Quand des violences urbaines éclatent, le chef de poste, quelle que soit son ancienneté, est appelé à prendre les premières décisions. On voit l'importance pour un commissaire d'avoir un corps urbain, avec un commandement de qualité.

Ces années 90, où vous êtes à Mantes-la-Jolie, sont celles où l'on commence à parler, dans le débat public, du rapport des jeunes à la police et du rapport parfois conflictuel de cette relation. Le film La Haine, *écrit et réalisé par Mathieu Kassovitz, sort en 1995. Il est tourné dans le département des Yvelines, à Chanteloup-les-Vignes, à quelques kilomètres de Mantes. Diriez-vous qu'entre les jeunes et la police, dans ces années-là, c'est « la haine » ?*

Je n'emploie pas ce terme. Je ne pense pas que, à l'époque, ce sentiment pouvait opposer les jeunes et les policiers. Il y avait sûrement une forte animosité d'une toute petite minorité. Je me suis toujours attaché à dire à mes fonctionnaires, et à ceux qui arrivaient, que sur les deux mille ou trois mille élèves scolarisés dans les établissements du Val-Fourré, nous n'en connaissions qu'une infime minorité. Elle se renouvelait évidemment au fil des générations, mais je pense qu'il ne faut pas faire d'amalgame entre la majorité des populations et des familles, et une poignée de délinquants qui, justement, contribuent à discriminer ces populations.

En 1991, à Mantes-la-Jolie, il y a cette nuit terrible du 8 juin, dans le quartier du Val-Fourré, lors de laquelle Lhadj Saïdi, âgé de 18 ans, percute Marie-Christine Baillet, une gardienne de la paix de 32 ans. Elle ne survivra pas à ses blessures. Pour ces faits, Lhadj Saïdi sera condamné à dix ans de réclusion criminelle. La même nuit, un policier qui travaillait avec Marie-Christine Baillet ouvre le feu sur une voiture qui repasse sur les lieux. Il tue un des passagers, Youssef Khaïf, âgé de 22 ans. Nous avons donc deux morts en une nuit, plusieurs vies brisées. Comment avez-vous fait face à de telles tragédies, alors que vous étiez le commissaire de Mantes-la-Jolie ?

Vous évoquez ces deux morts. J'en ajouterai une troisième : le jeune homme qui est décédé à la suite des émeutes nées des faits évoqués. Plusieurs personnes se sont retrouvées en garde à vue et l'une d'entre elles est morte d'une crise d'asthme. La ville, à ce moment-là, a subi un traumatisme très fort. Le maire de l'époque, qui était un des promoteurs de la politique de la ville, en était également extrêmement marqué. Moi, je n'ai pas vécu cette situation. J'arrive ici en 1992. Mes collègues me rappellent ce qui s'est passé. Mais il est vrai que je trouve un commissariat tétanisé.

Des moments difficiles, à Mantes-la-Jolie, vous en vivez plusieurs. Vous souhaitiez évoquer la mort en service d'un officier : Serge Rouet. Comment décède-t-il ?

Il meurt en faisant ce qu'on attend précisément de lui : être un gardien de la paix. J'allais préciser : de la paix publique. Vers 19 heures, dans une des onze communes qui dépendent du commissariat, un individu brandit une arme sur la voie publique à la suite d'un différend. Un voisin lui reprend cette arme. Des policiers se rendent sur place, ils s'équipent, mettent leur gilet pare-balles. On leur désigne un pavillon à proximité, où se trouve l'individu ayant brandi cette arme. En approchant du portail, le premier qui s'avance est Serge Rouet. Il est victime d'un coup de fusil de chasse à deux ou trois mètres de distance. Je suis prévenu alors que j'étais en train de regagner mon domicile. Je reviens immédiatement. Les pompiers sont déjà sur place, mais ne peuvent rien faire. Il m'incombe, à moi mais aussi à la collègue présente ce soir-là et au commandant responsable du corps urbain dont dépendait Serge Rouet, d'aviser l'épouse de ce gardien de la paix et les parents. Ce garçon était fils unique et papa d'une petite fille de 3 ans. C'est une nuit terrible, parce qu'il faut annoncer à ces personnes ce qui vient de se produire. Il nous a suffi de nous présenter. Nous n'avons pas eu besoin d'expliquer pourquoi nous venions.

Ils ont compris tout de suite…
Oui…

Vous m'avez dit que vous alliez encore déjeuner prochainement avec les parents de Serge Rouet. C'est à ce moment que se crée un lien si fort entre vous qu'il ne disparaît jamais ?

Il ne disparaît pas, il ne disparaîtra jamais.

À partir de 1997, le ministre de l'Intérieur de l'époque, Jean-Pierre Chevènement, va déployer une police dite de « proximité ». C'est le grand concept du moment, alors que Lionel Jospin est Premier ministre. Cette police est censée, par définition, être plus proche des habitants des quartiers, car ancrée de manière permanente dans les territoires. Comment vivez-vous l'arrivée de cette police de proximité ?

Elle existe déjà, peu ou prou. Il y a ce qu'on appelle des « îlotiers ». La police de proximité, même si elle est embryonnaire et imparfaite, existe déjà depuis plusieurs années.

Qu'est-ce qu'un îlotier ?

Les îlotiers sont des policiers affectés à la proximité des citoyens. Ils déambulent à pied au sein des quartiers, et de la ville en général. Ils sont là pour contacter les concierges d'immeubles, pour se renseigner sur la vie d'un quartier, prendre des conseils et des informations. Ce dispositif existe, mais il n'est pas formalisé. Au moment où l'on institue la police de proximité, il s'agit de toucher l'ensemble des commissariats du pays, en trois phases. Et puis il y a une théorie à mettre en place. Mantes-la-Jolie, à cause ou grâce à son passé, bénéficie de toutes les attentions.

Avec le recul, diriez-vous que cette police de proximité a fonctionné ?

Dans un premier temps : oui. On s'est engagés, par exemple, à mettre un policier pour mille habitants au Val-Fourré. Nous avions ainsi un bureau de police avec vingt policiers, des gardiens de la paix et des adjoints de sécurité. Nous avons, pour notre part, tenu les engagements que le ministère nous avait demandé de tenir. Cette police avait son intérêt et je crois qu'on a ensuite jeté le bébé avec l'eau du bain…

En 2005, vous prenez votre retraite, après trente-cinq ans d'activité au sein de la Police nationale, et presque autant d'années au sein de ce département des Yvelines. Quel est votre meilleur souvenir en tant que policier ?

Ce ne sont pas nécessairement des souvenirs d'enquêtes réalisées en PJ. Mais plutôt tous ces policiers dont j'ai croisé le chemin, avec lesquels j'ai travaillé quotidiennement, partageant des moments difficiles mais aussi des moments heureux. C'est ce qui me reste : les hommes et les femmes d'abord, bien plus que les affaires plus ou moins médiatisées ou des événements comme des visites ministérielles ou présidentielles.

Qu'aimeriez-vous dire, aujourd'hui, à un jeune policier qui commence sa carrière, comme vous avez commencé la vôtre à la fin des années 60 ?

D'abord, qu'il faut avoir envie de venir dans la police, et ne pas faire ce métier par défaut. C'est une première condition pour bien exercer cette profession. Ensuite, quand elle est bien remplie, la mission du policier est formidable. Enfin, par rapport à l'époque que j'ai connue, un jeune policier peut aujourd'hui exercer son métier de cent façons différentes. Il peut passer de la tenue au civil, de la PJ à la sécurité publique, en passant par la sécurité territoriale ou la DGSI. Au cours d'une carrière, il y a la possibilité de changer de métier. Au gré de leur sensibilité, de leurs envies. Rien ne doit les retenir. Il faut venir dans la police !

Frédéric Veaux

L'antiterrorisme occupe une part de ses quarante-deux ans de carrière au service de la France : terrorisme corse, basque, islamiste… Frédéric Veaux les affronte tous avec la rigueur, la force de travail et la sobriété qui le caractérisent. Grand flic de PJ passé par Lille, Nice, Marseille puis Ajaccio, il est préfet de la Mayenne puis des Landes avant d'être nommé directeur général de la Police nationale en 2020.

Nous sommes à Levallois-Perret, dans les locaux de la SDAT, la Sous-direction antiterroriste de la police judiciaire, mise à l'honneur encore récemment par le réalisateur Cédric Jimenez dans son film Novembre *avec Jean Dujardin. Que représente ce bâtiment, pour vous, Frédéric Veaux ?*

Je l'ai inauguré en venant installer la SDAT, que je dirigeais, en 2007. Nous étions les derniers à rejoindre ce bâtiment. Il y avait la Direction centrale des renseignements généraux et la Direction centrale du renseignement intérieure. Dans une logique de cohérence du dispositif antiterroriste français, la SDAT a rejoint les autres services. Auparavant, nous étions implantés à Beauvau, rue des Saussaies, dans de beaux locaux qui n'étaient pas très fonctionnels, et peu adaptés à la mission de lutte antiterroriste, avec tous les risques et dangers liés à cette mission.

On n'entre pas facilement dans ces locaux...

Une sécurité très autonome décide de qui peut entrer, et qui peut sortir. Parce qu'il est difficile d'y entrer, mais aussi d'en sortir ! Tout est classifié ici. Le mobilier n'a pas le droit d'être décrit. C'est un bâtiment moderne, « sécurisé » surtout, maître-mot ayant présidé à notre installation. Un bâtiment, également, d'une grande discrétion. De nombreuses missions doivent pouvoir être isolées les unes des autres. Ce qui revêt une importance fondamentale dans le métier du renseignement.

Tout est sobre, dans ces locaux. L'antiterrorisme n'est ni très joyeux ni très exubérant ?

L'atmosphère est propice au travail. On y passe beaucoup de temps dans la journée, on revient le week-end, on sacrifie ses vacances. Voilà le lot commun de tous les policiers luttant contre le terrorisme.

Vous étiez sous-directeur chargé de l'antiterrorisme à la Direction centrale de la police judiciaire, entre 2006 et 2008.

Cette matière, l'antiterrorisme, vous la côtoyez en fait dès 2001, juste après les attentats du 11 septembre. Vous devenez alors le chef de la Division nationale antiterroriste de la PJ. Quelles étaient vos missions à l'époque ?

Dire que ça commence en 2001 n'est pas tout à fait exact. Quand j'ai été nommé en Corse, mon activité comportait déjà une part importante d'antiterrorisme, avec notamment des relations très fréquentes avec le parquet antiterroriste de Paris et les juges de la galerie Saint-Éloi. Quand je prends mes fonctions à la Direction nationale antiterroriste, nous sommes quelques semaines après les attentats du 11 septembre. La DNAT est un service très concentré sur la lutte contre le terrorisme corse, un peu aussi contre le terrorisme basque. La lutte contre le terrorisme islamiste a été laissée, elle, de côté.

Quand vous voyez que les États-Unis et New York sont frappés le 11 septembre 2001, que l'Espagne est touchée en 2004 à la gare d'Atocha, un des attentats les plus meurtriers des vingt dernières années, que Londres est frappée à son tour en 2005, pensez-vous : ça va être notre tour, cela va se passer en France ?

Cela peut nous arriver. Il faut donc nous préparer. Martine Monteil, qui était alors Directrice centrale de la PJ, me demande d'ailleurs de réfléchir à la mise en place d'un « plan attentats ». On y travaille, avec la création de nombreux ateliers. Ce dispositif existe toujours. Il a été mis en œuvre, en l'améliorant, en le renforçant, à l'occasion des attentats ayant touché notre pays, notamment en 2015. Nous avions de grandes marches à franchir. Quand je suis arrivé, seulement une dizaine d'enquêteurs s'occupaient du terrorisme international, en décrochant totalement du sujet islamiste. Je me suis appuyé sur l'arrivée d'un commissaire de police, qui a fait un petit bout de chemin depuis : Fabrice Gardon. Je lui ai confié la section de répression du terrorisme international, avec une petite équipe que nous avons renforcée au fil des années. Évidemment, on se dit toujours : si l'Espagne et Londres sont frappées, cela peut nous toucher. Mais on met une telle énergie dans notre travail que, finalement, cela nous paraît impossible. Et un jour, ça nous tombe sur la tête…

Cela ne s'est pas produit avant 2012. La séquence Al-Qaïda qui frappe l'Europe a épargné la France. Peut-être grâce à l'action de l'ensemble des services du ministère de l'Intérieur ?

C'est plus qu'une hypothèse. L'action des services de renseignement a été déterminante.

Vous avez évoqué le terrorisme corse. Un événement a profondément marqué le pays : l'assassinat du préfet Claude Érignac, le 6 février 1998. Ce jour-là, le préfet de Corse dépose sa femme devant un théâtre du centre-ville d'Ajaccio. À 21 h 05, alors qu'il s'apprête à la rejoindre, trois balles l'atteignent dans la nuque et la tête. L'assassinat ne fait aucun doute. En février 1998, vous êtes en poste à Marseille, mais vous n'y restez pas longtemps. Au mois d'avril, vous devenez directeur régional de la police à Ajaccio. Le directeur central de la PJ voulait un grand flic pour enquêter sur l'assassinat du préfet Érignac, et vous étiez ce grand flic…

J'ai été nommé directeur de la PJ en Corse parce qu'une dizaine de personnes avant moi ont refusé. Ils ne voulaient pas y aller… Voilà la raison !

Pourquoi ? Parce que la situation était trop sensible, trop exposée, trop difficile ?

Travailler en PJ en Corse, à l'époque, était un sujet difficile. Il fallait succéder à une figure emblématique de la police : Demetrius Dragacci, reconnu pour ses compétences et estimé par ses personnels. L'attente du gouvernement, concernant la réussite de la mission confiée, était forte.

En février 1998, on ne sait pas qu'Yvan Colonna est l'auteur de cet assassinat. Il s'agit justement de chercher qui est le tireur. Et le travail de PJ est aussi l'identification du commando.

À l'époque, nous n'avions aucun renseignement. On se perdait en conjectures. Quand un groupe terroriste prend l'initiative de tuer sans raison le représentant de l'État en Corse, on peut se demander : vont-ils s'arrêter là ? Quel est le suivant sur la liste ?

Alors que vous êtes en Corse, l'enquête progresse. On parvient à identifier Yvan Colonna. Quand j'étais adolescent, je me rappelle les affichettes indiquant qu'on recherchait Colonna, avec sa photo, les mentions « individu armé et dangereux ». Il y avait un nom, une identité. À partir de 1998, il y a eu de vrais progrès sur cette affaire…

Les progrès n'ont pas été immédiats. Quand le commando a été interpellé, nous avions des soupçons, mais aucune certitude. Heureusement, il y a eu des aveux pendant le temps de la garde à vue et le commando a pu être confondu de manière formelle.

À partir de 2002, le ministre de l'Intérieur de l'époque, Nicolas Sarkozy, désigne le RAID pour mener la recherche d'Yvan Colonna en Corse. L'unité d'élite parvient à le localiser dans cette fameuse bergerie. Le jour de l'arrestation, êtes-vous présent avec le RAID ?

Je suis avec Christian Lambert, qui dirige le RAID.

Comment cela se passe-t-il ?

Assez bizarrement. Je rentre de Corse un vendredi, avec Bernard Squarcini, directeur central des renseignements généraux. Le directeur central de la PJ de l'époque, Gérard Girel, me fait venir dans son bureau. Il m'apprend que Colonna a été localisé. On a besoin de procéduriers et d'OPJ sur place. Et il me dit : « Tu y vas ! »

Pas n'importe quel OPJ donc, puisque vous êtes le directeur de la DNAT. On envoie le chef!

On me dit: « Tu pars en Corse, mais tu n'en parles à personne! Ni aux magistrats, ni à tes collègues de la DNAT, ni à la PJ locale. Le RAID t'attendra à l'aéroport d'Ajaccio. » Ce n'est pas beau de mentir, mais je raconte une histoire à ma femme, à mon adjoint, à mes collègues, à tout le monde. J'ai prétexté un problème familial impliquant un départ immédiat dans le Sud-Ouest. Je prends l'avion. Le RAID m'accueille à mon arrivée. On se retrouve à Propriano. Une fois Colonna arrêté, j'avais besoin du reste de mes équipes pour travailler.

Votre rôle commence après l'arrestation, puisque vous représentez la PJ. Le travail d'identification judiciaire, c'est vous ?

Nous n'avions pas de matériel signalétique pour identifier formellement Yvan Colonna.

Comment avez-vous procédé pour l'identifier ? Il aurait pu s'enfermer dans un mutisme...

Il faut savoir improviser. Je me suis présenté à lui. Je pense qu'il devait me connaître. Il m'a regardé un moment, sans rien dire. Je lui ai demandé: « Comment vous appelez-vous ? » Il a esquissé un petit sourire, avant de me répondre: « Yvan Colonna ». Je lui ai dit: « Ça tombe bien, puisque j'ai deux mandats d'arrêt qui s'appliquent à votre personne. Je vais vous les notifier. »

Qu'il reconnaisse son identité était une forme de soulagement ?

Cela facilitait la procédure. Dans la foulée, il fallait les renforts de la DNAT, mobiliser les moyens de la PJ d'Ajaccio et informer les magistrats instructeurs que les mandats d'arrêt dont nous étions chargés allaient être exécutés. J'ai alors appelé mon adjoint, qui me demande si j'ai pu régler mes problèmes familiaux. Je lui ai répondu : « En grande partie, oui. On vient d'arrêter Yvan Colonna. » Il a cru que je déconnais. Je lui ai fait part de notre besoin de renforts rapides. J'ai fait passer le même message au directeur de la PJ d'Ajaccio : « Je suis un peu seul avec le RAID dans le maquis au-dessus de Propriano. » La procédure s'est enchaînée. Il fallait perquisitionner la bergerie que Colonna occupait, lui notifier formellement les mandats d'arrêt, effectuer la fouille du sac qu'il transportait.

Dans ces premières heures où vous êtes presque seul avec Yvan Colonna, avez-vous le temps d'avoir des échanges hors procédure ?

Le travail de la PJ implique d'établir un contact, une relation, avec la personne qui vous fait face. Certains individus sont plus ou moins sympathiques. Mais notre mission est de créer un lien de confiance pour inciter la personne à parler, à s'expliquer. Si l'individu se braque, le dossier risque de ne pas avancer.

Dans quel état d'esprit sentez-vous Yvan Colonna, après presque cinq années de cavale et toutes les polices de France à ses trousses ?

À ce moment-là, tout le monde est extrêmement pressé. Un avion de la République française arrive à Ajaccio, avec les renforts de la DNAT. La procédure est effectuée dans une cellule de la brigade de Gendarmerie des transports aériens de l'aéroport d'Ajaccio. On est assis, avec Colonna, sur une banquette de la cellule, gardée par deux policiers cagoulés du RAID. Une forme d'échange s'instaure. J'ai un souvenir, qui n'est pas un secret puisque Yvan Colonna l'a évoqué au cours du procès. De manière spontanée, sans que ce soit du mépris ou une volonté de domination comme aime parfois le rapporter la presse, au contraire, je me suis mis à le tutoyer. J'avais presque vécu avec lui pendant cinq années de procédure. Il y avait aussi sans doute une forme de décompression. Il me dit alors : « Monsieur Veaux, je peux vous poser une question ? Pourquoi vous me tutoyez ? » Il m'a légèrement décontenancé. Je lui ai répondu : « Parce que je te trouve sympathique. » Je n'ai jamais eu de sympathie pour un tueur, encore moins pour le tueur du préfet Érignac. Mais il est vrai qu'un échange détendu s'était mis en place. Dans la police, on tutoie les voyous. Et les voyous font de même. Ce n'est en rien du manque de respect. C'est la rue, le langage de la rue.

Cette relation de confiance assez vite installée avec lui vous a permis de le photographier ? Il vous fallait, je crois, une photo pour l'identité judiciaire. Et Colonna a accepté…

Une relation de confiance : non. Je n'ai pas cette prétention. Mais cela se passe bien entre lui et moi, à ce moment-là. Je lui avais notifié verbalement les mandats d'arrêt et je voulais également pouvoir le notifier par procès-verbal, afin d'éviter une erreur de procédure. Dans ce cadre, nous avions besoin du matériel signalétique et de faire une photo. Ce qui ne peut être effectué contre la volonté des gens. Il me donne son accord pour la photo, à une condition : qu'elle ne soit jamais publiée… Et elle sera publiée dans *Paris Match* quelques jours après…

Pas de votre fait ?

Elle est publiée… Plus tard, Colonna m'a écrit depuis sa cellule pour me le reprocher.

Vous êtes-vous reparlé après ?

Uniquement à l'occasion des procès d'assises, où nous avons eu quelques échanges assez vifs.

En 2008, vous quittez Levallois-Perret pour Nanterre, avant d'y revenir entre 2010 et 2012. Vous êtes alors affecté à la Direction centrale du renseignement intérieur, la DCRI, qui est l'ancêtre de la DGSI. À cette époque, vous croisez sur votre route un jeune terroriste, dont le nom est resté tristement célèbre :

Mohammed Merah. Le 11 mars 2012, à 16 h 10, Mohammed Merah abat le maréchal des logis chef Imad Ibn Ziaten, du premier régiment du train parachutiste, sur un parking de Montauban, au sud-est de Toulouse. Le 15 mars, à 14 h 10, il tue deux militaires d'origine algérienne, Abel Chennouf, âgé de 26 ans, et Mohamed Legouad, âgé de 24 ans. Loïc Liber, 28 ans, est grièvement blessé à la tête. Il est aujourd'hui tétraplégique. Quatre jours plus tard, le mars 2012, Mohammed Merah attaque l'école juive Ozar Hatorah, au nord-est de Toulouse. Il tue Jonathan Sandler, âgé de 30 ans, ainsi que ses deux fils, Gabriel, 3 ans, et Arié, ans, avant de tuer froidement Myriam Monsonego, la fille du directeur de l'école, âgée de 8 ans. Le 21 mars 2012, le RAID cerne son appartement de la rue du Sergent-Vigné à Toulouse. L'assaut final sera donné le lendemain matin, à 10 h 30. À 11 h 32, Mohammed Merah est mort. Après ces attentats commis à Toulouse puis à Montauban, le directeur central du renseignement intérieur de l'époque, le préfet Bernard Squarcini, parle de « loup solitaire » pour qualifier Mohammed Merah. Avec le recul, diriez-vous que cette expression était un euphémisme ?

Je suis gêné par les débats autour d'une expression, face à des drames tels que ceux de Toulouse et Montauban. Je trouve puéril de savoir s'il s'agissait d'un « loup solitaire » ou pas. Ce que je retiens de ce moment-là, c'est d'avoir perdu le sommeil pendant quelques jours. Rarement je me suis posé ces questions : ai-je fait quelque chose, ou n'ai-je pas fait quelque chose, qui aurait pu empêcher que le drame de l'école Ozar Hatorah se produise ? Avec les premiers assassinats de militaires, on a du mal à comprendre ce qui est en train de se passer. Un travail de fond est engagé, de renseignement, d'investigation, de procédure. Après les assassinats de l'école, je me suis vraiment interrogé : avait-on loupé des éléments ? Une interrogation personnelle et morale profonde... Après coup, beaucoup donnent des leçons : on aurait dû agir ainsi. Mais c'est facile. J'ai essayé de reconstruire le déroulé des événements, au regard des informations dont nous disposions.

Mohammed Merah a un temps approché la filière d'Artigat, en Ardèche. Autour d'Olivier Corel, des personnes se convertissaient à une version dévoyée de l'islam. Vous perceviez cela dans vos écrans radars ?

La DNAT travaillait sur ces dossiers d'Artigat, sur cette équipe de Toulouse. Mais entre se radicaliser et assassiner gratuitement et de sang-froid des militaires et des enfants, il existe un fossé qui nous paraissait difficilement franchissable.

En 2012, vous quittez définitivement Levallois-Perret. Votre carrière ne se limite pas à l'antiterrorisme. Dans votre bureau, place Beauvau, on trouve pourtant, accroché au mur, un portrait du préfet Érignac. Il vous suit ?

C'est un point de bascule dans ma carrière. Il a tout changé, et est un symbole fort : il a été assassiné non pas pour ce qu'il avait fait, mais pour ce qu'il était, ce qu'il représentait. Le préfet Érignac incarne un moment particulier de ma vie professionnelle, et de ma vie tout court.

Vous êtes, Frédéric Veaux, originaire de la Gironde où vous êtes né en 1956. Assez logiquement vous faites vos études de droit à la faculté de Bordeaux. Le domaine de l'enquête judiciaire vous attire. Je crois savoir que vous avez hésité entre commissaire de police et juge d'instruction. Pourquoi, finalement, avoir choisi la police, et non la justice ?

J'avais le goût du service public. Je voulais vraiment m'engager au nom de l'intérêt général. Cela peut paraître dérisoire, mais ce sentiment était marqué en moi. À l'époque, les juges d'instruction avaient le vent en poupe. Le père d'un de mes bons amis était maître de conférences à l'École nationale de la magistrature. On évoquait souvent cette fonction. J'ai d'abord réussi le concours de commissaire de police. Et j'ai découvert l'intérêt de ce métier au travers des stages que j'ai pu effectuer en étant à l'École nationale supérieure de police.

Pas de regret, donc, pour la magistrature ?

Aucun !

Vous passez et réussissez le concours de commissaire de Police. En 1982, vous intégrez les rangs de l'École nationale supérieure de police à Saint-Cyr-au-Mont-d'Or et vous en sortez en 1984. Vous prenez un poste en police judiciaire, votre domaine de prédilection, mais vous n'allez pas à Paris, contrairement à beaucoup qui souhaitent une grande carrière en PJ. Vous vous rendez à Lille. Pourquoi cette destination ?

Je ne voulais pas me disputer dans la promotion pour le choix des postes. Il y avait peu de candidats pour le Nord. En commençant là-haut, je me suis dit que, avec le temps, je pourrais me rapprocher du sud et de mes racines. Je ne ferais pas le chemin inverse.

À Lille, vous côtoyez une légende dans la PJ : Lucien-Aimé Blanc. Qui était cet homme ?

Un homme extraordinaire. Une figure de la police judiciaire, du roman noir et du cinéma policier. De nombreux flics de cette époque se reconnaissaient en lui. Nous avions Robert Broussard, Lucien-Aimé Blanc, Charles Pellegrini. Les patrons de la PJ, c'étaient eux ! Ils avaient à leur actif de très belles affaires, qui faisaient la une des médias. Lucien-Aimé Blanc, lui, s'était construit tout seul. Il était originaire de Marseille. Un très bon flic, qui sortait aussi du cadre. Il avait une personnalité très attachante.

Qu'est-ce que ça a changé, pour vous, de commencer aux côtés d'une telle personnalité ?

Mon bureau jouxtait le sien. Je voyais tous les visiteurs qui défilaient. Les policiers, bien sûr, tous les grands flics de Paris, mais aussi des grands voyous. Lui n'était pas attaché à ce qui est conventionnel. Pour moi, jeune flic débutant dans le métier, être reconnu par Lucien-Aimé Blanc, qui me trouvait un certain potentiel, était à la fois flatteur et valorisant.

À Lille, vous ne restez qu'une année et vous effectuez un grand écart géographique, en passant du grand Nord à la Côte d'Azur. Vous arrivez à Nice, où vous demeurez dix ans, entre 1985 et 1995. Comment caractériser la criminalité niçoise des années 80 et 90 ?

Je fais le choix d'aller à la Brigade de recherche et d'intervention, qui était déjà un service mythique. Il y avait une BRI à Paris, une à Lyon et une à Nice. Celle de Nice avait été créée pour lutter contre les terroristes italiens, qui trouvaient parfois refuge dans les Alpes maritimes. Sur ce territoire, nous avions un concentré de ce qui se faisait de mieux en matière de banditisme, de délinquance, de voyoucratie. Le périmètre géographique était restreint : de Nice jusqu'à Mandelieu avec, dans l'arrière-pays, Grasse. On retrouvait la crème des braqueurs, des faux-monnayeurs, des Corses également très implantés ou qui réinvestissaient le produit de leurs gains dans quelques établissements de nuit de la Côte d'Azur. J'avais donc la possibilité de travailler sur les plus beaux objectifs.

Vouloir se confronter aux bandits n'a rien de naturel. Qu'est-ce qui vous a motivé ?

Quand on est flic, on est un peu chasseur dans l'âme. Se confronter à ce qui se fait de mieux, et avoir le dernier mot, est professionnellement excitant. Toujours réfléchir à posséder un coup d'avance, et être plus efficace que ces voyous, est intéressant.

Vous quittez Nice en 1995 et vous allez à Marseille, où vous resterez trois ans, toujours à la PJ. La police judiciaire marseillaise possède des locaux mythiques : le fameux « Évêché », comme on le surnomme. Quel est le fondement de la légende de ce lieu ?

Pour les flics de PJ, à l'époque, il existait deux sites légendaires : le 36 et l'Évêché. Un peu comme l'OM et le PSG. Il y a deux équipes en France. J'ai commencé à pénétrer dans l'Évêché en arrivant à Nice, puisque la ville était une antenne de Marseille. Nous avions une réunion hebdomadaire. Arrivant dans l'Évêché, on avait l'impression de toucher le Graal. Certaines des plus grandes affaires criminelles ou du banditisme de ces dernières années se sont réglées, avec des flics mythiques, dans cet endroit.

Quand on parle de Marseille, on a l'impression d'évoquer la capitale de France du crime, du trafic de stupéfiant du grand banditisme. Une telle image est-elle exagérée ?

Toutes les images, souvent, sont caricaturales. Mais il est vrai que nous avons quelques beaux voyous originaires de Marseille. Parmi les derniers : Francis Vanverberghe, figure du banditisme français. Avant l'évolution plus récente de la délinquance, certains territoires français – la Corse, la Côte d'Azur, un peu le Var, beaucoup Marseille, Lyon et la région parisienne – étaient déjà de bons fournisseurs de criminalité.

Vous retournez souvent à Marseille, en qualité de directeur général de la police nationale. Qu'est-ce qui a changé entre les années 90, où vous êtes le patron des Stups, et les années 2020 ?

Le poids du trafic de stupéfiants s'est généralisé. Il est désormais répandu partout. Nous avions quelques beaux trafiquants. Également les laboratoires de la French Connection. La DEA, à une époque, avait implanté une antenne afin de lutter contre les plus grands chimistes mondiaux installés à Marseille. Il y a toujours eu un lien entre les Stups et Marseille. Mais aujourd'hui les points de deal ont investi les cités et les quartiers.

Après Marseille, ce sont vos années en Corse et à l'anti-terrorisme, que nous avons évoquées. À partir de 2012, vous retournez à la direction centrale de la PJ. Vous y êtes pendant les attentats de 2015. Le soir du 13 novembre, où êtes-vous précisément ? Comment apprenez-vous la nouvelle ? Que ressentez-vous ?

Je suis chez moi. La télévision n'est pas allumée. Je ne regarde pas le match de football qui a lieu au Stade de

France. Un appel téléphonique me renseigne. Je me dis : ce n'est pas possible ! L'ampleur des événements, je ne la mesure qu'au cours de la nuit, avec le bilan qui se précise. Je ressens une forme de désespoir : on se prépare pour faire face au pire, mais en travaillant pour que cela n'arrive jamais ; et un jour : ça tombe ! Mon pire souvenir était au petit matin. J'avais eu un travail assez statique, place Beauvau. La directrice centrale de l'époque, Mireille Ballestrazzi, se déplaçait beaucoup, d'une réunion de crise à l'autre. Moi, je ne bougeais pas du bureau et je coordonnais à la fois les moyens de la direction centrale de la PJ et les investigations. Un truc m'a marqué et m'a même fait monter les larmes aux yeux. Je n'en ai jamais parlé. À un moment, on visualise les victimes. Elles s'incarnent, avec un nom et un prénom, et un âge à côté. Il y a des familles, des couples. Et les listes s'allongent. Il y a presque un côté irréel. Mais il faut continuer à faire son boulot, s'assurer que, derrière, ça ne recommence pas.

En 2016, vous êtes nommé préfet. Vous partez en Mayenne, à Laval. C'est un changement complet de carrière ?

Effectivement. Je ne pensais pas, un jour, avoir cette chance de devenir préfet d'un département. Je la dois au ministre de l'Intérieur de l'époque, Bernard Cazeneuve. Ne pouvant pas me nommer directeur central de la PJ, il m'a montré sa confiance en me nommant préfet dans un très beau département : la Mayenne.

Préfet, vous le restez puisque ensuite, en 2019, vous partez dans les Landes et, en 2020, vous devenez le directeur général de la Police nationale. Que vous êtes-vous dit en vous installant pour la première fois à votre bureau ?

Je pensais avoir quitté définitivement la police en devenant préfet. L'éventualité de ce nouveau poste ne m'avait jamais effleuré. Ce que je ressens ? Une responsabilité écrasante et une charge très difficile à assumer. La Police nationale est une grosse entreprise : cent cinquante mille femmes et hommes, qui travaillent sept jours sur sept, vingt-quatre heures sur vingt-quatre, trois cent soixante-cinq jours par an, face à des complications permanentes. Il importe de faire vivre cet ensemble, avec souvent, malheureusement, des drames qui affectent cette communauté policière à laquelle je suis très attaché.

En parlant de drame, vous êtes le directeur de la Police nationale, le 5 mai 2021, lorsqu'un policier, Éric Masson, est tué à Avignon. Ce jour-là, alors qu'il souhaitait contrôler un dealer rue du Râteau, Éric Masson est tué de deux balles dans la poitrine. Comment apprenez-vous la nouvelle ?

J'étais assis à mon bureau. Au départ, je n'ai pas forcément connaissance de toute l'étendue du drame. Quelques jours auparavant, nous avions eu l'assassinat de Stéphanie Monfermé. Je pense toujours d'abord à la famille et aux proches collègues. Aux mots, également, qu'il va falloir trouver pour les accompagner dans cette épreuve.

Vous percevez l'ampleur que va prendre cette affaire ?

Je ne raisonne pas en termes d'ampleur. Nous nous sommes déplacés rapidement, avec le ministre de l'Intérieur, à Avignon. Derrière le drame, il y a une famille, un conjoint, des enfants, des parents, des frères et sœurs, un service. On pense à eux d'abord. Que pouvons-nous faire pour les accompagner au mieux dans cette épreuve ? Ensuite, on sait bien sûr que toute la communauté policière est particulièrement affectée. Ce qui m'avait le plus frappé, en prenant mes fonctions de directeur général, c'était le poids, nouveau, de la violence qui s'exerçait contre les policiers, dans l'exercice de leur mission, dans leur cadre professionnel, mais aussi en dehors. Ça les touche directement et pire encore, parfois, cela peut impacter leur entourage familial.

Le 9 mai 2021, l'auteur présumé du meurtre d'Éric Masson est interpellé dans la soirée, près de Remoulins, dans le Gard, à un péage autoroutier. Quand vous apprenez cette arrestation, vous vous dites que, une nouvelle fois, la PJ a accompli un travail exceptionnel, en retrouvant en quatre jours le meurtrier présumé ?

Ce n'est pas tout d'arrêter une personne. Il faut aussi pouvoir la confondre, ce qui implique un travail d'investigation minutieux. Afin que l'individu puisse être mis en examen, placé en détention et jugé par une cour d'assises.

Vous êtes directeur général de la Police nationale depuis plus de trois ans. Il y a eu durant cette période énormément de réformes de la Police nationale, même un livre blanc de la sécurité intérieure, également un Beauvau de la sécurité, des réformes des ressources humaines ; une réforme territoriale est en cours, sans oublier le chantier de la transformation numérique. Au cours de ces années, quelle est votre plus grande fierté ?

La fierté n'est pas un sentiment que je ressens. Je pourrais avoir la satisfaction du travail accompli. Je peux être fier de ce que les gens réalisent autour de moi, du travail des policiers pendant les émeutes, par exemple. Mais à titre personnel, sincèrement, j'ai des obligations liées à ma fonction de directeur général : améliorer les conditions de travail des services dont j'ai la responsabilité, améliorer leur efficacité, et permettre à cette communauté policière, forte de la richesse des femmes et des hommes qui la composent, de mieux vivre.

D'ici quelques mois, vous refermerez la porte de votre bureau avant de céder la place à votre successeur, homme ou femme. Qu'aimeriez-vous réaliser dans les mois qui viennent, en tant que directeur général de la Police nationale ?

L'objectif majeur, pas seulement parce que c'est une direction souhaitée par le ministre de l'Intérieur : les Jeux olympiques et paralympiques. À la fois en termes de sécurité, concernant les événements qui vont se dérouler à

Paris et dans tout le pays, mais aussi en donnant une belle image de la Police nationale à travers ces JO.

Le jour où votre retraite viendra, après les Jeux olympiques, vous aurez servi votre pays pendant plus de quarante ans. Pendant ces années, la police a évolué. Quel est selon vous le changement majeur ?

Son environnement, principalement, a changé. Je raconte souvent une anecdote révélatrice. À l'époque, quand j'étais à la BRI, pour avoir une arme adaptée à mon métier, j'avais été obligé de l'acheter ! L'évolution a été considérable dans l'équipement et le fonctionnement de la Police nationale. On voit bien que nous basculons dans un monde différent de celui que j'ai pu connaître : le monde du numérique et du cyber, auquel nous devons nous adapter. Il s'agit d'un vrai défi, aussi bien en termes de matériel que d'organisation ou encore de formation.

Quel message souhaiteriez-vous faire passer à un jeune policier en devenir, qui hésiterait encore à rejoindre la Police nationale ?

Leur dire, déjà, qu'après quarante-deux ans de police, même si j'ai pu avoir des doutes comme tout le monde, je n'ai aucun regret. C'est une formidable opportunité pour servir l'intérêt général, servir le public, dans une forme de vie professionnelle qui n'est pas non plus complètement organisée, normée. Il y a beaucoup d'imprévus.

Vous pouvez travailler un jour dans l'ordre public, puis en police judiciaire, et enchaîner sur du renseignement. La police est une maison aux multiples facettes, qui permet de rencontrer des femmes et des hommes absolument exceptionnels. On peut avoir des différences d'opinions, d'origines, mais le travail nous rassemble toujours, afin de faire face à des situations complexes. La force du collectif permet de surmonter tous les obstacles. On est en prise directe avec la réalité, avec le terrain. Les filtres n'existent pas. À la différence, peut-être, d'univers plus feutrés. Quand on n'est pas attiré par le secteur privé, par des questions de rentabilité ou de profit, quand on veut servir le public, la police est une belle option. Engagez-vous !

Si vous aviez un message à faire passer aux jeunes policiers, que leur diriez-vous ?

Devenez de vrais policiers ! Restez de vrais policiers, si vous l'êtes déjà ! Je crois que c'est un très beau métier, peut-être même un des plus beaux métiers qui puissent exister, parce qu'il allie la réflexion et l'action. Et parfois, dans la réflexion, le policier n'a qu'un temps réflexe. Et c'est ce qui fait la beauté de l'institution : dans ce réflexe, il faut que tout ce qu'on a pu apprendre, tout ce qu'on est, puisse vous servir à prendre la bonne décision.

Table

Introduction 9

Jean-Louis Fiamenghi 17
Ange Mancini 41
Martine Monteil 69
Charles Pellegrini 105
Christophe Molmy 133
Denis Favier 165
Christian Flaesch 193
Sophie Hatt 223
Marc Caliaros 251
Frédéric Veaux 279

PAPIER CERTIFIÉ

Achevé d'imprimer par Normandie Roto Impression,
en mars 2024
N° d'imprimeur : 2400956
Dépôt légal : avril 2024

Imprimé en France